모든 개는 다르다

일러두기

- 이 책에 소개되는 51가지 품종은 한국동물병원협회 등이 제공한 '국내 인기 품종 리스트'에 세계적으로 많이 양육되고 있는 품종들을 더하여 선정한 것입니다.

- 품종 명칭은 외래어 표기를 주관하는 국립국어연구원의 심의를 거친 품종명칭표준안을 기준으로 표기했습니다. 예외적으로 진도개의 경우 기원지인 전라남도 진도군에서 지정한 공식 명칭에 따랐습니다.

- 품종 명칭을 비롯한 대개의 외래어들은 기본적으로 '한글맞춤법' 총칙, '외래어는 외래어 표기법에 따라 적는다'는 규정에 따라 적었습니다. 단, 해외 인물명 등 고유명사의 경우 국내에서 더 많이 통용되고 있는 것을 따르기도 했습니다.

- 품종의 그룹 분류 및 그룹 순서는 미국켄넬클럽(AKC)의 기준을 따랐으며, 미국켄넬클럽에는 등록되지 않았지만 국내에서 인기 있는 진도개와 재퍼니스 스피츠를 추가로 포함시켰습니다. 진도개는 워킹그룹(영국켄넬클럽에서는 유틸리티 그룹, 세계애견연맹에서는 제 5그룹인 스피츠&프리미티브 타입에 속해 있음)에, 재퍼니스 스피츠는 넌스포팅 그룹(영국켄넬클럽에서는 유틸리티 그룹에 속해 있음)에 포함시켰습니다.

- 품종별 크기는 대략적인 구분이 가장 명확하게 정리되어 있는 영국켄넬클럽(The KC)의 표준에 따라, 소형견(small), 중형견(medium), 대형견(large), 초대형견(extra large)으로 구분했습니다. 단, 차우 차우와 재퍼니스 스피츠의 경우는 영국켄넬클럽에서 각각 대형견과 중형견으로 분류하고 있기에, 이 책에서는 국내 정황에 맞게끔 각각 중형견과 소형견으로 구분했습니다.

- 각 그룹에 속하는 품종 순서는 찾기 쉽도록 ABC순에 따랐습니다. 책의 맨 뒤, Index의 품종 찾아 보기를 참고하시면 빠르게 찾을 수 있습니다.

- 이 책에 사용된 사진의 저작권 사용 권한과 관련된 진행 사항들은 포토에이전시, AlphaPhotos를 통해 이루어졌으며, 모든 사진에 해당 저작권자 표시를 해 두었습니다. 그 이외에 품종별로 사용된 모든 세밀화 일러스트의 저작권은 페티앙북스에 있습니다.

- 박정희 전 대통령의 사진과 스케치를 이 책에 사용할 수 있도록 허락해 준 박정희대통령인터넷기념관 측에 감사의 말을 전합니다. (www.516.co.kr)

모든 개는 다르다

시간 속에 숨은 51가지 개 이야기

글 동물칼럼니스트 김소희

감수 서울대 수의과대학 교수 신남식

페티앙북스

살아 있는 생명,

개를 이해하고자 노력하는

아름다운 당신에게

이 책을 바칩니다.

작가의 말

지극히 '개다운 행동' 이해하기

대개 사람들은 개 하면 아장아장 귀여워서 눈에 넣어도 아프지 않을 것 같은 강아지의 모습부터 떠올립니다. 많은 사람이 멋진 혹은 귀여운 외모에 반해서 혹은 충성심이 있다더라, 외로움을 달래 준다더라, 애교가 넘친다더라 하는 달콤한 말만을 삼키고 덜컥 개를 집으로 데려옵니다. 하지만 그 웃음과 기쁨 넘치는 행복한 만남이 십수 년간 지속되는 경우는 얼마나 될까요? 애견인구 600만 시대, 버려지는 개 연간 수만 마리. 이제 유기견 이야기는 더 이상 뉴스거리도 못 될 지경이 되어 버렸습니다. 물론 사고로 잃어버리는 경우도 있겠지만 집을 벗어나 더 넓은 영역을 탐색해 보고 싶은 마음, 도망가는 무언가를 쫓아가고 싶은 개들의 본능이 한몫 작용, 가장 큰 원인은 배경 지식 없이 충동적으로 개를 입양했기 때문입니다. 귀엽고 작은 강아지 시절은 몇 달이면 끝이 나고 천방지축 하나부터 열까지 가르쳐야 하는 아동기와 반항을 일삼는 사춘기를 거쳐 곧 지극히 '개다운 행동' 들이 본격적으로 터져 나오기 시작하는 성견이 됩니다. '왜 미처 몰랐을까?'

주인님을 미치고 팔딱 뛰게 만들 수도 있는 지극히 '개다운 행동' 들을 미리 아는 것은 정말 중요합니다. 지극히 '개다운 행동' 들은 콘크리트 밀림 속에서 바쁘게 살아가는 우리 생활 속으로 들어오는 순간 '문제 행동' 이란 이름으로 탈바꿈합니다. 해외에서는 하루 종일 짖어 대는 개에게 열 받은 이웃 사람이 그 개를 독살한 일도 있고 국내에서는 개 짖는 소리로 시작된 말싸움이 칼부림으로 바뀌어 사람이 죽은 일도 있었을 만큼 개 짖는 소리는 사람들에게 큰 스트레스입니다.

　　'짖는다는 것'을 개의 입장에서 살펴볼까요? 늑대 시절부터 개는 무리를 이루고 사는 사회적 동물이었습니다. 늑대들은 동료의 위치를 파악하고 내 위치도 알리기 위해 '우우-'하고 울부짖는 하울링을 했습니다. 특히 이 소리는 영역 내에 낯선 자가 침입했다는 위험 신호를 알리는 데 가장 빠른 수단이었지요. 바로 그 능력 덕분에 선사시대 인간은 늑대를 필요로 하기 시작했고, 인간과 함께 살게 된 늑대들은 차츰 시끄럽게 짖는 법을 배우기 시작했습니다 늑대는 시끄럽게 짖지 않습니다.'이 점이 개와 늑대의 가장 큰 차이입니다. 바로 이 **시끄럽게 짖는 소리** 덕분에 개의 조상이 인간과 함께할 수 있었다는 점을 되짚어 본다면 참 슬픈 일이 아닐 수 없습니다. 수천 년 동안 칭찬받아 오던 일을 더 열심히 했을 뿐인데 이제는 짖는다고 성대 수술을 당하거나 쫓겨나는 신세가 되었으니 개로서는 얼마나 억울할까요. 한편, 늑대가 그랬듯 개들은 혼자 남겨지는 것을 참기 힘들어 합니다. 험난한 야생에서 혼자 낙오된다는 것은 곧 생존 확률이 크게 줄어든다는 것을 의미하기 때문입니다. 개들에게 얼마나 공포스러운 것인지 요즘은 아예 **'분리불안'**이라는 병명까지 나와 있는 실정입니다. 그 스트레스 또 무료한 일상에서 오는 욕구불만으로로 더 미친 듯이 짖거나 집 안을 온통 난장판으로 만들어 놓기도 합니다. 하루 이틀이면 모를까 피곤한 몸을 이끌고 현관문을 들어설 때마다 집 안 꼴이 도깨비 시장이 되어 있다면 그리고 소중히 여기는 물건들이 아작아작 뜯겨 있기 일쑤라면 열 받지 않을 주인님들이 있을까요?

그 외에도 지극히 '개다운 행동'들은 수없이 많습니다. **물건 부숴 놓기** 그야말로 성한 물건이 없고 특히 새로 산 건 귀신같이 알고ㅡ분리불안 때문에 그거라도 안 하면 진짜 미칠 것 같아서 혹은 이가 근질근질했을 뿐, **다른 개랑 싸우기** 만나는 개마다 싸움닭처럼 달려들어 물어뜯고ㅡ개한테 서열이 얼마나 중요한데. 내가 우위라는 것을 알려 주려고 그랬을 뿐, **주인 물기** 심지어 피가 날 정도로ㅡ스스로 서열이 더 높다고 여기게끔 주인들이 단호한 사회화 교육 없이 마냥 오냐오냐 키웠기 때문일 뿐 혹은 너무 공포스러운 상황이라 생존 본능대로 선제공격했을 뿐, **가출하기** 찾으려고 매번 몇 시간씩 헤매야 하고ㅡ늑대였을 때부터 무지 넓은 영역을 순찰하며 내 영역 안에 누가 들어왔고 어디를 가야 좋은 먹이가 있는지 파악하는 게 개들의 임무일 뿐 또는 매력적인 암컷의 냄새를 맡았을 뿐, **바람과 함께 사라지기** 자유를 만끽해 보라고 잠깐 목줄을 풀어 준 사이 총알같이 사라져 버리고ㅡ사냥개 시절 움직이는 대상을 보면 쫓아가서 잡았던 본능이 남아 있어서 그랬을 뿐, **아무 데나 똥오줌 싸 놓기** 온 집 안에 진동하는 냄새. 어쩌면 카페트나 침대 같은 곳만 골라서 싸 대는지ㅡ어릴 때부터 훈련을 받지 못해서 그랬을 뿐, 혹은 분리불안으로 너무 스트레스를 받아 실수했을 뿐, **걸신들린 듯 먹을 것 밝히기** 쓰레기통 뒤지기는 기본, 살아 있는 먹깨비 탄생ㅡ사냥 성공률이 낮았던 늑대 시절 터득한 '일단 있을 때 배 터지게 먹어 두자'라는 주의가 남아 있을 뿐이고, **집 어지르기** 치워도 치워도 끝은 없고 이러다 정신착란이라도 올 것 같고ㅡ유난히 에너지가 넘치는 품종이어서 그럴 뿐 혹은 주인이 운동을 시켜 주지 않아서 알아서 운동했을 뿐, **말 안 듣기** 아무리 야단쳐도 문제 행동들은 고쳐지기는커녕 계속 반복되고ㅡ워낙 독립심 강한 품종이거나 제대로 교육받지 못해서일 뿐 또는 사람이 개의 행동을 이해 못 하듯 개도 사람 말을 못 알아들을 뿐. 대부분이 개를 키울 때 흔히 겪게 되는 문제들입니다. 그 외에 개는 **침을 흘리고** 큰 개들은 대부분, **털이 빠지고** 일부를 제외한 대부분의 품종. 온 집 안에 털이 날리거나 옷 속에 박혀 빠지지도 않고, **코를 골기도** 하며 주로 퍼그, 불도그 같은 주둥이가 납작한 개들 생각보다 **개 특유의 냄새**가 많이 날 수도 있습니다. 이런 지극히 '개다운' 행동이나 신체 특성을 미리 이해하고 대처하지 못한

다면 개와의 삶을 견디지 못해 양육을 포기할 가능성이 높아집니다. '버리지 말자', '가족처럼 사랑하자'고 아무리 떠들어도 줄어들 줄 모르는 유기견 및 동물학대 문제는 아이러니하게도 소위 개를 좋아한다는 사람들에 의해 일어납니다. 개를 그다지 좋아하지 않거나 다른 이유에서 아예 키우지 않는 사람들에겐 이런 범죄를 저지를 기회(?)조차 없습니다.

집 안을 엉망으로 만들어 놓은 강아지. 개를 키우는 사람이라면 누구나 한번쯤은 봤을 법한 장면. 세실 알딘의 <말썽꾸러기 강아지> 1900년대작. 개인 소장

통계 자료에 따르면 개 양육자들이 양육을 포기하게 되는 가장 큰 이유가 개의 문제 행동을 통제하지 못해서입니다. 탄탄하게 자리 잡은 반려동물등록제로 인해 관련 통계 자료가 정확한 미국에서는 한 살 이하 개들의 사인 중 1위가 안락사이고, 안락사 이유의 절반 이상이 주인이 개의 문제 행동을 통제하지 못해서라는 결과가 나와 있습니다. 그중에는 사람에 대한 공격성 같은 심각한 문제도 있지만 대부분은 위에서 나열한 지극히 '개다운' 행동이나 모습에서 비롯된 것이라 합니다. 어찌 보면 별로 대수롭지 않아 보이는 이런 문제들로 수많은 생명이 죽는다니 놀라울 따름입니다.

이 때문에 무작정 개를 집에 데려오기에 앞서 개란 어떤 동물인

지, 같은 개라 할지라도 품종에 따라 어떻게 다른지 또 왜 다른지 등을 아는 것이 중요하다고 생각합니다. 개는 5,000여 종 포유동물 중에서도 개과동물에 속하는 **늑대의 습성을 가지고** 있습니다. 개는 늑대처럼 우두머리를 섬기고 그래서 주인을 섬기고 무리를 이루어 살길 원하고 동료를 필요로 하며 그래서 사람과 늘 함께 있고 싶어 하고 떨어질 경우 분리불안 증세를 보이고, 사냥에 필요한 습성 그래서 도망가는 것은 무조건 쫓아가고, 냄새 맡고 다니며 집 안을 헤집어 놓고 과 서로 의사소통할 신호체계 그래서 짖거나 울부짖고를 가지고 있습니다. 같은 개라 할지라도 이제는 **품종에 따라 생김새는 물론이고 습성이나 기질까지도 달라**집니다. 그런 독특한 습성이나 기질은 인간이 그 품종의 개에게 요구했던 특별한 임무를 잘 수행하는 데 반드시 필요했기 때문에 생겨난 것들입니다 레트리버는 물에 뛰어들길 좋아하고, 스패니얼은 여기저기를 헤집고 다니길 좋아합니다. 또 마지막으로 같은 품종이라 하더라도 **개체에 따라서도 차이**가 있습니다. 인간을 비롯한 모든 동물은 자연과 환경, 즉 본능 유전인자과 경험 교육, 두 가지 모두에 영향을 받기 때문에 저마다 독특한 개성을 가지게 됩니다. 타고나는 것도 중요하지만 살면서 처해지는 환경, 그 속에서 겪게 되는 다양한 경험과 교육들이 조합되면서 개성 있는 '개'를 만드는 것이지요. 이런 사실들을 이해한다면 개 키우기가 더 쉬워질 수도 있고 혹은 어떤 개를 골라야 나와 잘 맞을지를 결정하는 데도 큰 도움이 될 수 있습니다.

동물도 복잡한 감정을 느낀다

세상이 발전하는 만큼 애견 문화도 성숙해져야 합니다. 특히, 애견 문화는 살아 있는 생명체가 그 주인공이기 때문에 더더욱 그래야 한다

죽은 주인을 그리워하는 개. 장례식이 끝나자 사람들은 모두 집으로 돌아갔지만, 애견은 끝까지 남아 주인 곁을 지키고 있습니다.
에드윈 란세르 경의 <늙은 양치기의 상주> 1837년작. 빅토리아_알버트 뮤지엄 소장

고 생각합니다. 동물에게도 복잡한 감정이 있다고 말해 주면 많은 사람
이 순진무구한 피터팬 취급하며 웃어넘기거나, 혹은 믿거나 말거나 식의
예외적인 사례일 뿐이라고 일축해 버리곤 합니다.

　하지만 많은 과학자들이 동물에게도 복잡한 감정이 존재한다는

사실을 밝혀내고 있습니다. 특히 동물행동학자들은 여러 가지 상황에 적합한, 다양한 감정을 느낄 줄 아는 것이야말로 생존에 반드시 필요한 능력이라고 합니다. 공포심과 두려움을 느낄 수 있어야 위험에서 자신을 지킬 수 있고, 호기심이 있어야 삶에 필요한 지식을 배울 수 있으며, 가족 혹은 친구와 어울리는 기쁨, 분노, 질투심, 부끄러움을 알아야 무리 생활을 더 잘할 수 있고, 그래야만 척박한 야생에서 살아남을 가능성이 더 커진다는 이야기입니다. 감정이 메말라 타인 및 세상에 대한 공감 능력이 떨어지는 사람들이 사회적으로 어떤 곤란을 겪고 있는지를 떠올려 보면 쉽게 이해할 수 있습니다.

뇌과학 및 신경과학 분야 쪽에서도 놀라운 결과들이 쏟아져 나오고 있습니다. 오랫동안 사람들은 뇌는 이성을 담당하고 감정은 마음의 작용에 의해 발생한다고 생각해 왔는데, 이제는 뇌가 곧 마음이요 마음이 곧 뇌라는 사실이 밝혀졌습니다. 뇌에서 분비되는 수십 가지의 신경전달물질이 다양한 감정들을 일으켰던 것이지요. 인간의 뇌는 크게 신피질, 변연계, 뇌간 등 세 부위로 나눌 수 있습니다. 신피질은 이성을, 변연계는 감정을 주관하고, 뇌간은 호흡·혈압·체온·동공반사 같은 생리적 자율 기능을 담당합니다. 그런데 포유동물과 조류의 뇌를 살펴보니, 신피질의 크기는 좀 작지만 변연계는 아주 잘 발달해 있음이 드러났습니다. 즉, 이성적인 면에서는 인간에 비해 다소 떨어질지 몰라도 감정을 느끼는 능력 면에서는 인간과 거의 흡사하다는 이야기지요. 집에서 키우는 개나 고양이가 자기 기분을 이해하는 것 같다고 느끼는 사람이 많은데, 학자들은 그들이 인간처럼 성숙한 변연계를 가졌기 때문에 충분히 가능한 일이라고 말합니다.

　감정을 일으키는 신경전달물질은 개의 몸속에서도 발견됩니다. 놀이 중인 동물의 뇌에서는 도파민이 분비됩니다. 도파민은 인간이 즐겁거나 행복할 때 분비되는 신경전달물질이지요. 인간 고유의 것이라 생각했던 낭만적 사랑은 또 어떤가요. 인류학자 헬렌 피셔는 저서 〈왜 우리는 사랑에 빠지는가〉에서 사랑에 빠진 사람의 뇌에서는 도파민, 노르에피네프린과 같은 신경전달물질의 분비량이 증가하는데 같은 상태의 포유류와 조류에게서도 이런 물질들이 발견된다고 했습니다. 학자들은 낙담 및 실망하는 감정도 변연계 속 회로와 관련이 있다고 봅니다. 예를 들어 자신이 기대하던 '보상'이 절대 돌아오지 않는다는 사실을 알아가는 동안 도파민 수치는 점점 떨어지는데 이럴 때 사람은 무기력, 의기소침, 우울증 같은 감정을 겪게 됩니다 일종의 금단 현상이지요. 동물도 마찬가지입니다.

　우리가 타인을 배려하고 존중하고 예의를 갖추는 이유는 그가 말을 할 줄 알고 머리가 좋기 때문이 아니라, 나와 똑같이 아파하고 슬퍼하고 기뻐하는 감정을 가지고 있는 '느끼는 존재'라는 사실을 잘 알기 때문입니다. 이제 우리가 기억해야 할 점은 동물 특히 개도 우리 인간처럼 '느끼는 존재'라는 사실과, 그들을 도울 수 있는 무한한 지성과 힘을 가진 유일한 존재는 우리뿐이라는 사실입니다.

　요즘 애완동물 대신 반려동물이라는 말을 써야 한다고들 합니다. 하지만 평생을 함께 살 '반려견'을 맞이하기 이전에, 그들에 대해 제대로 알기 위해 우리는 어떤 노력을 얼마나 하고 있을까요? 그 사람 참 괜찮더라 하는 다른 사람 말만 듣고 혹은 외모만 보고 평생을 함께 살 반려자, 즉 배우자를 선택하는 사람은 이 세상에 아무도 없습니다. 적어도 이 책을 선택한 분이라면 생긴 게 마음에 들어서 혹은 유행이니까 혹은 남에게 과시하기 위해 개를 키우는 분은 아닐 것이라 생각됩니다. 우리처럼 생각하고 느끼는 능력을 가진 '개'를 진심으로 이해하고 사랑하려 애쓰는 따스한 당신에게, 혹은 로맨틱하지만은 않을 수도 있는 개와의 삶을 다 알면서도 그 길을 택하겠노라 결심한 당신에게 마음의 박수를 보냅니다. 1만 2천 년 간 펼쳐져 온 개와 인간의 러브 스토리 목록에 앞으로도 계속해서 아름다운 이야기들이 추가되길 기대해 봅니다.

알래스칸 맬러뮤트가 바닥에 납작 엎드려 주변을 구경하고 있습니다. 가끔씩은 이렇게 몸과 마음을 낮춰 개들과 눈높이를
나란히 해 볼 필요가 있습니다

목 차

에필로그

프롤로그 | 모든 개는 다르다

개, 역할에 따라 품종이 생겨나다

약 1만 2천 년 전, 늑대는 개가 되었습니다 그 파란만장한 이야기는 책 맨 뒤 '책 속의 책'에서 펼쳐집니다. 개는 조상인 늑대 때부터 전해 내려온 특성들, 즉 무리를 이루고 살면서 우두머리를 따르고, 서로 돕고, 짖고, 빠르게 달리고, 동물을 사냥하고, 영역을 사수하고, 낯선 자를 몰아내고, 냄새를 맡고 작은 소리를 듣는 바로 그런 장점들 때문에 인간의 친구가 될 수 있었지요 비록 바로 그런 장점들 때문에 오늘날 사람들에게 '미움'을 사고 '버림' 받기도 하지만 말입니다. 그중에서도 특히 더 잘 짖거나 동물을 더 잘 사냥해 오거나 말을 더 잘 듣고 순종적인 개들이 인간과 더 가까이 지내면서 더 많은 먹이를 받아먹을 수 있었을 것입니다. 상대적으로 그런 능력이 떨어지는 개들은 인간 무리에서 쫓겨나거나 심지어 먹이가 되었을지도 모를 일입니다. 시간이 지나면서 인간은 자신의 생존과 편의를 위해 좀 더 특별한 '역할'을 해 줄 개를 더 적극적으로 만들어 내기 시작합니다. '품종'이 탄생하기 시작한 것이지요.

치와와, 푸들, 몰티즈 같은 소형견부터 그레이트 피레네, 세인트 버나드 같은 초대형견에 이르기까지 개라는 단어를 떠올리는 순간 동시에 각양각색의 품종들이 머릿속을 스칩니다. 현재 세계적으로 400여 종의 품종이 존재하는데 가장 권위 있는 영국켄넬클럽The KC과 미국켄넬클럽AKC이 공식적으로 인정한 품종도 각각 160여 종이 넘습니다. 최근 모든 개의 조상은 약 10만 년 전 동아시아 늑대라는 연구 결과가 나왔습니

35대 미국 대통령, 존 F. 케네디와 그의 가족, 그리고 애견들. 그들은 정말 다양한 종류의 개들을 키웠습니다. 1963년

다. 어떻게 늑대로부터 크기나 생김새가 천차만별인 수많은 품종의 개들이 탄생하게 된 것일까요? 약 1만 2천 년 전부터 인간과 함께 살기 시작하면서 세계 곳곳으로 삶의 영역을 넓힌 개들은 그 지역의 자연환경이나 문화 특성에 적응하면서 조금씩 변하기 시작했습니다. 그 장소, 그 시대가 원하는 능력을 가졌던 개는 살아남았고 그렇지 못한 개는 도태되는 과정이 반복되면서 최상의 조건을 가진 독특한 개들이 만들어졌지요. 예를 들어 극지방의 개들흔히 북방견이라고 부릅니다은 추위를 이기기 위해 속털이 발달한 촘촘한 모피를 갖게 되었고, 탁 트인 초원지대의 개흔히 남방견이라고 부릅니다들은 질주하는 사냥감을 잡기 위해 빨리 달릴 수 있는 날렵한 신체 구조를 갖게 되었습니다.

이렇게 적응 과정에서 스스로 생겨난 품종도 있지만 사실 인간에 의해 인위적으로 만들어진 품종이 훨씬 많습니다. 개는 오래전부터 특정한 쓰임새를 가지고 있었습니다 그냥 약간의 먹이만 좀 주면 알아서 목숨 걸고 일을 해주니 인간에게 더 없이 소중한 노동력이었지요. 인간은 추적, 사냥, 영역 지키기 등 개가 가진 본능들을 좀 더 적극적으로 생활에 이용했고 유전의 의미를 깨닫고 난 뒤에는 특정 역할을 더 잘 수행하는 개들만을 골라 인위적으로 번식시키기 시작했습니다 사냥을 더 잘하는 개가 필요하다면 사냥 능력이 유난히 뛰어난 개들만을 골라 교배시키고 그 사이에서 태어난 새끼들 중에서 능력이 떨어지는 개는 도태시킵니다. 그리고 원하는 특성을 가진 새끼들만을 골라 번식시키길 반복하는 과정 중에 혈통이 고정되고 결국 독립적인 품종이 완성되는 것이지요. 예를 들어 굴속에 숨어 사는 쥐나 여우를 잡는 데에 다리가 짧은 개가 유리하단 사실을 알아낸 사람들은 냄새를 잘 맡는 사냥개와 다리가 짧은 개를 수세대에 걸쳐 교배시키기 시작했습니다. 그 사이에서 태어난 새끼들 중에 원하는 생김새와 뛰어난 후각을 동시에 가진 개만 골라 번식시키길 반복한 끝에 결국 원하는 품종이 탄생했지요. 또 그저 외모에만 치중해 크기가 작은 개를 소유하는 것이 유행했던 때는 태어난 개 중에서 덩치가 작은 개체만을 골라 번식시키기 시작했습니다. 품 안에서 놀아야 했기에 사나운 성질을 가진 개들은 도태되었고, 그 결과 애교 많고 다정한 소형 애완견들이 탄생하게 되었습니다.

전 세계에 존재하는, 인간의 필요에 따라 개발된 400여 품종의 개들은 생김새만 다른 것이 아니라 행동 특성이나 기질도 모두 다를 수 밖에 없습니다. 빨리 달리고도 체력이 떨어지지 않는 개, 하루 종일 숲 속을 돌아다녀도 지치지 않고 계속 사냥감을 찾아다니는 개, 시끄럽게 짖게 만든 개, 다른 동물과 사납게 싸우도록 만든 개, 온종일 무거운 수레를 끌고 다녀도 반항하지 않는 개 등 각 품종은 그 쓰임새에 따라 행동 습성이나 체력, 기질이 크게 다릅니다. 비글은 왜 미친 듯이 짖을까 비글은 짖어서 사냥감 위치를 주인에게 알렸습니다, 레트리버는 왜 물만 보면 뛰어들까 레트리버는 물속의 사냥감을 가지고 오는 능력 때문에 번식되었습니다, 바셋 하운드는 왜 땅에 코를 처박고 다닐까 바셋 하운드는 기똥찬 후각 능력 덕분에 사냥개로 사랑받았습니다, 스코티시 테리어는 왜 작은 동물들을 보면 잡으려 할까 테리어는 쥐를 잡기 위해 만들어진 품종입니다, 스패니얼은 왜 저렇게 부산스럽게 돌아다니며 말썽을 부릴까 스패니얼 종들은 하루 종일 숲 속을 헤집고 다니며 숨어 있는 새들을 날려 보내 주인이 총을 쏠 수 있게 해 줬습니다, 아프간 하운드는 왜 밖에만 나가면 어딘가로 달려갈 생각뿐일까 아프간 하운드는 달아나는 사냥감을 추적해 잡는 역할을 했습니다. 이런 의문점들은 그 개가 애초에 어떤 쓰임새로 만들어졌는지를 살펴보면 쉽게 이해할 수 있는 것들입니다. 바로 그런 행동 때문에 사랑받았고 그래서 그 개가 수백 년, 혹은 수천 년 동안 해 왔던 일이기도 합니다. 뒤집어 말하면, 비글이나 셔틀랜드 시프도그를 완전히 짖지 못하게 만들기, 알래스칸 맬러뮤트나 진도개를 사람 무릎 위로 올라와 아양 떨게 만들기, 불도그에게 어질리티 훈련이나 수영을 가르치기란 무척 힘들다는 말과도 통합니다.

개, 7개 그룹으로 나뉘다

쓰임새에 따라 점점 품종 수가 늘어나고 켄넬클럽들이 생겨나면서 사람들은 개를 역할 혹은 비슷한 기질이나 특성에 따라 분류하기 시작했습니다. 처음에는 사냥개와 사냥개가 아닌 개, 두 그룹으로만 나뉘었던 개들은 이제 그 특성에 따라 크게 7개 그룹으로 나뉘고 있습니다. 속해 있는 그룹에 따라 행동 습성이나 기질이 무척 다르기 때문에 개를 그룹별로 이해하는 것도 아주 재미있는 일입니다. 7개 그룹이란 하운드 그룹, 워킹 그룹, 스포팅 그룹, 테리어 그룹, 토이 그룹, 넌스포팅 그룹, 허딩 그룹을 말합니다 미국켄넬클럽을 기준으로 했습니다. 켄넬클럽 혹은 학자에 따라 이 그룹의 명칭이 달라지기도 하고 그룹이 추가되기도 합니다. 동일 그룹 내에 속한 개들은 비슷한 성향을 가집니다. 덕분에 그 개가 속한 그룹의 특성을 알면 그 품종에 대해서도 예측이 가능해지지요. 사냥을 하기 위해 만들어진 하운드 그룹의 개들은 움직이는 포유동물을 빠른 속도로 쫓거나 땅에 남겨진 냄새를 추적하는 본능이 뛰어납니다. 워킹 그룹은 무거운 짐수레나 썰매를 끄는 등 힘 쓰는 일을 주로 했고, 스포팅 그룹은 총이 만들어진 이후 새 사냥을 돕기 위해 숨어 있는 새를 찾고 떨어진 사냥감을 물어 오는 일을 했으며, 테리어 그룹은 크기는 작아도 작은 쥐나, 여우 등을 굴속까지 쫓아 들어가 죽이는 일을 했던 만큼 지금도 작은 동물을 보면 저도 모르게 본능이 꿈틀대 사고를 치고는 합니다. 토이 그룹의 개들은 애초부터 특별히 할 일 없이 주인 품 안에서 예쁨 받는 애완견 역할을 했던 개들로 그야말로 애교 넘치고 사랑스러운 면모를 가졌지만 너무 오냐오냐 귀여움만 받았던 탓에 조금 앙살스럽기도 합니다. 마지막으로 허딩 그룹의 개는 가축을 몰거나 지키는 역할을 했던 품종으로 낯선 자들을 경계하는 능력이 뛰어나고 자기도 모르게 멀리 달아나는 아이의 뒤꿈치를 물거나 몸으로 막아 세우기도 합니다.

이 중에서도 워킹 그룹, 스포팅 그룹, 테리어 그룹, 허딩 그룹의 개들은 대부분 활동량이 아주 많은 일을 했던 개들로, 욕구를 제대로 분출시켜 주지 못할 경우 엉뚱한 곳에 그 에너지를 쏟아 부어 문제를 일으

그레이트 피레네 강아지가 절구통 속에서 잠이 들었습니다

키기도 합니다. 모든 개는 오랜 시간에 걸쳐 특정 역할에 '가장 최적화된 상태로 만들어진' 개인 만큼 그런 일을 마음껏 할 때 가장 행복하고 건강하게 살 수 있습니다. 만약 내가 가장 하고 싶은 일 또는 내가 가장 잘하는 일을 누군가가 못하게 막고 있다면 어떻게 될까요? 단기간이라면 어떻게든 참아 볼 수 있겠지만 그 시간이 길어진다면 우울증에 빠지고 어쩌면 스트레스를 견디다 못해 엉뚱한 곳에 그 분풀이를 터뜨릴지도 모르겠습니다. 독일어에 '풍크티온슬루스트 funktionslust'라는 단어가 있습니다. 자신의 재능을 발휘할 때 느끼는 행복감, 만족감, 그 기쁨을 알기에 더하고 싶어지는 마음을 뜻하는 말입니다. 욕구를 가진 개도 마찬가지가 아닐까요? 개도 왠지 그렇게 하고 싶고 혹은 그래야만 할 것 같은 본능 혹은 그 일 만큼은 죽었다 깨어나도 못할 것 같은 본능을 가지고 있습니다. 작은 동물을

이리저리 몰고 다니고 싶고, 저기 달아나는 꼬마 아이를 쫓아가고 싶고, 우체부 아저씨를 보면 짖고 싶고, 또 그렇게 해야 자기 할 일을 다 하고 있다는 기쁨이 생기는 것이지요. 오랜 세월 동안 자기가 가장 잘해 왔던 일이니까요.

개들이 행복하고 건강한 삶을 살 수 있게 해 주려면 그룹별·품종별 특징을 잘 이해하고 그에 걸맞는 수준의 육체적·정신적 활동을 마음껏 발산할 수 있게 해 주어야 합니다. 미국의 한 유명한 훈련사는 딱 한 가지 방법으로 문제 행동을 일삼는 개들의 모든 행동을 교정할 수 있다고 합니다. 그 품종 고유의 특성과 기질을 살려, 하고 싶어 하는 행동을 마음껏 할 수 있게 해 주든가 그게 여의치 않다면 스트레스를 풀 수 있도록 신나게 운동을 시켜 주면 제아무리 심각한 문제 행동도 눈 녹듯 사라진다고 합니다. 마음껏 본능을 발휘하게 해 주거나 실컷 운동시켜 줄 시간 여유가 없는 사람이라면? 정답은 하나. 그 품종의 개는 키우지 말아야 합니다. 이 세상에는 매력 넘치는 개들이 400여 품종이나 되니 얼마나 다행인지 모르겠습니다.

7개 그룹별 특성

하운드 그룹	시각 또는 후각을 이용해 포유동물을 사냥하는 개
워킹 그룹	건장한 체구와 강한 힘을 가진 '일' 하는 개
스포팅 그룹	총이 생긴 이후로 새 사냥을 도와주는 개
테리어 그룹	땅속에 사는 작은 동물을 사냥하는 호전적인 개
토이 그룹	아기처럼 작고 귀여운 '애견' 역할을 하는 개
넌스포팅 그룹	다양한 능력을 가졌지만 딱히 뚜렷한 역할은 없는 개 나머지 그룹에 속하지 않는 개
허딩 그룹	가축이 흩어지지 않게 몰고 다니는 개

Hound Group

하운드그룹

하운드 그룹 | 시각 또는 후각을 이용해 포유동물을 쫓는 개

하운드 그룹은 크고 작은 포유동물을 사냥하는 데 이용되던 '수렵견 포유동물 사냥'들이 모여 있는 그룹입니다. 이 그룹에 속하는 품종들은 인간이 수렵 생활을 하던 원시시대로 거슬러 올라갈 만큼 그 역사가 오래된 것이 대부분입니다. 아주 오래전 사냥은 인간의 삶과 떼어 놓을 수 없는 중요한 생존 수단이었지요. 사냥을 잘한다는 것은 곧 능력있고 지혜로운 사람이란 의미였기에 존경받는 대상이 되기에 충분했습니다. TV 다큐멘터리 <아마존의 눈물>에서 소개된 조에족의 '모닌 카리스마 '작렬'이 무엇인지를 온몸으로 보여 주었던' 역시 사냥 실력이 가장 특출했기 때문에 부족민들에게 존경받으며 많은 처자식을 거느릴 수 있었지요. 인간의 성공적인 사냥에 가장 큰 조력자는 다름 아닌 개였습니다. 훌륭한 사냥개를 거느리면 보다 손쉽게, 보다 빠르게, 보다 많이 사냥할 수 있었지요. 그런 필요에 의해 태어난 개들이 바로 하운드 그룹과 스포팅 그룹에 속한 개들입니다. 차이가 있다면 하운드 그룹은 포유동물, 스포팅 그룹은 새를 사냥하는 그룹이라는 점이지요 1800년대까지만 해도 개들의 그룹은 사냥개와 비사냥개 두 가지 뿐이었습니다. 그만큼 사냥개로서의 역할이 중요했었지요. 아무튼, 이렇게 생존에 반드시 필요했던 사냥은 값비싼 말과 개를 이용한 하나의 '스포츠'가 되면서 점차 귀족들의 전유물로 바뀌기 시작했습니다 개와 관련된 이야기 중에 스포츠란 말이 나오면 사냥을 생각하시면 됩니다.

하운드 그룹에 속하는 품종은 '그레이하운드'처럼 눈으로 보면서 사냥감을 쫓아가는 시각 하운드 Sight Hound와 '바셋 하운드'처럼 냄새로 사냥감을 쫓는 후각 하운드 Scent Hound 두 종류로 나뉩니다. 개는 사람에 비해 색깔을 구분하는 능력과 사물을 정확히 보는 능력은 떨어지지만, 움직이는 물체를 감지하는 능력이나 어두운 곳에서의 시력은 매우 뛰어납니다. 시각 하운드는 다른 품종에 비해 먼 곳에 있는 대상을 더 정확하게 보는 능력이 있는 데다 사람과 달리 눈이 약간 측면에 위치하고 있어서 시야 각도도 더 넓습니다. 더 많은 움직임을 포착할 수 있는 넓고 정확한 시각 능력을 가진 셈이지요. 덕분에 땅에 코를 처박을 필요 없이 눈으로 보면서 사냥감을 추적할 수 있으니 민첩성도 더 뛰어날 수밖에 없습니다. 달리기에 적합한 늘씬한 체형 덕분에 아주 빠른 속력을 낼 수 있는 것은 물론 집중력과 지구력까지 뛰어나 일단 사정거리 안에 들어온 동물은 놓치는 법이 없지요.

또, 인간의 후각세포는 500만 개인데 비해 개의 후각세포는 약 2억 2천만 개에 이릅니다. 단순히 개수 상으로도 44배나 많은 후각세포를 가진 셈이지만 실제 후각 능력은 100배에서 많게는 100만 배, 어떤 학자는 10억 배나 더 예민하고 정확하다고 주장하기도 합니다. 그중에서도 더 월등한 후각 능력을 무기로 사냥감을 추적하는 개들이 바로 후각 하운드입니다. 후각 하운드들은 대부분 귀가 깁니다. 이 긴 귀들이 펄럭이면서 땅에 남겨진 냄새 입자를 더 잘 움직이게 만들어 준다는 설도 있습니다. 게다가 호기심이 많아서 일단 냄새를 맡았다 하면 끝을 보고야 마는 근성을 가지고 있기도 합니다. 정리해 보면 시각 하운드의 주 무기는 시각과 빠른 속도, 후각 하운드의 주 무기는 후각과 지구력이 되겠습니다.

이 그룹에 속한 품종들은 키가 15센티미터 정도밖에 안 되는 작은 '닥스훈트'에서부터 70센티미터의 큰 키를 자랑하는 '보르조이'에 이르기까지 그 크기와 생김새가 다양합니다. 공통점이 있다면 사냥감을 추적하는 본능이 여전히 남아 있다는 점입니다. 이 개들은 더 이상 사냥할 필요가 없어진 지금도 일단 집 밖에 나가면 움직임이나 냄새를 쫓아 추적 본능을 발휘, 순식간에 저 먼 곳으로 사라져 버리기 일쑤입니다. 하운드 그룹은 사냥을 위해 만들어진 품종인 만큼 활동량이 아주 많습니다. 게다가 시각 하운드는 그들의 장기인 달리기 욕구를 채워 줘야 하고, 후각 하운드는 냄새 추적 욕구를 채워 줘야 하지요. 애초에 그들이 만들어진 이유가 그러하기에 이런 욕구들을 채워 주지 못하면 스트레스가 되어 문제 행동들이 유발됩니다.

'그레이하운드'나 '아프간 하운드' 같은 시각 하운드들은 활동량이 굉장히 많을 것 같지만 의외로 밖에서 달리는 시간 이외에는 낮잠을 즐기는 느긋한 가정견이 되기도 합니다. 이와는 달리 '닥스훈트' 같은 후각 하운드는 대부분의 시간을 여러 가지 냄새를 쫓아 돌아다니길 좋아하기 때문에 굉장히 부산스럽고 에너지도 넘쳐 납니다. 킁킁킁. 킁킁킁. 최근 들어 가정견으로도 인기를 끌고 있는 '비글'은 헛짖음이 많고 지나치게 활동적인 성향 때문에 문제가 되고 있기도 합니다.

피카소의 뮤즈 아프간 하운드

도도한 새침데기

그 룹	하운드 그룹
혈 통	시각 하운드
기 원 지	아프가니스탄
기원시기	고대 시대
본래역할	가젤, 영양 등 동물 추적
크 기	대형견

몇 해 전 사회적으로 큰 이슈가 되었던 서울대 수의대 연구팀의 세계 최초 복제개 '스너피'가 바로 아프간 하운드입니다. 흐르는 듯 금색 사실 아프간 하운드의 털은 검은색, 갈색, 회색, 흰색 등 아주 다양하지만 대개 금색이 많이 알려져 있습니다의 길고 고운 털을 휘날리며 걷는 아프간 하운드의 모습은 도도하고 우아하기 그지없습니다. 무릎을 올리며 가볍게 걷는 모습은 런웨이를 걷고 있는 모델들의 캣워킹과 흡사하지요. 털을 밀어 버린 아프간 하운드는 그레이하운드와 무척 비슷한 모습을 보여 줍니다. 생각보다 훨씬 마르고 군살도 하나 없는 슈퍼 모델 같은 몸매가 풍성한 털 속에 감춰져 있습니다.

화려한 외모 덕에 지금은 애견전람회견이나 광고 모델로 더 유명하지만 사실 아프간 하운드는 뛰어난 사냥개 출신입니다. 이름에서도 알 수 있듯 아프가니스탄공화국이 고향이고 노아의 방주에 탔던 개가 바로 아프간 하운드였다는 이야기가 있을 만큼 수천 년 이상의 오랜 역사를 가진 품종이기도 합니다. 아프가니스탄에는 곰, 늑대, 표범 같은 커다란 포식 동물들이 많이 살았는데 유목민들은 자신의 가축을 잡아먹는 이 동물들을 잡기 위해 아프간 하운드를 이용했습니다. 아프간 하운드는 하운드 중에서도 시각 하운드에 속합니다. 정확한 시력과 넓은 시야 각도, 빠른 속도를 이용해 사냥감을 추적하는 종이란 이야기지요. 일단, 움직이는 사냥감이 시야에 들어오면 빠른 속도로 쫓아가 덮칩니다. 점프력이 좋아서 웬만한 장애물쯤이야 너끈히 뛰어넘으며 쫓을 수 있습니다.

아프가니스탄은 아시아의 지리적 요충지인 탓에 영국을 시작으로 많은 나라로부터 끊임없는 공격을 받았습니다. 정치적으로 불안했던 만큼 오랫동안 외부로부터 고립되다시피했지요. 하지만 바로 그 덕분에 아프간 하운드는 다른 개들과 섞이지 않고 그 원형을 잘 유지해 올 수 있었습니다. 이 독특한 모습의 개가 바깥세상에 알려진 것은 1900년대 초반에 이르러서입니다. 제1차 세계대전 시 아프가니스탄에 주둔했던 영국군들이 본토로 돌아가면서 알려졌는데, 화려하고 독특한 외모 덕에 짧은 시간 내에 유명세를 얻었습니다.

아프간 하운드의 매력적인 털은 아프가니스탄의 독특한 기후를 견디기에 적합한 구조를 갖고 있습니다 험난한 땅과 기후, 풍토를 가진 아프가니스탄은 국토 대부분이 해발고도 1,000미터를 넘는 고원에 위치한 덕분에 일교차가 아주 큽니다. 심한 곳은 낮 최고기온 38℃에서 밤 최저기온 −18℃까지. 긴 겉털은 강한 햇볕으로부터 피부를 보호해 주고 추위도 막아 줍니다. 대신 속털이 없어서 더위를 견디게 해 주지요. 하지만 이 멋진 털은 너무 고와서 관리 방법이 정말 까다롭습니다. 목욕 한 번 시키는 데 기본 3~4시간이 걸리니 박박 문지르면 엉키기 때문에 샴푸를 푼 물을 끊임없이 부어 가며 때를 빼고 다시 깨끗한 물로 수차례 헹구고 드라이어로 말리기까지, 멋진 털에 반해 개를 선택했지만 바로 그 털 때문에 많은 사람이 양육을 포기하거나 민둥산 빡빡이로 만들어 버리곤 합니다. 엉키지 않도록 수시로 빗질을 해 줘야 하고 산책 한 번 나갔다 하면 각종 이물질들이 털 사이에 낀 채로 무임승차하기 일쑤기 때문에 늘 '털 사정'에 신경을 써야 하지요. 이쯤 되면 아프간 하운드의 털을 그 모습 그대로 유지시켜 주는 주인님들에겐 '인간 승리' 칭호를 붙여도 될 것 같습니다.

아프간 하운드는 독립적이고 자존심이 강해서 아무리 야단을 쳐도 자기가 하고 싶은 것은 꼭 해야 하고, 주인에게 엉겨붙어 애교를 떤다거나 재롱을 피우는 모습은 거의 보기 힘든 새침데기로 통합니다. 어릴 때부터의 복종 훈련이 필수적이고 훈련 시 주어지는 보상 먹이, 칭찬, 장난감 등의 종류도 아주 다양해야 관심을 놓지 않는다고 합니다. 유명한 심리학자이자 개 심리전문가이기도 한 스텐리 코렌 박사는 총 110품종의 개 중에서 아프간 하운드를 가장 머리가 나쁜 품종으로 꼽기도 했습니다 참고로 머리가 가장 좋은 순서로는 보더 콜리, 푸들, 저먼 셰퍼드 도그, 골든 레트리버, 도베르만 핀셔, 가장 머리가 나쁜 순서로는 아프간 하운드, 바센지, 불도그, 차우차우, 보르조이를 꼽았습니다. 하지만 또 다른 전문가들은 지능이 낮아서가 아니라 독립심이 강해서 그렇게 느껴질 뿐이라고 반박하기도 합니다.

아프간 하운드는 넓은 곳에서 마음껏 달리는 것을 좋아하기 때문에 달릴 수 있는 공간을 확보해 운동을 시켜 주지 않으면 스트레스를 받습니다. 또, 시각 하운드로서 움직이는 사냥감을 쫓는 역할을 했던 품종인 만큼 움직이는 대상에 대한 반응이 아주 기민하기 때문에 혹시라도 목줄이 풀렸을 경우 믿지 못할 속도로 전력질주해서 순식간에 눈 앞에서 사라질 수 있습니다. 튼튼한 체력을 유지하기 위해서는 운동이 필요하고 매일 30분에서 1시간 정도 충분히 운동시켜 주지 않으면 체력이 떨어져 잔병치레를 하기 쉽습니다. 여러모로 초보자가 키우기엔 힘든 개입니다.

오랫동안 사람들은 그림을 잘 그린다는 것을 곧 '대상을 있는 그대로 가장 잘 모사하는 것'이라 생각했고, 예술가들은 화폭 안에 실재 대상이 담겨 있는 것처럼 그려 내기 위해 끊임없이 노력했습니다. 하지만 이 당연했던 현상은 '완벽하지 않은 인간이 특정 대상을 있는 그대로 그린다는 것이 과연 가능하기나 한 일인가?'라는 질문과 함께 점차 변하기 시작했고, 그런 분위기 속에서 탄생한 것이 바로 〈아비뇽의 아가씨들 1907〉이었습니다. 그림 속 다섯 여인들은 한 가지 시점 즉 그림을 보고 있는 사람의 위치에서 본 시점에서 바라본 모습이 아니라, 여러 각도에서 본 모습을 동시에 보여 주고 있습니다. 앞에서 본 모습과 뒤에서 본 모습을 동시에 볼 수 있는, 그래서 독특하다 못해 해괴해 보이기까지 하는 이 그림은 수백 년 넘게 지속되어 온 단일 시점에 따른 원근법을 한 방에 무너뜨렸고, '입체주의'라는 새로운 예술 양식을 탄생시켰습니다.

그 주인공이 바로 파블로 피카소 Pablo Ruiz Picasso, 1881-1973 입니다. 피카소는 현대 미술의 거장일 뿐만 아니라, 닥스훈트, 복서, 푸들 등 수많은 품종의 개를 애지중지 키운 것으로도 유명한 애견가였습니다. 개는 그의 삶의 일부였고 개를 키우지 않는 사람은 친구로 인정하지 않을 정도였다고 합니다. 닥스훈트 '럼프'는 피카소의 무릎 위에 앉아 식탁 위에

놓인 피카소의 음식을 먹어 치
우곤 했는데 피카소는 그 모습
을 아주 사랑스러워했다고 전
해지고, 아내와 함께 바닷가에
서 휴식을 즐길 때는 아프간
하운드가 함께했던 사진이 남
아 있습니다. 그의 수많은 작
품 속에는 다양한 개가 등장합
니다. 특히 아프간 하운드를
좋아해 여러 마리 키웠는데 그
는 그중에서도 자신이 가장 사
랑했던 개는 '카불'이었다고
늘 말하곤 했습니다. 카불은
그의 부인 중 하나였던 재클

시카고 달레이 광장에 있는 파블로 피카소의 작품.
〈시카고 피카소, 1967년작〉

린의 그림 속에도 자주 등장합니다. 또 그는 한 인터뷰에서 개들이 자신
의 작품 세계에 많은 영감을 주었노라고 말하기도 했습니다.

　　"나는 작업 중에도 카불을 생각하곤 합니다. 카불이 내 마음 속에
들어오면 그림도 바뀌곤 하지요. 카불처럼 얼굴이 뾰족해지거나 머리카
락이 길어지는 등 말이지요."

　　미국 시카고에 있는 달레이 광장Daley Plaza의 상징물이 된 15미터짜
리 피카소의 조각물, 〈시카고 피카소Chicago Picasso〉도 카불을 모델로 한 것
으로 알려져 있습니다. 작품에서 아프간 하운드의 길고 날렵한 얼굴, 흐
르는 듯한 긴 털의 상징을 엿볼 수 있습니다.

엘비스 프레슬리와 춤을 바셋 하운드

점잖고 고집 센 신사

그 룹 하운드 그룹
혈 통 후각 하운드
기 원 지 프랑스
기원시기 1500년대
본래역할 토끼사냥
크 기 중형견

'허시퍼피'라는 신발 회사의 모델을 기억하시나요? 코끼리 덤보처럼 큰 귀는 거의 땅에 끌릴 듯하고, 졸린 듯 축 처진 눈과 늘어진 볼살, 그리고 커다란 얼굴과 육중한 몸통에 전혀 어울리지 않는 짧은 다리. 이독특한 외모 하나로 사람들의 뇌리에 깊이 각인되어 성공적인 광고 효과를 거두게 한 품종이 바로 바셋 하운드입니다. 어찌나 성공적이었던지아예 이 개의 이름을 허시퍼피로 알고 있는 사람이 더 많을 지경이지요.

바셋 하운드를 처음 봤을 때 엎드린 채로 걸어다니는 모습을 보고는 깜짝 놀란 기억이 납니다 다리가 너무 짧아 엎드려 있다고 착각을 했던 것이지요. 주글주글 접혀 있는 통통한 발목과 뒤뚱대는 걸음걸이도 아주 인상적이었습니다. 바셋basset이란 이름도 '낮은', '난쟁이'를 의미하는 프랑스어 'Bas'에서 유래된 말이라 하니 뭐 말 다 했지 싶습니다. 바셋 하운드가 다리가 짧은 데는 다 이유가 있습니다. 토끼, 오소리 등은 위급한 순간이면 은신처인 굴속으로 숨어 버리는데 그럴 때마다 번번이 다 잡은 사냥감을 놓치기 일쑤였지요. '다리가 아주 짧다면 굴속으로 따라 들어가 사냥감을 물고 나올 수 있을 텐데.'라는 아쉬움은 곧 아이디어가 되었고 사람들은 블러드 하운드 Blood Hound : 벨기에가 원산지인 개. 냄새를 추적해 사냥하는 후각 하운드로 바셋 하운드를 다리만 길게 주욱 늘여 놓았다고 상상하면 됩니다. 다만 몸집이 훨씬 더 크고 색상이 다릅니다를 개량해 일부러 다리가 짧고 체구가 작은 품종을 만들어 내게 됩니다.

오랫동안 프랑스와 벨기에의 왕족 및 귀족들에게 인기 있었던 바셋 하운드는 곧 일반인들에게도 사랑받는 개가 됩니다. 중세 시대까지만 해도 사냥은 오직 귀족들만이 할 수 있는 고급 스포츠였는데, 프랑스 시민혁명이 일어난 후에는 봉건적 신분제와 영주제가 폐지되면서 농민 계층에게도 사냥이 허락되기 시작했습니다. 하지만 귀족들과 달리 말을 소유할 형편이 안 됐던 농민들은 발로 뛰어서 사냥개를 쫓아갈 수밖에 없었는데, 다른 개들에 비해 다리가 짧은 바셋 하운드와 가장 호흡이 잘 맞았던 것 같습니다. 그러자 바셋 하운드는 곧 대중적인 인기를 끌게 되고 1800년대 후반에는 영국과 미국에도 소개되면서 출중한 사냥 실력은 물론 독특한 생김새로 사랑받는 개가 됩니다.

생김새 때문에 익살스러운 개로 오해받곤 하지만, 바셋 하운드는 사람과의 갈등을 극단적으로 피하는 아주 내성적인 개입니다. 장난이나 놀이에도 별로 흥미가 없고 너무 점잖은 탓에 재미없는 개라고 느끼는 사람도 있을 정도입니다. 고집이 세서 가끔씩 주인을 곤란하게 하기도 하지만 대부분 온화하고 상냥합니다. 얼핏 생김새만 봐서는 '게으름의 지존'일 듯하지만 후각 하운드답게 일단 냄새를 맡기 시작한 바셋 하운드는 아무도 말릴 수 없습니다. 지칠 줄 모르는 지구력으로 그 거리가 얼마가 되든 상관하지 않고 끝까지 냄새를 쫓아 사냥감을 찾아내고야 말지요. 바로 이 포기하지 않는 근성이 고집 센 면모도 예측하게 해 줍니다. 워낙 냄새 맡기에 천부적인 만큼 냄새에 관심이 많은 데다 고집도 세서 산책할 때 어려움이 있을 수 있습니다. 신기한 냄새를 쫓아 목줄을 잡아당기는 바람에 제 갈 길을 못 가게 되는 것이죠. 간혹 개님에게 끌려다니는 심지어 본의 아니게 뛰어다니기도 하는 주인님들을 만나게 되는 것도 비슷한 이유입니다. 길게 펄럭이는 귀가 땅에 있는 냄새 입자를 들어올리고 이것이 얼굴 주름 사이에 맺히기 때문에 냄새 맡기에 더 유리할 것이라는 견해도 있습니다. 짧은 다리로 육중하고 긴 몸을 지탱해야 하기 때문에 살이 많이 찌면 다리에 무리가 와서 관절염 등이 생길 수 있습니다. 하루에 적어도 30분에서 1시간 정도는 운동을 시켜 줘야 합니다. 침도 아주 많이 흘리고 털이 많이 빠지므로 자주 빗겨 줘야 합니다.

한쪽 입꼬리를 살짝 올리는 특유의 미소와 멋진 구레나룻으로 50~60년대 팝 세계를 평정했던 록큰롤의 황제, 엘비스 프레슬리Elvis Presley 1935-1977. 갓 20세가 된 그는 낮에는 트럭 운전사로 일하고 밤에는 여기저기 술집에서 노래를 부르며 살고 있었는데, 자신의 노래가 담긴 테이프 하나가 세상에 알려지면서 순식간에 세계적인 슈퍼스타가 되었습니다. 지금은 할머니가 된 그 당시 소녀팬들은 노골적으로 엉덩이를 흔들어

엘비스 프레슬리가 바셋 하운드와 함께 TV 데뷔 무대를 준비하고 있습니다. 1956년

대며 야하고 망측하다는 이유로 그 당시 기성세대들에게 비난의 대상이 되었던 **춤추는 엘비스 프레슬리에게 열광했고 청년들** 지금은 할아버지가 된은 그 소녀들의 마음을 사로잡기 위해 너도나도 엘비스 프레슬리처럼 밑단이 너풀대는 하얀 나팔바지에 뒤통수까지 올라오는 깃이 커다란 셔츠를 입고 다녔습니다.

엘비스 하면 떠오르는 노래 중 하나가 바로 〈하운드 도그 Hound Dog〉입니다.

'유 에인트 나띵 버라 하운- 도그- You ain't nothing but a hound dog : 하운드 외엔 아무것도 아니죠.'

절로 엉덩이가 들썩여지는 이 곡은 하운드 종 특유의 행동에 빗대어 사랑을 노래한 것인데, 사실 엘비스 프레슬리는 하운드 종을 좋아해서 블러드 하운드를 직접 키우기도 했다고 합니다. 라디오를 통해 이 노래가 폭발적인 인기를 끌자 곧 엘비스 프레슬리는 그 당시 제일 유명했던 TV 쇼, 〈스티브 앨런 쇼 THE STEVE ALLEN SHOW 1956〉에 초대됩니다. 이때 그는 신사용 모자를 쓴 바셋 하운드를 데리고 나와 노래를 불렀습니다. 첫 브라운관 데뷔를 바셋 하운드와 함께한 셈이지요. 엘비스는 바셋 하운드를 바라보며 신나게 노래를 부르는데 개는 별로 관심없다는 듯 눈빛 한 번 마주치지 않고 특유의 무뚝뚝한 표정으로 일관해서 객석에선 웃음이 터져 나오기도 했습니다. 어쨌든 첫 무대는 대성공이었고 그는 미국인은 물론 전 세계인을 록큰롤과 사랑에 빠지게 했습니다. 영화배우로도 많은 활동을 했던 그는 1977년 심장마비로 갑작스럽게 사망한 이후에도 여전히 잊혀지지 않는 스타로 남아 있습니다. 수많은 팬이 미국 멤피스까지 찾아와 그를 애도하고 있고 지금도 엘비스 프레슬리와 관련된 산업은 매년 수천만 달러의 수익을 내고 있다고 합니다. 그는 십대 음악 시장을 개척한 최초의 인물이자 비틀즈와 함께 가장 많은 앨범 판매고약 10억 장이 넘을 것으로 추정를 기록한 아티스트로 남아 있습니다.

'스누피'의 주인공 비글

넘치는 에너지와 천진난만한 호기심의 대가

그　룹 하운드 그룹
혈　통 후각 하운드
기 원 지 영국
기원시기 1300년대
본래역할 산토끼 및 여우 사냥
크　기 중형견

인터넷에 떠도는 유머 중 '3대 지X견' 리스트가 있습니다. 1위가 비글, 2위가 코커 스패니얼, 3위가 슈나우저 혹은 닥스훈트라는군요. 막상 일을 당한 주인님들은 미치고 팔딱 뛸 노릇이겠지만, 그들이 저지른 갖가지 만행을 담은 소위 '인증샷'들을 보면 웃느라 배가 아프다 못해 울 지경이 됩니다. 도둑님들이 단체로 신입생 환영회라도 벌인 듯 난장판이 되어 있는 집, 뒤꿈치 없는 샌들 혹은 오픈 토슈즈로 둔갑한 정장구두, 이상한 나라의 앨리스처럼 토끼라도 쫓은 건지 소파에 구멍을 뚫고는 들락날락대는 개, 의사놀이 도중 지쳤는지 곰돌이 배 속을 다 빼놓고 그 속에 들어가 평화롭게 자고 있는 개 사진 등이 즐비합니다. 벽지가 사라지고 없거나 장롱 문짝을 반쯤 먹어 치운 경우도 있고 아예 장판을 없애고 시멘트 바닥에서 사는 주인님들도 있습니다. 저 역시 어린 시절 일주일간 친구네 비글을 맡아 돌보며 느꼈던 것도, '이 녀석 귀머거리구나.' 라는 깨달음?과 '내가 친구 개를 미치게 만들었다.' 는 공포심 두 가지였습니다. 이런 일들을 저질러 놓고도 '내가 뭐?' 라는 당당한 표정을 짓고 있으며 아무리 야단쳐 봐야 효과도 없고 그래도 미워할 수 없는 것이 비글의 매력이라는 인내심 많은 주인님들의 글을 보면서 어쩌다 비글이 이런 '지X견 트로피' 를 거머쥐게 된 걸까 하는 궁금증이 생깁니다.

　　비글 하면 가장 먼저 떠오르는 이미지는 빨간 재킷을 맞춰 입고 말에 올라탄 영국 귀족들과 그 선두에서 시끄럽게 짖고 뛰는 수십 마리의 개떼입니다. 바로 '여우 사냥' 장면이지요. 잔인한 죽음을 맞아야 하는 여우들이 가엾다며 전 세계 동물보호단체들의 비난을 사고 있는 이 오랜 전통은 오늘날까지도 이어지고 있는데, 비글이 영국 왕족의 사냥에 이용되기 시작한 것은 11세기경부터라고 합니다. 역사가 무려 천 년에 이르는 셈이지요. 이런 오랜 인기의 비결은 비글이 가진 놀라운 후각과 추적 능력에 있습니다.

　　1950년대 한 학자가 1에이커 acre : 한 변의 길이가 약 64미터인 정사각형을 떠올려 보면 됩니다 넓이의 들판에 쥐 한 마리를 풀어 놓고 가장 먼저 찾는 사냥개 품종을 뽑는 테스트를 한 적이 있습니다. 1등을 차지한 것은 1분도 채 안 되어 쥐를 물고 나타난 비글이었습니다 그 다음이 15분이 걸린 폭스테리어, 스코티시 테리어는 아예 실패했다고 합니다. 이 놀라운 후각 덕분에 비글은 각국의 공항에서 마약·폭발물 탐지견 및 검역견으로 활동하고 있기도 합니다. 이렇게 후각이 뛰어나다 보니 세상에 얼마나 신기한 게 많을까요? 인간으로서는 감히 상상조차 못할 냄새 입자들이 시시각각 변하며 비글 주변을 맴돌고 있다고 생각해 보면 그들의 부산스러움이 조금은 이해가 됩니다.

비글은 남다른 에너지를 발산하게 하기 위해 반드시 운동을 시켜줘야 합니다. 비글은 워낙 강한 호기심과 체력을 타고난 품종입니다. 그래야 사냥감 냄새를 장시간 쫓아다닐 수 있으니까요. 웬만한 활동으로는 쉽게 지칠 줄 모르는 '에너자이저' 이지요. 온 집 안을 난장판으로 만들어 놓는 이유는 왕성한 호기심과 넘쳐 나는 에너지를 해소하지 못한 스트레스, 그리고 혼자 남겨졌다는 스트레스가 동시에 작용하기 때문이란 해석이 지배적입니다. 이런 요란해 보이는 행동들은 후각 하운드_{냄새로 사냥감을 쫓는}로 태어난 비글의 당연한 기질입니다. 그저 시대와 장소를 잘못 타고나 문제견으로 낙인찍히게 된 현실이 안타까울 뿐입니다. 비글은 눈치도 없고 말도 안 통한다고 느껴질 만큼 지나치게 장난이 심하고 쾌활합니다. 장시간 혼자 사냥감을 추적하며 의사결정을 내렸던 만큼 누군가의 명령을 따른다는 것이 무척 힘든 품종입니다. 평소엔 순종적이더라도 일단 냄새를 포착하고 추적하기 시작하면 멈춰 세우거나 불러들이기가 거의 불가능하기 때문에 산책 시엔 반드시 목줄을 착용해야 합니다. 사냥감을 찾으면 단체로 시끄럽게 짖어서 주인에게 알리던 본능이 남아 있어서 끊임없이 짖기도 하는데 그 소리가 너무 우렁차서 도시나 아파트 생활은 무리입니다. 굴속에 숨어든 토끼를 잡으려 했던 때처럼 땅파기도 무척 좋아합니다. 한 마디로 비글은 넘쳐 나는 호기심과 에너지를 충족하기 위해 도시보다는 전원생활이 어울리는 품종입니다.

세상에서 가장 유명한 비글은 '스누피' 같습니다. 비글은 사냥감을 찾으면 집단으로 독특한 울음소리를 내서 주인에게 토끼의 위치를 알립니다. 입을 동그랗게 모으고 길게 울어 대는 비글의 모습은 만화 〈피너츠Penuts〉의 스누피를 떠올리면 쉽게 상상할 수 있을 것 같습니다. 스누피 snoopy는 '기웃거리며 돌아다니는, 이것저것 캐묻고 참견하기를 좋아하는'이란 뜻인데요, 스누피를 탄생시킨 만화가, 찰스 슐츠Charles Monroe Schulz, 1922-2000는 어린 시절 키웠던 '스파이크'라는 이름의 비글에서 캐릭터 영감을 얻었다고 합니다. 또 진화론의 아버지, 찰스 다윈이 탔던 탐사선의 이름이 '비글' 호였으며 이 비글호를 타고 여행하면서 겪었던 일들로 그 유명한 〈종의 기원〉을 썼지요. 한편, 비글은 낯선 사람조차도 무조건 믿고 따르는 순한 성품과 일정한 체격 조건 때문에 불행한 삶을 살고 있기도 합니다. 20세기 들어 온갖 종류의 연구실에서 실험용으로 사용되는 대표적인 품종이 되어 버린 것이지요. 최근 영국을 중심으로 이에 대한 여론이 일어나 반대운동이 펼쳐지고 있기도 합니다.

36대 미국 대통령, 린든 B. 존슨Lyndon B. Johnson 1908-1973은 백악관 마당을 비글로 꽉 채웠을 만큼 대단한 비글 애호가였습니다. 특히 '힘him'과 '허her'는 잠잘 때도 데리고 잤고 힘과 함께 찍은 사진으로 크리스마스 카드를 만든 후 자기 서명 대신 개 발자국을 찍어 지인들에게 보내기도 했습니다. 그는 늘 주변 사람들에게 비글을 자랑하고 싶어 했는데, 한번은 힘의 양쪽 귀를 들어 올린 채 같이 춤추는 모습을 보여 주려다가 그 모습이 주요 일간지에 실리면서 각종 동물협회와 일반인들로부터 항의를 받기도 했습니다. 더 재미있는 뒷이야기도 있습니다. 그 당시 정치적으로 문제를 갖고 있었던 터라 이 사건이 일파만파로 퍼져 나가자, 개를 그다지 좋아하지 않았던 33대 미국 대통령 해리 S. 투르먼이 난관에 처한 존슨을 변호해 주려고 "그게 뭐가 잘못이냐. 이게 바로 하운드를 다루는 옳은 방법이다."라고 말했는데, 이 기사를 본 존슨은 "해리가 나보고 잘했다고 하는 걸 보니 내가 우리 비글에게 정말 못된 짓을 한 게 틀림없어."라고 말했다고 합니다

그 당시 시골에서는 하운드를 들어 올릴 때는 귀를 잡아야 한다는 잘못된 생각이 퍼져 있었다고 합니다. 지금도 우리가 토끼를 잡을 때는 귀를 잡아야 한다고 잘못 알고 있듯이 말이지요.

미국의 린든 B. 존슨 대통령이 자신의 애견 '힘'의 귀를 잡고 춤을 추고 있습니다. 문제가 됐던 바로 그 사진. 1964년

하 운 드 그 룹

톨스토이 '전쟁과 평화'에 등장하다
보르조이

조용하고 좀처럼 친해지기 어려운 개

그 룹 하운드 그룹
혈 통 시각 하운드
기 원 지 러시아
기원시기 중세 시대
본래역할 토끼 사냥, 늑대 추적
크 기 대형견

개를 보면 으레 '쭈쭈' 하며 친근하게 다가가게 되는데 보르조이
는 왠지 그럴 수가 없었던 것 같습니다. 뭐랄까, 생김새나 하는 행동이
좀 격이 다른 느낌이 든다고나 할까요. 날렵한 얼굴, 가늘고 긴 다리, 홀
쭉하니 올라붙은 허리선과 늘씬한 몸매, 곱슬곱슬 가늘고 부드러운 털.
어디 하나 완벽하지 않은 구석이 없습니다. 게다가 뒷발로 일어서면 성
인 남자 키와 맞먹을 만큼 크다 보니 살짝 두려움도 느껴집니다. 또 조용
히 무릎을 가볍게 들어 올리며 무심한 듯 걷는 모습에서는 귀품이 느껴져
서 사람을 주눅들게 하곤 합니다.

오랫동안 사냥은 귀족 전용 스포츠였던 만큼 보르조이 역시 러시아 귀족들의 대규모 사냥에 이용되는 개로 유명했습니다. 지금은 멸종 위기에 처해 있지만 수백 년 전만 해도 러시아 일대에는 늑대가 아주 많았습니다. 중세 시대 이후 늑대를 악과 연결 짓는 사고가 세계적으로 만연해 있었던 데다, 가축을 공격해 피해를 입혔기 때문에 그야말로 늑대는 공공의 적이었습니다. 그러나 무리지어 움직이는 늑대는 사납고 공격적인 데다 머리까지 좋아서 잡기가 무척 힘들었고, 사람들은 늑대 사냥 역시 개에게 의지할 수밖에 없었습니다. 그중에서도 가장 뛰어난 실력을 보이는 개가 바로 보르조이였습니다. 살을 에는 추위를 견디는 것은 물론 늑대평균 시속 30킬로미터에 최고 속도는 60킬로미터까지도 낼 수 있는를 따라잡을 만큼 빠르고 덩치도 컸지요.

톨스토이Lev Nikolaevich Tolstoi, 1828-1910의 대표작, 〈전쟁과 평화〉는 역대 최고의 명저 1위 미국 시사주간지 〈뉴스위크〉가 2009년 선정로 선정되는 등 1860년대 출간된 이후 줄곧 베스트셀러 자리를 지키고 있습니다. 러시아 최고의 대하소설로 꼽히고 있는 〈전쟁과 평화〉에는, 1805년 유럽 패권을 장악한 나폴레옹 휘하의 프랑스와 전제군주 알렉산드르 II세Aleksandr II, 1818-1881 치하의 러시아 간의 전쟁을 시작으로 이후 15년간 일어난 러시아의 중요한 역사적 사건들이 잘 재현되어 있습니다. 특히 중심인물인 왕족 및 귀족들의 생활상이 아주 자세히 묘사되어 있는데, 그중에는 알렉산드르 II세가 한 무리의 보르조이를 데리고 사냥에 참가하는 장면이 십수 페이지에 걸쳐 상세히 나타나 있습니다. 이 멋진 장면은 후에 영화 〈전쟁과 평화1968〉에도 등장합니다 그런데 막상 그 당시 러시아에는 보르조이가 없어서 스웨덴에서 데려왔다고 합니다.

보르조이가 늑대를 사냥하는 모습은 가히 환상적이었다고 하는데 수십 명이 동시에 움직이는 귀족들의 사냥에는 수백 마리가 넘는 보르조이가 동원되기도 했다고 합니다. 추적견들이 늑대 냄새를 따라가면 말을 탄 사냥꾼들이 그 뒤를 따랐고 늑대가 시야에 들어오면 대개 수컷 두 마리와 암컷 한 마리로 구성된 한 조의 보르조이를 풀어놓습니다. 이들은 동시에 늑대를 공격해 주인이 와서 묶을 때까지 놓치는 법이 없었다고 합니다. 물론, 반드시 늑대만을 사냥한 것은 아니고 일반적으로는 훨씬 더 흔했던 여우, 토끼류의 작은 동물을 쫓는 데 더 많이 이용되긴 했지만 말입니다.

지금도 외교 차원에서 자국 고유의 희귀 동물 예를 들어, 판다 을 상대국에게 선물로 주는 관습이 남아 있는데, 그 당시 러시아 황제들도 외국의 왕족들에게 선물을 줄 일이 있을 때면 보르조이를 선사했다고 합니다. 1889년 처음 미국에 전해질 당시 '러시안 울프하운드Russian Wolfhound'라는 이름으로 소개되었는데 지금까지도 이 이름으로 불리는 경우가 많습니다. 보르조이는 수려한 외모 덕에 유명 배우들과 함께 광고에 자주 등장하면서 단기간 내에 대중의 관심을 끌었고, 현재는 전람회견이나 모델로도 인기가 높습니다. 한편, 러시아에서는 1917년 일어난 혁명으로 로마노프 왕조가 막을 내리면서 전제군주차르 제도 사라지는데, 그때 귀족의 상징이었던 보르조이도 함께 떼죽음을 당한 이후로 막상 러시아에서는 잊혀진 개가 되어 지금은 보르조이라는 품종 자체를 알지 못하는 러시아인들이 더 많습니다.

보르조이는 성품이 온순해서 이제는 사냥개 대신 반려견으로 자리잡아 가고 있습니다. 성견이 되면 거의 짖지도 않는 조용한 품종이지만 시각 하운드답게 일단 밖에 나가면 움직이는 모든 야생동물을 쫓아다니는 본능을 간직하고 있습니다. 혼자 사냥감을 추적하며 의사 결정을 내렸던 개인지라 자립심이 강해 훈련이 어려울 수도 있습니다. 장시간 빠른 속도로 사냥감을 쫓던 품종인 만큼 매일 넓은 공간에서 마음껏 뛰놀게 하는 것이 바람직한데, 울타리가 있어야 한다는 사실을 기억해야 합니다 아니면 언제 어떤 대상을 쫓아 바람과 함께 사라져 버릴지 모르니까요. 집에만 갇혀 있으면 예민하고 겁 많은 개가 되기 쉽고, 특히 사회화 과정에 신경써야 합니다. 긴 털이 엉키지 않도록 적어도 2~3일에 한 번씩은 빗겨 주고 털이 빠지는 것도 감수해야 합니다. 애교나 아양이란 단어는 먹는 것쯤으로 이해할 만큼 도도한 성격을 가졌습니다. 그저 가까이 다가와 기대는 것 정도가 큰 애정 표현이지요 일부 양육자는 한 살이 넘으면 그마저도 없어진다고 말합니다. 친해져 보려고 간식도 주고 구석구석 긁어도 주며 외교 협상을 시도해 봐야 무시당하기 일쑤입니다 그러니 상처받지 마시길. 원래 그런 품종이랍니다. 쉽게 친해지기 어렵지만, 일단 신뢰감을 형성하고 나면 가족과 동료에게 깊은 애정을 가진다고 합니다.

전설의 록밴드이자 가장 진보적인 록밴드로 평가되고 있는 영국의 핑크 플로이드Pink Floyd를 아실지 모르겠습니다. 〈The Wall〉이란 곡으로 유명한 그들은 특이한 실험 정신을 적용한 곡들을 발표해 70~80년대에 세계적으로 큰 반향을 일으켰는데, 그중에는 심지어 개와 함께 부른 노래도 있었습니다. 〈시머스Seamus〉라는 곡은 노래 전반에 걸쳐 개가 짖거나 우는 소리가 깔려 있는데, 실제로 앨범 작업 시 스튜디오에 직접 보르조이를 데려와 함께 노래⑵를 부르며 녹음한 것이었습니다. 1970년대 폼페이 공연 때는 이 노래를 새로운 버전으로 편곡해 〈마드모아젤 놉

Mademoiselle Nobs〉이란 제목으로 소개했는데 노래 제목은 함께 노래를 불렀던 암컷 보르조이의 이름을 딴 것입니다. 보르조이를 무대 위로 데려와 보컬 대신 노래를 부르게 했습니다. 그것도 완벽한 라이브로 말입니다. 인간 보컬은 아예 사라지고 밴드 동료가 부는 하모니카 연주에 맞춰 '놉'은 고개를 쳐들고 계속해서 '아우우' 하울링을 합니다. 개인적으로는 '전설의

화려한 여배우들과 함께 광고나 영화에 자주 등장했던 보르조이. 당시 유명했던 미국 여배우 캐롤 베이커가 보르조이 두 마리와 포즈를 취했습니다. 1965년

고향'의 배경 사운드가 떠올라 을씨년스럽게 느껴지기도 했지만 어쨌든 놉은 보컬로서의 역할을 아주 톡톡히 해냈습니다 유튜브에서 꼭 한번 검색해서 보시길. 또, 대서양 바다 속에 잠자고 있는 초호화 여객선 타이타닉호의 선장이 새하얀 보르조이, '벤'을 애지중지 키웠고 타이타닉호 위에서 함께 노는 사진도 존재하는데 다행히 사고가 있었던 처녀 항해 때에는 동승하지 않았다고 합니다.

앤디 워홀이 사랑한 개 닥스훈트

항상 바쁘게 돌아다니는 개, '핫도그'의 원조

그   룹   하운드 그룹
혈   통   후각 하운드, 테리어
기 원 지   독일
기원시기   1500년대
본래역할   오소리 사냥
크   기   소형견

닥스훈트를 처음 본 사람들은 그야말로 허를 찌르는 '앉으나 서나 마찬가지'인 다리 길이에 실소를 터뜨리기 일쑤입니다. 길고 긴 허리에 전혀 걸맞지 않은 짧은 다리는 닥스훈트의 상징이지요. 국내에는 털이 짧은 종이 주로 알려져 있지만 해외에서 더 인기 있는 장모종의 경우는 그나마도 털에 가려 엎드린 채로 미끄러져 다니는 듯한 재미있는 움직임을 보여줍니다 닥스훈트는 털 종류에 따라 짧고 부드러운 털smooth, 거친 털wirehaired, 긴 털longhaired을 가진 세 종류로 구분되고, 다시 크기에 따라 표준형standard과 소형miniature으로 구분됩니다. 총 여섯 종류가 있는 셈이지요_미국켄넬클럽 기준. 애수에 찬 눈빛과는 대조적인

우스꽝스러운 걸음걸이 탓에 찰리 채플린과 자주 비교되기도 합니다.

핫도그라는 이름이 닥스훈트에서 유래되었다는 사실을 아시는 지? 우리가 알고 있는 프랑크 소시지는 원래 독일 음식인데, 길쭉한 모양 이 꼭 닥스훈트를 닮아서 1860년대 미국에 소개될 당시 '닥스훈트 소시 지'라고 불렸습니다. 나중에 따뜻하게 데운 닥스훈트 소시지를 빵 사이 에 넣어 먹는 음식이 유행하면서 한 신문사 만화가가 이를 풍자해 빵 사 이에 닥스훈트를 넣은 만화를 소개했는데, 닥스훈트의 독일 철자를 알 수가 없어서 그 밑에 그냥 '핫도그hot dogs'라고 썼다고 합니다. 그 만화가 인기를 끌면서 그 후로 '닥스훈트 소시지'를 넣은 빵이 핫도그로 불리 게 된 것입니다.

긴 몸통에 바로 붙어 있는 주름진 발목 허벅지, 무릎, 종아리는 어디에? 으 로 종종거리며 뛰어다니는 작은 애완견 이미지가 일반적이지만 사실 닥 스훈트는 용맹한 사냥개, 그중에서도 후각 하운드 혈통 출신입니다. 작 은 동물을 쫓아가 잡은 다음에는 죽일 수도 있을 만큼 강한 체력과 끈질 긴 사냥 본능을 가진 품종이지요. 프랑스에서 바셋 하운드가 만들어질 때 독일에선 닥스훈트가 만들어졌습니다. 닥스훈트라는 이름은 독일어 로 '오소리dachs'와 '개hund'가 합쳐진 것으로 오소리 사냥개란 뜻입니다. 뛰어난 후각으로 굴속에 숨은 동물까지도 찾아내고 짧은 다리와 작은 체구 덕에 굴속까지 들어갈 수 있으며, 강한 턱 힘과 근육으로 사냥감을 직접 제 압해 물고 나올 수도 있습니다. 땅에 붙은 듯한 작은 키 덕분에 냄새를 더 잘 맡을 수도 있고 숲 속에서 관목 덤불을 헤치고 다니기에도 유리합니다.

네티즌들 사이에서 '3대 지X견' 중 3위로 선정될 만큼 닥스훈트 역시 놀라운 에너지를 지닌 개입니다. 그 옛날 온종일 숲 속을 헤집고 다니며 오소리를 찾았던 에너지가 오늘날 집 안에서 방출되면서 소위 '문제견'이 된 것이지요. 닥스훈트의 역사와 원래 역할을 잘 이해하지 못하고 그저 외모나 인기에만 치우쳐 개를 입양한 주인님들의 잘못이지 이런 성향을 충분히 이해하고 그 에너지를 제대로 발산시켜 줄 주인님을 만난다면 아무 문제가 없는 개입니다. 닥스훈트는 에너지가 넘쳐 늘 사람을 즐겁게 해 주며 아주 영리합니다. 스스로 판단해 사냥감을 추적하고 굴 안으로 따라 들어가야 할지 말아야 할지 등을 결정하던 개였던 만큼 자립심이 강한데, 이 말은 뒤집어 보면 제멋대로라는 말과도 같습니다. 어릴 때부터 단호한 행동 교정이 필수입니다. 또, 대소변 가리기 및 훈련이 좀처럼 쉽지 않다는 의견도 많습니다. 다행스럽게도 그나마 크기가 작아서 일반적인 산책과 뜰에서 실컷 놀게 해 주는 정도의 운동만으로도 욕구를 채워 줄 수 있습니다. 도시나 아파트에서도 생활이 가능하긴 하지만 사냥개답게 실외 활동을 즐깁니다.

자신감 넘치는 사냥 본능, 뛰어난 후각, 그리고 커다란 목소리는 땅 속의 사냥감을 제압하는 데 큰 도움이 됩니다. 솔직하고 호기심이 많아서 항상 새로운 것을 찾아 나서느라 바쁩니다. 눈치가 빨라 분위기 파악도 잘 합니다. 애교도 많고 노는 것을 무척 좋아합니다. 게다가 움직임도 날쌔고 민첩하며 자유분방하지요. 지구력 등이 사냥에 반드시 필요한 요소였던 만큼 체력도 아주 좋습니다. 닥스훈트가 가장 좋아하는 것은 냄새 추적하기와 사냥감 쫓아다니기, 그리고 땅 파기입니다. 아 참, 허리가 길어 슬픈 짐승이라고나 할까요. 닥스훈트는 긴 허리 탓에 디스크 질환 등 허리 질병이 생기기 쉽습니다. 살찌는 것, 높은 곳에서 뛰어내리는 것 등 허리에 무리가 가는 일에 절대 주의해야 합니다. 헛짖음이 많고 작아서 망정이지 나름 사납고 무는 경향이 있다는 평가도 있습니다. 장모종의 경우 조금 더 내성적이고 애완견다운 성격을 보입니다.

팝 아트의 선구자, '팝의 교황', '팝의 디바'라는 수식어가 늘 따라다니는 앤디 워홀Andy Warhol, 1928-1987은 대중미술과 순수미술의 경계를 무너뜨리며 현대 미술의 아이콘이 된 인물입니다. 그도 개를 무척이나 좋아했습니다. 왠지 앤디 워홀

영화 <왕과 나>의 여주인공으로 유명한 데보라 커가 자신의 장모종 닥스훈트와 함께 찍은 사진. 1965년

하면 푸들이나 아프간 하운드 같은 화려한 외모의 개가 어울렸을 듯한데 예상과 달리 그는 약간은 우스꽝스럽기도 한 닥스훈트를 사랑했습니다. 친구의 권유로 닥스훈트, '아치'를 키우기 시작한 그는 자주 가는 레스토랑, 작업 스튜디오는 물론 전시회와 인터뷰 장소에도 아치를 데리고 다녔습니다. 일기에도 아치의 이야기가 자주 언급되고 친구들과 찍은 사진 혹은 인터뷰 사진에서도 아치를 품에 안고 있는 그의 모습을 아주 쉽게 찾아볼 수 있습니다. 닥스훈트 그림을 몇 점 남기기도 했지요. 앤디는 아치와 떨어지기 싫어 해외여행도 포기할 정도였고, 몇 년 후에는 아치를 위해 닥스훈트 '아모스'를 키우기 시작했는데 두 마리는 그의 작업실을 휘젓고 다니며 서로 사

이좋게 지냈다고 합니다. 앤디 워홀은 상반된 개성을 동시에 가졌던 특이한 인물로 묘사되곤 합니다. 자신감 넘치면서도 자기 비판적이었고, 부끄럼 많고 내성적이었던 어린 시절 모습이 그대로 남은 듯하면서도 사람들에게 주목받는 것을 주저하지 않는 외향적인 모습도 보였습니다. 그는 스스로도 "나는 미스터리로 남기를 바란다."라는 말을 했는데, 어쩌면 복잡한 생각의 늪에 살았을 그에게 명랑하고 단순한 매력을 가진 닥스훈트가 휴식처 역할을 해 주었던 것인지도 모르겠습니다.

프리드리히 2세 '내 개 옆에 묻어다오'
그레이하운드

**시속 70km 질주 이외엔 늘어져
잠자길 좋아하는 고양이를 닮은 개**

그 룹	하운드 그룹
혈 통	시각 하운드
기 원 지	이집트
기원시기	고대 시대
본래역할	토끼 사냥
크 기	대형견

그레이하운드들의 박진감 넘치는 경주 장면을 본 적 있으신가요? 짧은 털 덕분에 몸매가 고스란히 드러나는 그레이하운드를 보고 있으면 달리기를 못 했다면 오히려 더 이상했겠다 싶은 생각이 들 정도입니다. 군살 하나 없는 늘씬한 몸매에 마른 듯하지만 탄탄한 근육, 잘록하니 올라붙은 허리선은 살아 있는 조각상을 보는 것 같습니다. 평소에는 점잖고 내성적인 그레이하운드는 일단 질주 본능을 발휘하면 아무도 말릴 수 없는 열정을 터뜨려 냅니다. 최고 속도 시속 70킬로미터. 앞·뒷다리를 바깥으로 펼치고 공중에 떠 있다시피 하는 그레이하운드의 모습은 십 년

묵은 체중이 뻥 뚫릴 만큼 근사합니다. 지상에서 가장 빠른 동물인 치타는 시속 100~110킬로미터 100미터를 5~6초에 돌파하는 속도 로 달릴 수 있고, 그레이하운드는 시속 70킬로미터로 질주하는 지상에서 두 번째로 빠른 동물이자 가장 빠른 개입니다. 치타의 절반 크기에도 못 미치는 덩치를 감안한다면 그레이하운드가 가장 빠른 동물일지도 모르겠습니다.

　　그레이하운드는 달리기에 최적화된 신체 구조를 가지고 있습니다. 척추가 유연해 활처럼 구부릴 수 있기 때문에 앞·뒷다리를 반대편으로 뻗을 때 보폭이 더 커지는 것은 물론, 몸 전체의 수축·팽창 속도도 더 빠릅니다. 또, 다른 품종에 비해 심장과 폐가 커서 달리는 동안 혈액과 산소를 공급하기 좋습니다. 유선형의 몸매도 그렇지만 얇고 짧은 털도 공기 저항을 덜 받는 데 한몫하지요. 250도에 가까운 넓은 시야와 긴 꼬리는 날렵한 방향키 및 제동 장치 역할을 해 줍니다. 경기 중에 입마개를 착용시키는 것은 대부분의 사람들이 생각하는 것처럼 싸움이 났을 때를 대비한 것이 아니라 피부가 매우 얇아 쉽게 깊은 상처를 입기 때문입니다. 혹시라도 개들이 부딪쳤을 경우 날카로운 이빨을 피하기 위해서지요.

　　고대 이집트가 원산지지만, 그레이하운드 경주 대회는 영국에서 시작되었습니다. 덕분에 더 잘 뛸 수 있는 개로 만들기 위한 품종 개량도 영국에서 이루어졌고 많은 사람이 영국 품종이라고 잘못 알고 있기도 합니다. 아무튼 현재 전 세계 20~30여 개국에서 그레이하운드의 속도를 겨루는 경견장이 성행하고 있습니다. 눈으로 보며 사냥감을 쫓는 시각 하운드의 특성을 이용, 제일 안쪽 전기 트랙에 미끼 역할을 하는 인형을 설치해서 개보다 약 6미터 앞선 거리에서 움직이게끔 설정합니다. 이 미끼를 추적하는 원리로 경기가 진행되는 것이지요.

하운드그룹

한편 미국 약 35개 주에서는 상업적 경견을 불법으로 금지하고 있는데, 왕성한 활동 시기가 끝난 개들을 너무 잔인하게 처리하는 일이 비일비재해 세계적으로 큰 사회적 문제가 되었기 때문입니다. 짧은 선수 수명 가장 혈기왕성한 2~4세경을 마친 후 더 이상 좋은 성적을 내기 힘든 그레이하운드들을 비싼 안락사 비용을 줄이기 위해 잔인한 방법으로 도살하거나 인적 드문 창고에 떼로 몰아넣고 굶겨 죽였던 것이지요. 지금도 해마다 세계적으로 10만 마리의 그레이하운드가 잔혹한 방법으로 죽임을 당한다는 통계가 있습니다.

시각 하운드의 가장 전형적인 체형을 보여 주는 그레이하운드는 아주 오래된 품종입니다. 고대 이집트인들은 사람이 죽으면 그가 생전에 키웠던 동물들을 미라로 만들어 함께 묻곤 했는데 기원전 2800년경의 이집트 왕조 무덤 속에는 그레이하운드가 조각되어 있습니다. 고대 그리스와 로마인들 역시 그레이하운드를 무척 좋아해 이들과 사냥하길 즐겼지요. 움직임을 포착하는 능력이 뛰어난 그레이하운드 덕에 사슴, 토끼, 여우, 곰 등에 이르기까지 다양한 사냥감을 손쉽게 잡을 수 있었으니 어찌 사랑하지 않을 수 있었을까요? 중세 시대엔 귀족 이외의 일반인은 그레이하운드를 기를 수 없다는 법이 있었고 그레이하운드를 죽인 자에게는 사형이 선고되기도 했다고 하니 이들이 얼마나 소중한 존재로 대접받았는지를 알 수 있습니다. 특히 프랑스의 루이 11세와 영국의 리처드 2세 등 많은 왕들이 그레이하운드를 몹시 아꼈습니다.

그레이하운드는 다른 시각 하운드들과 마찬가지로 무언가를 발견해서 추적하는 순간을 제외하곤 대체적으로 소파에 늘어져 잠자길 좋아해서 곧잘 고양이에 비유되곤 합니다. 사뿐사뿐 조용한 움직임도 고양이

를 닮았지요. 좀처럼 잘 짖
지도 않고 특히 실내에 있
을 때는 조용하고 점잖아서
아주 이상적인 가정견입니
다. 주인이나 동료 이외의
낯선 사람에겐 낯을 가리며
함께 있는 것을 불편해하는
내성적인 성격입니다. 주
인 곁에 붙어 있길 좋아해
서 혼자 남겨질 때엔 분리
불안으로 고통받기도 합니
다. 그레이하운드는 시각
하운드답게 에너지가 넘치

산책 중 나무 그늘에서 멋지게 포즈를 취한 근육질의 그레이하운드

는 품종은 아닙니다. 격렬한 운동이라면 스스로 즐거워할 정도까지면 족합
니다. 매일 적정 시간 마음껏 달릴 수 있게 해 주어야 하는데 안전 펜스가
설치되어 있지 않은 곳이라면 반드시 목줄을 착용해야 합니다. 재미있게도
그레이하운드는 아이들의 장난감, 리모컨 같은 작은 물건들을 특별한 장소
에 모아 놓고 소유하길 좋아하는데 너무 조용하게 움직이기 때문에 미리 눈
치채기가 힘들다고 합니다.

　　프로이센의 국왕, 프리드리히 2세Friedrich II, 1712-1786는 그레이하운
드를 너무 사랑했습니다 사실 정확하게는 소형화된 그레이하운드인 이탤리언 그레이하운드
라는 품종입니다. 개를 부를 때 존칭을 쓸 정도였고 온갖 종류의 좋은 음식을
먹였으며 개를 위해 별도로 하인을 배치하고 어떤 말썽을 부려도 허용하

라고 지시했습니다. 하인을 만날 때마다 개의 안부를 묻기도 했습니다. 말을 타고 산책할 때나 군사훈련 중에도 개를 데리고 다녔으며, 그의 개들은 종종 여섯 마리의 말이 끄는 전용 마차를 타고 다니기도 했습니다. 프리드리히 2세는 뛰어난 군사전략과 합리적인 경영 능력을 발휘해 프로이센을 당시 유럽 최강의 군사 대국으로 성장시킨 왕이자 국민의 행복 증진에도 힘썼던 왕그 공적을 기리고자 후세에 프리드리히 대왕으로 불립니다인데, 군주로서 그는 무척 고독한 삶을 살았던 것 같습니다. 한 장군이 다음 군사 작전 지시를 내려 주길 재촉하자, 왕이 아무 말 없이 바닥에 웅크리고 앉아 먹이를 먹고 있는 개를 쓰다듬기만 했다는 일화에서도 그 쓸쓸함이 전해집니다. 끊임없는 업무와 전쟁에 시달려야 했던 그에게는 애견만이 유일한 휴식처가 아니었을까요? 특히 프리드리히 2세는 말년에 사람들을 멀리한 채 외로운 삶을 보내다 죽음을 맞았는데, 자신의 애견들 곁에 묻어 달라는 마지막 소원을 남겼다고 합니다. 그러나 그의 시신은 세계대전 동안 여기저기 전전해야 했고, 독일 통일 후인 1991년에야 개들과 함께 살았던 상수시 궁전Sanssouci : 그의 여름궁전 마당에 옮겨져 유언대로 자신의 애견 옆에 묻혔습니다. 거의 200년 만의 만남이었지요. 지금도 붉은 벨벳으로 만든 푹신한 전용 의자에 '프리드리히' 라는 주인의 이름을 금사로 크게 새겨 넣은 목걸이를 한 그레이하운드의 초상화가 남겨져 있습니다.

워킹 그룹

워킹 그룹에 속하는 품종들은 모두 중간 크기 이상의 크고 튼튼한 체격을 지닌 개들로 일하는 개, 즉 '사역견'이라 불리기도 합니다. 이 개들은 힘없는 인간을 대신해 다양한 노동력을 공짜로 제공해 주었습니다. 집이나 시설물을 지키는 경비견, 맹수로부터 가축을 보호하는 가축경비견, 산이나 물에서 위험에 처한 사람을 구하는 구조견, 무거운 짐수레나 썰매를 끄는 개, 전쟁터에 참가하는 군견 등 인간을 위해 다양한 일을 하고 여러 임무를 동시에 수행해 내기도 합니다. 선사시대 떠돌이 수렵 생활을 청산하고 정착 생활을 시작하면서 인간은 재산을 소유하게 되었습니다. 개는 그 재산을 관리하고 불리고 지키는 데 지대한 역할을 하기 시작했습니다. 단순히 덩치만 크고 힘만 셌던 것이 아니라 영리하고 무엇이든 빨리 배우는 능력을 가졌기 때문에 약간의 훈련만 시키면 어떤 일에든지 이용할 수 있었습니다. 인간에게는 없어서는 안 될 중요한 노동력이자 든든한 반려견 역할을 동시에 해 온 셈입니다.

수많은 유물이나 벽화에서 확인할 수 있듯 인간은 이미 고대 시대부터 전쟁터에 개를 데리고 나갔습니다. 고대 로마 시대에는 갑옷을 입고 칼날이 둘러진 목줄을 맨 마스티프 mastiff : 역사가 아주 오래된 초대형 사역견으로 투견이나 경비견 등으로 많이 사용 계통의 개들이 전쟁에 참가했고, 개에게 적의 다리를 물게 해서 적군이 방패를 내리면 그 틈을 이용해 병사가 상대의 상반신을 공격하게 하는 구체적인 전술도 사용했습니다. 특히 카이사르 caesar가 마스티프의 용맹성을 매우 칭송했던 것으로 전해집니다. 나폴레옹도 알프스 고개를 넘을 때 길 안내자로 개를 이용했고, 물에 빠졌을 때는 뉴펀들랜드 종 Newfoundland :

캐나다 원산의 초대형 사역견으로 주로 물 안에서 활동하길 좋아했던 워터도그에게 구조 받았다는 기록이 있습니다. 나폴레옹은 개를 별로 좋아하지 않던 인물로 유명한데, 전투가 끝난 후 시체가 즐비한 전쟁터를 둘러보다가 죽은 주인의 주검을 지키고 있던 군견을 보고 매우 감동받았었는지 그 이야기를 기록해 두었습니다.

"그 개는 시체가 된 자신의 주인과 내 사이를 뛰어다니며 슬프게 울었다. 얼마나 그 시체를 지키고 있었던 것일까. 나는 그 개를 보며 가슴 깊은 곳에서 흘러나오는 슬픔을 경험했다."

그 외에도 워킹 그룹의 개들은 사람의 생명을 구하고 무거운 짐수레나 썰매를 끌었으며, 일에 지친 서민들은 힘센 개들이 끄는 수레를 마차 삼아 타고 집으로 돌아오기도 했습니다. 이 개들의 큰 덩치와 강한 체력은 평범한 가정의 애완동물이 되기에는 적합하지 않은 면이기도 합니다. 영리한 데다 무엇보다 힘까지 세다는 점은 반대로 어릴 때부터 제대로 훈련시키지 않으면 통제하기 힘들어진다는 의미도 됩니다. 사회화 훈련이나 복종 훈련이 반드시 필요하고 강한 힘을 이겨낼 수 있는 체력이 좋은 사람 그리고 개를 잘 다룰 수 있는 사람에게 적합한 품종입니다. 개를 키워 본 경험이 없거나 복종 훈련을 시켜 줄 수 없는 사람 또는 늘 운동을 시켜 줄 수 없는 사람이라면 적합하지 않다는 사실을 반드시 기억해야 합니다. 덩치가 큰 만큼 먹기도 많이 먹어서 양육 비용이 많이 들고 자주 운동시켜 줄 수 있는 넓은 공간도 필요합니다. 그 외에 침을 많이 흘리는 등 일반 가정견으로는 부담스러운 면도 있습니다.

혹한의 기온 속에서도 무거운 썰매를 끌던 '알래스칸 맬러뮤트', 가축들을 맹수로부터 지켜 온 '그레이트 피레네', '배리'라는 산악 인명구조견으로 세상에 알려진 '세인트 버나드', 존재 자체만으로도 범죄자들을 떨게 만드는 '로트와일러' 등 개 왕국에서 힘깨나 쓰고 덩치깨나 한다는 개들이 이 그룹에 포함되어 있습니다.

극한에서 1년을 살아남다
알래스칸 맬러뮤트

하루 종일 일해도 지치지 않는 강인한 힘을 가진 개

그 룹 워킹 그룹
혈 통 스피츠, 북방견, 사역견
기 원 지 알래스카
기원시기 고대 시대
본래역할 무거운 짐 썰매 끌기, 큰 동물 사냥
크 기 대형견

알래스칸 맬러뮤트를 처음 만나 본 사람들은 생김새나 거대한 크기에 위압감을 느끼곤 합니다. 늑대를 꼭 닮아서 늑대개라는 별명도 있고 흔히 줄여서 맬러뮤트라고 부르기도 합니다. 보통, 쭉쭉 뻗은 중간 길이의 털을 가진 개들을 스피츠 계통이라고 하는데 이 스피츠 계열 품종들은 대부분 추운 북극 지역 출신입니다 그래서 흔히 북방견이라고 합니다. 맬러뮤트 역시 스피츠 계통의 북방견으로 정확한 기원은 알려지지 않았지만 알래스카 북서 해안가에 거주하던 에스키모, 맬뮤트족Mahlemuts과 함께 생활했던 개로 알려져 있습니다. 물개나 백곰 같은 큰 덩치의 동물을 사냥

할 때 이용되었고 무거운 사냥감을 집까지 끌고 오는 역할도 했습니다. 혹독한 추위에 견딜 수 있는 이 개는 맬뮤트족의 일상생활에 없어서는 안 될 존재였기 때문에 가족 같은 대우를 받았다고 전해집니다.

1700년대에 처음 이 지역을 찾은 외부 탐험가들은 뛰어난 사냥 실력은 물론 믿음직한 체구와 힘, 또 무리지어 썰매를 끄는 능력을 가진 맬러뮤트와 이 개를 애지중지 대하는 이 지역 사람들의 모습에 강한 감동을 받았다고 합니다. 1896년 금이 발견되면서 수많은 외지인이 알래스카로 몰려들었는데 이때 맬러뮤트는 각종 무거운 짐을 끄는 썰매개로 큰 인기를 끌었습니다. 하지만 외부인들이 좀 더 빠른 썰매 경주견 또는 금광에서 일하기 좋은 개로 개량하기 위해 자신이 데려온 개들과 마구잡이로 교배를 시키면서 한때 멸종 위기에 처하기도 했습니다. 1920년대 영국의 한 애호가가 순종 몇 마리를 구해 번식시키기 시작하면서 다행히 멸종 위기에서 벗어났고 그 탁월한 능력 덕분에 각국의 극지방 탐험대의 썰매개로 이용되면서 세계적으로 유명해졌습니다. 제2차 세계대전 중에는 짐수레 끌기, 동물 감시, 탐색 및 구조 등의 일을 하며 활약했습니다.

북극의 썰매 끄는 개들 중에서 가장 오래된 알래스칸 맬러뮤트는 외모에서부터도 힘이 느껴지는 근육질의 개입니다. 늘 사람과 함께 살면서 강도 높은 일을 했던 품종으로 지금도 체력을 소모시켜 줄 수 있는 다소 과격한 운동이 필요합니다. 일이 없다면 넘치는 힘을 주체하지 못해 문제를 일으키고 건강이 나빠질 수도 있습니다. 대개는 참을성이 뛰어나고 가족이나 동료를 지키려는 보호 본능이 강한 조용한 개입니다. 애정이 풍부해서 누구와도 친한 친구가 되지만 오랫동안 썰매개로서 단체 생활을 했던 역사가 있는 만큼 가족 또는 다른 개들과 확실한 서열 순위가 결정되지 않을 경우 문제가 생길 수 있습니다. 간혹 여러 마리의 맬러뮤트를 키우는 사람들이 개들 간의 치열한 싸움을 잠시 방치해 두는 경우가 있는데 확실한 서열을 정해 주기 위해서라고 합니다. 서열 정하기에 대한 의지가 강하기 때문에 어린아이가 있는 경우에는 어른들의 관찰이 필요하고 훈련 교육이 반드시 필요합니다. 영하의 혹독한 추위 속에서 지냈던 품종이었던 만큼 더위를 힘들어하고 추운 곳에서 오래 지낼수록 속털이 더 풍성해져서 전체적으로 더 건장하고 멋져 보입니다. 도시나 아파트 생활에는 적합하지 않습니다.

영화 〈에이트 빌로우Eight Below, 2006〉의 주인공은 여덟 마리 썰매개입니다. 남극을 배경으로 펼쳐지는 이 이야기는 이국적인 생김새의 멋진 개들 덕분에 눈이 즐거워지는 동시에 버려진 개들에 대한 연민과 마지막 장면아직 못 보신 분들을 위해 비밀 때문에 눈물을 쏟게도 됩니다. 갑작스러운 태풍 소식에 놀란 사람 주인공들은 개들만 남겨 둔 채 헬기를 타고 남극 기지를 탈출합니다. 묶여 있는 터라 온몸으로 눈보라를 견뎌야 했던 개들은 아무리 기다려도 주인이 돌아올 생각을 않자 쇠사슬을 끊고 살아나가기 시작합니다. 굶주린 개들은 야생 본능을 되살려 새를 잡기도 하고 바다표범이 먹다 남긴 먹이를 먹기도 하면서 극한의 남극에서 목숨을 부지해 냅니다. 그렇게 175일이 지난 후, 개들은 그제야 돌아온 주인의 품에 뛰어들어 얼굴을 핥고 부비며 기뻐합니다. 사람이었다면 주먹부터 날렸을 텐데 말이지요.

이 말도 안 된다 싶은 이야기는 놀랍게도 1958년 일본의 남극 탐험대가 겪었던 실화를 바탕으로 만들어졌습니다. 그 당시 갑작스러운 대피 명령을 받은 탐험대는 15마리의 썰매개를 남극에 남겨 둔 채 철수해야 했

얼음물 속에 빠진 박사를 구하기 위해 사람 대신 구조 로프를 입에 물고 살얼음판 위를 기어가고 있는 알래스칸 맬러뮤트.
영화 〈에이트 빌로우〉의 한 장면

습니다. 며칠 안에 돌아올 수 있을 것이라 믿었던 사람들은 개들을 쇠사
슬에 그대로 묶어 놓은 채 약간의 먹이만 주고 떠납니다. 하지만 날씨는
더 악화되었고 결국 사람들은 개를 데리러 돌아가지 못했습니다. 그리고
개들은 잊혀졌습니다. 1년 후 새로운 탐험대가 이곳에 도착했을 때 놀랍
게도 두 마리가 살아남아 있었고 이들은 무사히 일본으로 돌아가 영웅이
되었습니다. 이 이야기가 훗날 일본에서 영화화되고 다시 미국에서 약간
각색해 제작한 것이 바로 〈에이트 빌로우〉입니다. 혹한에서도 살아남은
강인한 체력과 생존력, 거대한 야생동물도 두려워하지 않는 사냥 본능,
그리고 무리를 지어 전략을 짜고 사냥감을 공격하는 지능, 끝도 없이 뻗
은 얼음 벌판 위를 쉬지 않고 달리며 썰매를 끄는 지구력, 그리고 썰매개

들 사이에서 서열 관계가 얼마나 중요한지도 이 영화를 통해 잘 알 수 있습니다 가장 힘 센 우두머리가 주로 선두를 맡습니다. 그 우두머리를 이기고 싶어 하는 서열 2순위와 그리고 묵묵히 우두머리를 따르려는 하위 서열 개들의 협조가 없다면 썰매는 절대 일정 방향으로 나갈 수 없습니다.

위
킹
그
룹

재즈 디바, 빌리 홀리데이의 유일한 사랑

복서

지칠 줄 모르는 투지와 열정을 지닌 개

그　룹　워킹 그룹
혈　통　목축견, 마스티프
기 원 지　독일
기원시기　1800년대
본래역할　황소 괴롭히기 경기, 경호
크　기　대형견

　　어쩌면 복서를 모르는 분들이 더 많을 듯합니다. 복서는 얼굴이 매우 닮은 탓에 종종 불도그로 오해받기도 하는데, 불도그보다 훨씬 잘생겼고 불도그, 미안 다리도 길고 몸매도 근사합니다. 복서의 기원은 13~19세기에 걸쳐 유럽 전역에서 성행했던 '황소 괴롭히기bull-baiting' 경기에서 시작됩니다. 황소 괴롭히기 경기란 황소를 줄에 묶어 놓고 개들로 하여금 공격하게 한 뒤 결국엔 죽이는 잔인한 경기입니다 불도그가 바로 이 경기를 위해 태어난 품종입니다. 사람들은 황소뿐만 아니라 멧돼지, 사슴, 곰 같은 큰 덩치의 동물들을 같은 방법으로 괴롭히면서 열광했습니다.

독일에서도 황소 괴롭히기 경기는 큰 인기를 끌고 있었고 이 경기에 이용된 개들은 '황소를 무는 개'라는 의미에서 '불랜바이저Bullenbaiser'라 불리고 있었습니다. 이 개들은 사냥에도 동참했는데 큰 덩치의 동물을 궁지로 몰아 사냥꾼이 올 때까지 물고 늘어지는 역할을 했습니다. 그러기 위해선 강력하고 넓은 턱이 필수 조건이었고, 사냥감을 문 채로도 숨 쉴 수 있는 움푹 들어간 코와 치열한 싸움 중에도 상대의 공격을 피할 수 있는 민첩성을 겸비해야만 했습니다. 바로 이 개들이 복서의 직접적인 조상입니다. 1835년 황소 괴롭히기 경기가 금지되자 불랜바이저는 도축장이나 정육점 역시 소와 관련 있는 장소을 상징하는 개가 되었고 그곳에서 일하는 사람들과 지내면서 '복슬Box!'이라 불리기 시작합니다. 이 명칭이 지금의 복서라는 품종명과 관련 있을 것으로 짐작되고, 일부에서는 뒷발로 일어서서 싸우는 모습이 마치 권투 선수를 연상시켜서 붙여진 이름이라고 주장하기도 합니다. 아무튼 이 시기에 복서는 오늘날의 모습을 갖추었고 불도그와는 사촌지간이라고 할 수 있습니다. 복서는 경찰견으로 사용된 최초의 개이자 제1차 세계대전에서는 군견으로 활약하기도 했습니다. 미국에서는 1940년대부터 대중적인 인기를 끌었지만 국내에는 많이 알려져 있지 않습니다.

위엄 있고 자신감 넘치는 복서는 말 잘 듣는 경호견으로 움직임이 민첩합니다. 경호견이라는 투박한 역할과 어울리지 않을 정도로 애정 표현을 잘하고 장난기도 많습니다. 근육질의 몸에 원기 왕성한 에너지를 가져서 뛰어다니기를 좋아하고 호기심도 많습니다. 복서는 조깅이나 산책 같은 정신적·육체적 활동이 매일 필요하기 때문에 무척 활동적인 가족에게 어울리는 개라고 할 수 있습니다. 평소에는 순해도 일단 위협을 받을 경우에는 전혀 두려움 없이 대항합니다. 낯선 개에게는 공격적일 수 있고 가끔 코를 고는 녀석들도 있습니다.

〈폭풍의 언덕〉을 쓴 에밀리 브론테_{Emily Jane Brontë, 1818-1848}는 '키퍼'라는 이름의 복서를 키웠는데 모든 사람이 사나운 개라며 말렸다고 합니다. 아니나 다를까, 산책 중이면 지나가는 모든 사람과 동물을 위협하고 심심하면 동네 개들과 싸우느라 상처가 아물 날이 없자 이웃들은 물론 집안 식구들조차도 키퍼를 싫어했습니다. 에밀리는 키퍼가 쫓겨날까 봐 말썽을 숨겨 주거나 속이 상해 자기 개를 껴안고 펑펑 울곤 했다고 합니다. 키퍼를 너무 아꼈던 그녀는 글을 쓰거나 책을 읽을 때 늘 키퍼를 옆에 두었고 30세의 젊은 나이에 폐결핵으로 생을 마감하던 순간에도 키퍼와 함께 있었습니다. 그녀의 장례식에 다녀온 이후 키퍼는 자주 그녀의 방에 들어가 슬프게 울어 댔다고 전해집니다.

〈I'm a fool to want you〉라는 곡으로 지금까지도 사랑받고 있는 빌리 홀리데이_{Billie Holiday, 1915-1959}는, 엘라 피츠제럴드, 사라 본과 함께 3대 재즈 디바로 불리고 있습니다. 그녀는 44세로 생을 마감했을 때 친구들이 "이제야 비로소 그녀가 평화를 찾았다."며 축복했을 정도로 아주 비극적인 삶을 살았습니다. 14세밖에 안 된 엄마에게서 사생아로 태어난 뒤 어린 시절을 친척집에서 구박받으며 보냈고, 곧 엄마에게 버림받았으며, 열 살에는 백인 남자에게 성폭행을 당하고 경찰에 신고하지만 흑인이고 부모가 없다는 이유로 오히려 불량소녀로 찍혀 감화원에 보내졌습니다. 그녀의 어린 시절은 정신적·신체적 학대로 얼룩져 있었지요.

사창가를 전전하며 살던 그녀는 우연한 기회에 할렘가에 위치한 한 클럽에서 노래를 부르게 되는데 관객들이 뜨거운 반응을 보이면서 _{심지어 우는 관객들도 있었다고 합니다} 가수로서 첫발을 내딛게 됩니다. 곧 그녀의 노래는 유명해졌고 실력 있는 제작자들을 만나 녹음한 음반들도 계속 히트를 쳤지만 늘 흑인이란 이유로 계속되는 인종차별 속에서 살아야 했습니다. 그녀의 명곡 중 하나인 인종차별에 항의하는 노래, 〈이상한 과일 Strange Fruit : 백인 인종차별주의자들에게 집단 린치를 당한 후 나무에 목 매달린 흑인들의 모습을 상징〉은 훗날 20세기 최고의 노래로 선정되기도 했습니다 1999년 〈타임〉지 선정. 1944년에는 '에스콰이어 재즈 비평가상'을 수상하는 등 가수로서 대성공을 거뒀지만 그 외의 삶은 고통 그 자체였습니다. 여러 차례 결혼했지만 남편들은 하나같이 빌리가 버는 돈을 착취하기 바빴거나 바람둥이에 마약중독자였습니다. 빌리 자신도 마약에 중독된 적이 있었고, 이후에는 마약 대신 술로 그 갈증을 달래다가 1959년 알콜 중독으로 생을 마감합니다.

늘 머리에 커다란 흰 꽃을 꽂고 노래를 불렀던 빌리에게는 '미스터'란 이름의 복서가 있었습니다. 그 당시 모든 사람이 미스터의 존재를 알았을 만큼 그녀는 항상 미스터를 데리고 다녔는데 심지어 클럽의 출연자 대기실에도 데려와 사람들을 놀라게 했습니다. 클럽에 그렇게 큰 개를 데리고 오는 것은 있을 수 없는 일이었지만 거장 빌리 홀리데이였기에 아무도 뭐라 하지 않았다고 합니다. 대기실에서 미스터는 빌리의 옆자리에 앉아 그녀가 분장하는 모습을 지켜보곤 했고, 집에 있을 때면 빌리는 미스터를 위해 앞치마를 두르고 직접 스테이크를 요리해 주기도 했습니다.

"내가 믿을 수 있는 존재는 딱 하나 나의 복서, 미스터뿐이다."

힘든 삶을 살며 의지할 가족 하나 없었던 그녀에게 미스터는 가족이자 친구이자 유일한 애착 대상이었던 것 같습니다 그녀는 미스터가 죽은 뒤에는 '페피'라는 치와와를 키웠는데 더 심한 애착을 느꼈던 것으로 전해집니다. 아기를 무척 갖고 싶어 했던 그녀는 입양 신청을 거절당하자 페피에게 아기용 젖병을 물렸다고 합니다.

발랄한 모습으로 뛰놀고 있는 복서. 저러다 날겠네

Doberman Pinscher

괌 탈환 작전의 일등 공신
도베르만 핀셔

위엄 넘치는 경비견

그 룹 워킹그룹
혈 통 마스티프
기 원 지 독일
기 원 시기 1800년대
본래역할 경호
크 기 대형견

　　　정식 명칭은 도베르만 핀셔인데 흔히 줄여서 도베르만이라고 부릅니다. 발에서 무릎까지와 얼굴 주둥이 부분, 눈썹 위치만 갈색이고 나머지는 검은 털보통 이런 색상을 '블랙앤탄' 이라고 합니다로 덮여 있는 것이 특징입니다. 털이 짧아서 근육질의 몸매가 고스란히 드러나는 도베르만은 함께 있는 사람을 다시 돌아보게 만드는 기운을 가지고 있습니다. 개를 데리고 있는 주인이 왠지 힘깨나 있는 사람일 것 같은 생각이 든다고나 할까요? 수많은 광고에서도 도베르만은 한껏 멋지게 차려입은 남자들 옆에서 그 남자의 힘과 권위를 북돋아 주는 역할로 등장하곤 합니다. 심리학자이자 개에 관한 책도 여러 권 저술한 스텐리 코렌은 자신의 패션을 완성시키기 위해 특정 개를 선호하는 사람들이 있다며 가장 큰 예로 도베르만을 들었습니다. 그저 이 조용하고 위엄 넘쳐 보이는 개를 데리고 있는 것만으로도 자신을 경호를 받아야 할 만큼 중요한 인물로 여기게 만든다는 생각에서 이 개를 선택한다는 것이지요.

도베르만이 영화 속에서 맡는 역할들을 살펴볼까요? 〈007 시리즈〉에서 봤던가요. 아무튼 대부분의 첩보 영화에서 악당 두목의 호사로운 대저택 담장을 뛰어넘은 주인공이 가장 먼저 만나게 되는 상대는 주로 개, 그중에서도 도베르만입니다. 보통 사람들 같으면 겁을 먹고 도망갈 테고 그러면 개들이 무섭게 짖으며 쫓아가겠지만, 우리의 영웅들은 잘 쓰인 각본대로 개를 다루는 방법을 이미 잘 알고 있습니다. 더 무서운 눈빛으로 기선 제압하거나 급소를 치는 등 더 강하게 나가는 것이지요. 그러면 도베르만은 깽깽대며 도망가기 바쁩니다. 영화가 잘 말해 주듯 도베르만은 권위 넘치는 생김새에 비해 예민하고 겁 많은 품종으로 통하기도 합니다. 막상 사나운 개가 아니라는 것이지요. 그저 날렵한 보디가드 같은 이미지만으로 침입자를 주눅들게 하는 개가 바로 도베르만입니다.

도베르만 핀셔는 애견전람회가 일반화되면서 각국에서 새 품종 만들기가 대성황이었던 1880년경, 독일의 루이스 도베르만Louis Doberman이라는 사람에 의해 만들어진 품종입니다. 항상 현금을 가지고 다녀야 하는 방문 세금 수납원이었던 그는 자신의 안전을 지켜 줄 개, 즉 호신용 경비견을 만들기 시작했습니다. 그는 독일의 미니어처 핀셔와 똑같은 생김새를 갖되 크기는 훨씬 더 큰 개를 원했는데 결국 여러 가지 품종을 교배시켜 원하던 결과를 이뤄 냈습니다. 불과 30여 년 만에 만들어졌고 사람들에게 소개되자마자 급속도로 인기를 얻게 됩니다. 곧 유럽 전역과 미국에도 소개되어 경찰견이나 경비견으로 주로 활동했고 나중에는 전쟁에도 참가합니다. 35대 미국 대통령, 존 F. 케네디John Fitzgerald Kennedy, 1917-1963가 애견, '모어'를 끌어안은 채 활짝 웃고 있는 사진 등이 공개되면서 도베르만 핀셔는 대중들에게도 큰 인기를 끌었는데 한때는 미국에서 두 번째로 인기 있는 품종이 될 정도였습니다. 한편 많은 사람이 도베르만을 작게 개량해 미니어처 핀셔를 만들었다고 잘못 생각하는 경향이 있는데 두 종은 생김새만 닮았을 뿐 직접적인 연관은 없습니다.

　　도베르만 핀셔는 우아하고 품위 넘치면서도 힘도 세고 빠른 속력 및 지구력까지 겸비하고 있습니다. 게다가 스텐리 코렌 박사는 도베르만 핀셔를 영리한 품종 열 손가락 안에 꼽기도 합니다. 건강미 넘쳐 보이는 이들은 영리한 경비견답게 항상 주위를 살피고 가족과 집을 보호할 준비가 되어 있습니다. 강아지 때부터 잘 사회화된 개들은 아주 유순해서 아기들과도 잘 지내지만 반대로 정통 경비견으로 훈련받은 경우는 낯선 대상에게 사나운 모습을 보일 수 있습니다. 일하는 개로 태어난 만큼 매일 정신적·육체적 운동을 시켜 주지 않으면 문제 행동을 보일 수 있습니다. 자주 산책을 하고 안전한 곳에서 마음껏 뛰놀게 해 주어야 합니다. 일부 양육자들은 헛짖음이 많다고도 합니다.

　　미국령 괌에 있는 전쟁기념관에 가면 도베르만 동상이 있습니다. 바로, 전쟁에 참가했던 개들을 추모하는 '워도그war dog' 기념비입니다. 많은 개가 전쟁터에서 아군 기지를 지키고 적군의 출현을 사전에 알리는 역할을 했는데 특히 도베르만 핀셔로 구성된 정찰견 소대, '악마의 개devil dogs'는 태평양의 괌, 솔로몬 군도 등에서 맹활약을 떨쳤습니다. 제2

차 세계대전이 끝날 무렵 미 해군은 괌 일대에 숨어 있던 일본군을 축출해 내기 위해 괌 탈환 작전을 실시했습니다. 일본군의 수는 2만 명으로 미군에 비해 15배나 많았고 여기저기 작은 섬들에 흩어져 있는 데다 동굴 속에 숨어 있어 작전은 쉽지 않았습니다. 해군은 섬에 배를 대면 제일 먼저 개를 풀어 적군이 있는지 확인했습니다. 도베르만은 섬에 혼자 내려 적의 흔적을 정찰하러 가고 적군

영국에 있는 한 테디베어 박물관. 도둑으로부터 값비싼 테디베어를 보호하기 위해 고용했던 이 박물관의 경비견, '바니'가 하룻밤 사이 처치해 놓은 테디베어들의 잔해입니다. 이날 밤 엘비스 프레슬리가 기증한 테디베어까지 합쳐 약 2억 원 어치의 테디베어들이 순교(?)했다고 합니다. 2006년

워킹 그룹

의 냄새를 맡으면 갑자기 멈춰 적의 위치를 알렸습니다. 단 한 번도 정찰에 실패한 적이 없었고 '악마의 개' 소대와 함께 있는 한 먼저 적의 공격을 받는 일도 없었기 때문에 군인들은 항상 개와 함께 다니기를 원했다고 합니다. 하지만 그 작전으로 24마리의 도베르만 핀셔가 총알받이가 되어 목숨을 잃었고 훗날 해군은 많은 군인이 그들에게 목숨을 빚졌다며 괌에 기념비를 세워 주었습니다.

비스마르크를 울린 개
그레이트 데인

차분하지만 강한 힘을 가진 개

그 룹 워킹 그룹
혈 통 목축견, 마스티프
기 원 지 독일
기원시기 중세 시대
본래역할 경비, 큰 동물 사냥
크 기 초대형견

아폴론은 그리스 신화 속 올림포스 12신 중 하나로 제우스와 레토 사이에서 태어난 아들입니다. 빛, 예언, 가축의 신이자 도덕 및 법률을 주관했던 신인데 특히 살인죄를 벌하고 그 더러움을 씻어 주는 힘을 갖고 있었습니다. 그 무엇보다 아폴론은 훤칠한 키와 멋진 외모를 가졌던 것으로 유명하고 신들 중에서 가장 잘생긴 신으로 통하지요. 덕분에 남녀 성별을 불문하고 수많은 연인과의 로맨스가 전해 오기도 합니다. 많은 사람이 그레이트 데인을 개들의 '아폴론'이라고 부릅니다. 그만큼 멋진 외모를 가졌다는 의미지요. 그레이트 데인을 처음 만난 사람은 일단 그 크기에 주눅이 듭니다. 키는 70센티미터, 몸무게는 40킬로그램이 넘는데다 일어서면 웬만한 성인 남자 키를 훌쩍 넘습니다. 잘생긴 근육질의 무뚝뚝한 거인을 만난 듯한 느낌입니다.

독일에서는 '독일 개'라는 뜻인 '도이치 도게Deutsche Dogge'로도 불리고 저먼 셰퍼드 도그와 함께 국견으로 선포된, 독일을 대표하는 품종입니다. 언제부터 어떤 이유로 그레이트 데인이라는 이름으로 불리게 되었는지는 의문으로 남아 있습니다. 그레이트Great는 덩치 큰 이 개를 표현하기에 적합하지만 덴마크Dane와는 관계가 없기 때문이지요. 독일과 별로 사이가 좋지 않았던 프랑스가 일부러 전혀 무관한 '거대한 덴마크인'이라고 불렀던 것이 그대로 정착되었다는 설이 있습니다. 원래 이 개의 먼 조상은 로마 황제 카이사르Caesar, BC100-BC44의 군대에 배속됐던 마스티프 타입의 군견이었습니다. 경비견 역할은 물론 상대방을 기선 제압하거나 적군을 탐색하는 것이 주된 역할이었지요. 그 후 유럽 귀족들에 의해 사냥개로 쓰이면서 개량을 거듭, 지금같이 우수한 품종으로 발전했습니다. 그레이트 데인은 전쟁과 사냥터에서 주로 활동했던 혈통 덕분에 그 후로도 큰 동물 사냥에 많이 이용되었습니다. 14세기 독일에서는 사나운 멧돼지를 잡아서 쓰러뜨리는 데 필요한 스피드, 지구력, 근력과 용기를 겸비한 사냥개로도 정평이 났었고, 사냥 능력뿐만 아니라 위엄 있고 우아한 생김새 덕분에 넓은 영토를 가진 귀족들에게 인기가 높았습니다.

1800년대 중반 미국에 소개되었을 당시에는 몇몇 사나운 기질이 있는 개들 때문에 '사나운 개'란 오명을 얻기도 했지만 곧 순화되면서 빠르게 인기몰이를 해 나갔습니다. 그레이트 데인은 거대한 체구와 생김새만으로 사람들의 시선을 사로잡기에 충분했고 체격이 큰 개를 관리하는

데 따르는 어려움이 있음에도 불구하고 꾸준히 인기를 유지했습니다. 특히 영화 〈용쟁호투〉로 유명한 이소룡Bruce Lee, 1940-1973이 '보보'라는 이름의 그레이트 데인을 키워서 화제가 되기도 했습니다.

그레이트 데인은 큰 체구에 걸맞는 강인한 힘과 우아함을 동시에 지닌 품종입니다. 성격은 다정다감하면서 느긋합니다. 어린아이들에게도 친절하지만 덩치가 큰 만큼 가벼운 장난이 아이에게는 과격하게 느껴질 수 있으므로 조심해야 합니다. 평소에는 조용하지만 마스티프의 피를 이어받은 만큼 고집이 세고 막상 일을 일으키면 아주 대담해지기 때문에 어릴 때부터 훈련을 잘 시켜 어디서나 행동을 통제할 수 있어야 다른 사람들에게 위협이 되지 않습니다. 작은 애완견이 으르렁대는 모습과 거대한 그레이트 데인이 으르렁대는 모습은 보는 사람에게 전혀 다른 의미라는 사실을 기억해야 합니다.

체력이 약한 사람은 감당하기 힘든 품종입니다. 산책 중에 달리기 시작한 그레이트 데인의 힘을 버텨 낼 주인님은 이 세상에 아무도 없습니다. 질질 끌려가다 나동그라지는 험한 꼴을 당하기 일쑤지요 그래서 어릴 때부터 단호한 복종 훈련이 필수적입니다. 웬만한 일에는 미동조차 하지 않는 차분한 기질을 가졌지만 낯선 사람이 집에 들어오거나 주인에게 접근하면 심하게 짖어 대고 경계하기도 합니다. 자립심이 강하므로 복종심을 몸에 익히기까지는 좀 시간이 걸릴지도 모릅니다. 기르기 시작할 때 반항이 심해 고생했다는 사람도 많습니다.

오토 비스마르크Otto Eduard Leopold von Bismarck, 1815-1898는 19세기 독일 제국의 초대 총리로 독일 통일과 국가 발전에 큰 공적을 세운 위대한 인물로 평가됩니다 덕분에 훗날 이렇다 할 공적이나 배경이 없던 히틀러는 국민의 지지를 얻기 위해 자신을 비스마르크와 같은 대열에 올려놓으려고 무던히 애를 썼습니다. 일부러 비스마르크와 비슷한 포즈를 취하고 공식석상에서는 항상 그의 이야기를 빼놓지 않았습니다. '이미지 조작 작전'은 성공했고 국민들은 히틀러를 오랫동안 고대해 오던 강력한 지도자가 다시 나타난 것처럼 여기기 시작했지요. 비스마르크는 그레이트 데인을 매우 좋아했는데 평생 여러 마리를 키우면서 품종 정립에 기여한 인물로도 유명합니다. 특히 '술탄'이란 이름의 개를 아꼈는데 교섭 장소에 술탄을 데리고 와서 상대의 기를 꺾고 위협하는 데 이용했다는 말도 있습니다. 특히 러시아의 외무대신 고르차코프Aleksandr Mikhailovich Gorchakov, 1798-1883와 외교 협상을 할 때도 그레이트 데인을 데리고 나갔는데 흥분한 고르차코프가 주먹을 치켜들자 주인이 위험에 처했다고 생각했는지 얌전히 앉아 있던 그레이트 데인이 그에게 덤벼들었다고 합니다. 다행히 아무도 상처를 입지 않고 끝나긴 했지만 외교 협상 결과에 어떤 식으로든 영향을 주었을 것이라는 데는 이견이 없을 것 같습니다. 어쨌든 그 당시 비스마르크 덕분에 이 품종이 독일 전역은 물론 전 세계에 소개되었다 해도 과언이 아닐 정도였습니다. 평생 인간에 대해 불신을 가지고 살았다고 전해지는 그가 유독 그레이트 데인에게만은 큰 애정을 쏟아 부었다는 사실도 특이한 점입니다.

술탄이 죽던 날, 비스마르크는 술탄이 몇 시간째 사라져 보이지 않자 또 아랫동네 암캐를 찾아간 것이라고 생각해 돌아오는 대로 단단히 혼내 주겠노라 벼르고 있었습니다. 그런데 몸을 끌며 돌아온 술탄은 비스마르크의 무릎에 머리를 올려놓더니 죽고 말았습니다. 사인은 심장마비였는데, 비스마르크는 죽어 가는 자신의 개에게 다정하게 말을 건네며 사람들에게 눈물을 보이지 않으려 애썼다고 합니다. 훗날 그는 친구에게 "그런 줄도 모르고 술탄을 야단칠 생각만 하고 있었다." 또는 "짐승에게 마음을 준 것이 잘못이다."라고 말했을 만큼 심한 죄책감을 느꼈으며, 그리움, 외로움으로 한동안 말을 잊고 살았다고 합니다. 그는 전 생애 동안 자신의 삶에서 술탄보다 사랑스러운 존재는 없었노라고 실토하기도 했습니다. 그 사건이 있은 지 21년이 지나고 모두가 술탄을 잊고 지내던 어느 날, 임종 직전의 그는 아들에게 이렇게 물었다고 합니다.

"술탄이 죽은 지 오래되었느냐?"

'라 맘마(La Mamma)'라는 곡으로 너무도 유명한 프랑스 샹송 가수, 샤를 아즈나부르가 자신의 애견과 외출 중입니다. 거대한 그레이트 데인의 크기를 짐작해 볼 수 있습니다. 1964년

태양왕 루이 14세의 친구
그레이트 피레네

강한 힘과 믿음직스러운 충성심을 가진 개

그 룹	워킹 그룹
혈 통	목축견, 경비견
기 원 지	프랑스
기원시기	고대 시대
본래역할	양 보호
크 기	초대형견

새하얗고 거대한 북극곰을 닮은 그레이트 피레네는 그레이트 피
레니즈, 피레니즈 마운틴 도그 등으로 불리기도 합니다 한 방송 프로그램으로
유명해진 '상근이'가 바로 그레이트 피레네입니다. 그레이트 피레네의 기원은 아주 오
래전으로 거슬러 올라갑니다. 아시아 지역에 살았던 티베탄 마스티프
Tibetan Mastiff,; 고대 시대부터 티베트에 살았던 초대형견, 유럽에 퍼져 있는 마스티프 종의 조상 계
통의 개가 아리아인이 유럽으로 이주할 때 혹은 페니키아 무역상들이 스
페인으로 돌아갈 때 함께 따라다니다가 피레네 산맥 프랑스와 스페인 양국의 국경
을 이루는 산맥에 남겨져 고립된 것으로 추측됩니다. 기원전 1800~1000년경

청동기 시대 화석에도 그 흔적이 남아 있는 것으로 보아 수천 년 동안 피레네 산맥의 기후 조건에 적응, 정착한 것으로 보입니다. 그레이트 피레네는 수천 년 동안 프랑스와 스페인 국경 지대에 위치한 피레네 산맥에서 곰과 늑대 등으로부터 양떼 같은 가축을 보호했습니다 그래서 영국켄넬클럽에서는 허딩 그룹 pastoral group으로 분류하기도 합니다. 거대한 체구, 늑대와 확연히 구분되는 하얗고 풍성한 털은 가축을 지키는 데 아주 이상적이었지요. 또 프랑스 북부 지역이나 벨기에에서는 짐수레를 끌거나 우유를 나르는 일에도 이용되면서 전원생활에 없어서는 안 될 노동력을 제공해 주었습니다.

오랫동안 고립된 피레네 산맥에서 농가의 사역견으로 지냈던 그레이트 피레네의 삶은 태양왕 루이 14세Louis XIV, 1638-1715를 만나면서 대변혁을 겪게 됩니다. 일하지 않아도 되는 왕의 개가 된 것이지요. 스페인과의 오랜 전쟁으로 국민 모두가 피폐한 삶을 살고 있던 시기, 다섯 살이라는 어린 나이에 프랑스 왕위에 오르게 된 루이 14세는 사사건건 자신에게 반기를 들었던 귀족들에게 늘 시달려야 했고, 결국 프롱드의 난 1648-1653년에 걸쳐 절대왕권에 대항하며 귀족들이 일으킨 내란이 일어나면서 떠돌이 생활을 하기도 합니다. 어린 날 느꼈던 굴욕감 때문이었을까요? 루이 14세는 왕으로서의 자기 권력을 과시하기 위해 원래 루이 13세의 사냥 별장이었던 베르사유궁을 세계 최대의 호화로운 왕궁으로 지을 것을 명령하고 파리의 왕궁을 떠나 그곳에서 삽니다. 그는 자신을 신의 대행자라며 왕권신수설을 주장하고 "짐이 곧 국가다."라고 떠들었을 만큼 대표적인 전제군주가 되었고, 사치스러운 궁정 생활로 프랑스 재정을 바닥나게 만듭니다. 어쨌든 길고 긴 내란, 우울하고 굴욕적인 어린 시절, 각종 음모가 판치는 살벌하고 암울한 궁중의 삶을 살아야 했던 루이 14세에게 유일한 마음의 안식처는 바로 그레이트 피레네였습니다. 그는 늘 왕궁 안에서 그레이트 피레네가 마음껏 뛰놀도록 명했습니다. 1675년에는 그레이트 피레네를 아예 프랑스 황실견으로 선포하기도 했습니다. 늘 절대 권위를 보여 줘야 하는 딱딱하고 긴장감 넘치는 삶 속에서 그레이트 피레네만이 루이 14세에게 휴식과 평온을 주는 유일한 상대가 아니었을까 싶습니다. 오늘날 외로운 삶을 사는 우리가 개에게 그렇게 느끼듯 말입니다. 어쨌든 왕의 총애를 받은 그레이트 피레네는 프랑스 왕족 및 귀족들에게도 인기를 끌면서 대저택이나 요새를 지키는 개로도 인정받았습니다. 하지만 그것도 잠시. 베르사유 궁전을 마음껏 누비던 그레이트 피레네는 바로 그 사실 때문에 1789년 프랑스 혁명 이후 국민들에게 거부감을 주게 되면서 도시에서 자취를 감추고 맙니다. 다행히 일부 애호가들이 고립된 피레네의 산악지대에서 순종 종견을 구해 이 품종을 다시 발전시켰습니다.

한편, 프랑스의 정치가이자 군인이었던 라파예드Lafayette, 1757-1834 장군도 그레이트 피레네를 몹시 사랑한 인물로 유명합니다. 그는 미국독립전쟁이 일어나자 독립군 측에 참가해 영국과의 전쟁에서 완승을 거뒀는데 이 일로 미국과 프랑스에서 영웅이 됩니다. 1824년 미국 방문 시 그레이트 피레네를 데리고 갔는데 전쟁 영웅의 커다랗고 하얀 개는 미국에서도 큰 인기를 끌었습니다. 이후에는 영화 〈왕과 나〉의 여주인공 데보라 카Deborah kerr, 1927-2007가 '구아파'란 이름의 그레이트 피레네를 키우면서 세간의 주목을 받기도 했습니다.

그레이트 피레네는 피레네 산맥의 가파르고 험난한 언덕을 자유자재로 뛰어다녀야 했기에 힘과 민첩성을 가지고 있습니다. 외상으로부터 몸을 보호해 주는 풍성한 겉털과 추운 날씨에 견디기 좋도록 촘촘한 속털도 가지고 있습니다. 그레이트 피레네는 낮에는 하루 종일 뛰어다니며 가축을 모는 가축몰이견, 시시때때로 우유나 다양한 짐을 실은 수레를 끌던 사역견, 밤이면 늑대와 곰을 지켰던 경비견이라는 모든 역할을 지치지 않고 해냈습니다. 똑똑하기도 하지만 이 엄청난 양의 일을 모두 소화해 내는 강한 개였던 만큼 매일 운동을 시켜 줘야 하는 품종입니다. 어린아이가 식구들에게서 멀어지면 자꾸 막아서는 양치기 본능도 종종 보입니다. 가족과 가축을 보호하고, 영토를 지킬 필요가 있으면 아주 침착하고 참을성 있게 할 일을 다합니다. 모든 일을 별도의 명령 없이 혼자 해냈던 개인 만큼 자립심이 강하고 고집이 세서 약하게 통제하는 주인의 말은 곧잘 무시하곤 하므로 어릴 때부터 훈련이 필요합니다. 추운 날씨와 눈 속에서 노는 것을 좋아합니다. 침을 흘리고 물을 먹을 때 주위를 지저분하게 만들기도 합니다. 많은 시간을 할애해 운동시키고 놀아 줄 수 있는 사람, 또 큰 체격과 힘을 견딜 수 있는 체력이 좋은 사람, 털 빠짐을 견디고 매일 빗질을 해 줄 수 있는 사람과 잘 맞는 개입니다.

'kiss me much.' 그레이트 피레네 강아지들이 어울려 놀고 있습니다

이승만 대통령 '세계적인 개로 만들라'
진도개

가장 강한 귀소본능을 가진 개

그 룹 워킹 그룹
혈 통 사냥개
기 원 지 대한민국 전라남도 진도
기원시기 고대 시대
본래역할 경비, 작은 동물 사냥
크 기 중형견

드디어 우리나라 천연기념물 제 53호, 진도개를 소개할 차례가 되었습니다 한글맞춤법표기안을 따르면 '진돗개'가 맞는 표기지만, 진도군에서는 진도 고유의 품종이란 뜻을 살려 '진도개'로 부릅니다. 한반도 남서쪽 끝에 자리한 진도는 제주도, 거제도에 이어 세 번째로 큰 섬으로 다도해 해상국립공원에 둘러싸여 있습니다. 지금은 500미터나 되는 진도대교 덕분에 섬이란 말이 무색해지긴 했지만 말입니다. 진도는 섬이라기보다는 산으로 둘러싸인 요새 같은 느낌입니다. 섬임에도 불구하고 어업보다는 농업이 주를 이루는 특이한 환경을 가지고 있기도 하지요. 오랫동안 진도개는 이런 진도를 마음껏 누비며 야산에 사는 야생동물을 잡아먹고 살았던 것 같습니다. 지금도 혼자 멧돼지에게 달려드는 용맹한 수렵 본능을 가지고 있지요.

정확한 유래는 알 수 없지만 동남아시아 지역에 살았던 석기시대인들의 개 중 중간 크기의 품종이 중국을 통해 한반도에 전해졌고, 특히 진도에 소개된 개들이 육지와 격리된 채 순수 혈통을 보존하면서 오늘의 진도개가 되었다는 설이 가장 믿음직합니다. 그 외에도 고려 시대 중국 송나라 무역선이 난파하면서 그 배에 타고 있는 개들이 진도에 도착해 진도개의 시조가 되었다는 설, 몽고가 침략했을 때 인질로 잡혀갔던 진도 주민이 귀향하면서 데려온 개라는 설 등은 설득력이 점차 줄어들고 있습니다.

우리나라에서 제일 처음 개가 언급되어 있는 문헌은 〈삼국유사〉로 "유화 부인이 다섯 되 크기의 알 후에 주몽이 되는 을 낳았는데, 금와왕이 개와 돼지에게 주어도 먹지 않았다."는 글이 있습니다. 하지만 개에 관한 기록을 따로 남긴 문서도 없고 연구도 제대로 이루어진 적이 없기 때문에 우리나라 역사 속의 개는 미스터리로 남아 있습니다. 한참 후 서양 문명이 들어오고 나서야 개를 품종으로 구분한다는 생각을 갖게 된 듯하고, 그 이전까지는 특별히 관리되지도 않았고 기록도 별로 없어서 어떤 개들이 우리나라에 살았었는지는 그저 조선 시대 화가들의 그림을 통해서나 추측해 볼 수 있을 뿐입니다.

진도개는 일제 치하였던 1938년, 일본의 한 교수의 관심과 열정 덕분에 조선명승고적으로 선정되어 보호받았습니다. 그 당시 일본의 조선총독부는 '야생 들개 및 유해동물 퇴치'라는 명목 사실은 그 고기 및 모피를 전쟁물자로 이용하기 위해 하에 한국표범 같은 야생동물은 물론 한국의 토종개들도 대량 학살해 일본으로 가져갔습니다. 학자에 따라 그 당시 최대 50만에서 150만 마리의 개들이 학살당한 것으로 추정합니다. 하지만 다행히 진도개는 섬에 살고 있었던 탓_{진도대교: 1984년 완공}에 철저히 고립되어 있었고 그 당시 보호받는 동물이었던 데다 워낙 성품이 점잖고 사냥 능력도 뛰어나서 열외가 될 수 있었습니다. 대량 학살의 시대 속에서 살아남은 유일한 개가 된 것이지요.

8·15해방 및 6·25전쟁을 거치며 방치되어 있던 진도개는 1952년 초대 대통령, 이승만 李承晩, 1875-1965 의 지시로 다시 관심을 받기 시작했습니다. 진도개의 영특함에 반한 그는 진도개를 잘 육성시켜 대한민국을 대표하는 국견이자 세계적인 개로 만들 것을 지시했고 대통령의 이 말한 마디에 수많은 사람이 진도로 몰려와 너도나도 개를 데리고 육지로 돌아갔습니다. 하지만 육지로 나간 진도개는 낯선 환경과 소홀한 관리 탓에 대다수가 죽거나 고유의 혈통을 잃게 됩니다. 그러자 정부는 진도개를 보호하기 위해 1962년 천연기념물 제53호로 지정합니다. 하지만 우리 역사 속 진도개 고유의 소박하고 날렵한 생김새와는 무관하게 일본 품종들의 영향을 받아 우람한 얼굴과 큰 체격을 가진 개들이 진도개의 상징처럼 여겨지면서 한동안 문제가 되기도 했습니다. 그 결과 다시 1997년 한국진도개보호육성법이 개정되면서 안정된 본래의 모습을 찾아가고 있고, 2005년 영국켄널클럽 The KC 과 세계애견연맹 FCI 등에 정식 품종으로 등재되면서 해외에서도 인기를 모으고 있습니다. 50여 년 전 이승만 대통령의 지시가 이제야 그 뜻을 이루어 가고 있는 것 같습니다.

진도개는 놀라운 귀소성을 가진 품종으로 유명합니다. 한때 애니메이션으로도 인기를 끌었던 〈돌아온 백구〉는 실화를 바탕으로 만들어진 이야기입니다. 1993년 진도에 살던 한 할머니가 백구를 대전의 개장수에게 팔았는데, 이 녀석이 목에 매인 줄을 끊고 7개월 동안 약 300킬로미터를 헤맨 끝에 할머니 집을 찾아가 세상을 놀라게 했던 것이지요. 이 일은 진도개의 충성심과 귀소성을 잘 보여 주는 일화로 그 당시 언론의 톱 뉴스거리였고 수많은 사람을 감동시켰습니다. 그 뒤 백구는 남은 일생을 할머니와 함께 살았고 진도군은 백구가 살았던 마을에 '돌아온 백구상'을 만들었습니다. 제2, 제3의 백구 이야기는 수도 없이 많은데 이런 귀소성과 한 주인만을 섬기는 기질은 다른 그 어떤 품종에서도 찾아보기 힘듭니다.

한편, 대부분의 개는 사람의 관리 없이 장기간 일정 공간에 방치해 두면 그야말로 똥개가 되는 경우가 허다합니다. 마구 자라나는 털은 빗겨주지 않아 엉망이 되고 똥오줌 장소를 구분하지 못해 온몸이 똥칠갑이 되는 등 말입니다. 하지만 진도개를 같은 조건에서 사육해 본 외국인들은 놀라움을 금치 못합니다. 사람의 손이 전혀 닿지 않은 상태에서도 항상 청결한 외모와 주변 환경을 유지하기 때문입니다. 그만큼 자생력이 강하다는 것이지요.

진도개는 인간에 의해 인위적으로 개량되지 않은 자연 상태의 개에 가장 가까운 품종으로 꼽히기도 합니다. 호주에는 딩고dingo라는 야생개들이 삽니다. 진도개와 똑같은 생김새에 놀라게 되는데, 이들은 완벽한 야생개로, 어린 시절을 함께 보내지 않는 이상 사람들과 절대 교류하지 않는 무서운 야생동물입니다. 하지만 진도개는 이런 자연친화적인 생김새를 유지하되 주인을 섬기는 충직한 반려동물로서의 성품을 가지고 있습니다. 주인에게 충직하고 똑똑하며 주변 환경과 몸을 항상 청결히 하고 귀소 본능이 뛰어난 데다 수렵 본능과 용맹성도 탁월합니다. 서열 의식도 강해서 늘 1등이 되려고 하기도 합니다. 진도개 외에도 우리나라

고유의 토종개로는 삽살개_{천연기념물 제368호}, 풍산개, 제주개, 동경이_{경주가} _{원산지인 꼬리가 없는 희귀품종. 천연기념물 제540호} 등이 있습니다. 그 외에 바둑이, 발발이, 누렁이 등 옛 풍속화에 자주 등장하는 다양한 생김새의 토종개들이 지금까지 살아남아 있었다면 얼마나 좋을까요.

@rexfeature

이제 진도개는 세계에서도 그 진가를 인정받고 있습니다. 영국의 한 진도개 브리더가 키우고 있는 진도개 강아지들

애견과 맹견 사이 **로트와일러**

고집 세고 용맹한 개

그 룹 워킹그룹
혈 통 목축견, 목양견, 마스티프
기 원 지 독일
기원시기 고대 시대
본래역할 소몰이, 경비, 수레 끌기
크 기 대형견

로트와일러는 위엄 있는 생김새 덕분에 경비견으로 높은 인기를 끌고 있는 품종입니다. 독일산 맹견이란 타이틀이 붙어 다니는 로트와일 러는 공포영화 및 갱영화에 단골로 출연하기도 하지요. 몸을 앞으로 살 짝 기울인 채 낮은 소리로 으르렁대는 로트와일러의 모습은 온몸이 굳어 버릴 만큼 무시무시합니다. 그래서인지 실제로 수많은 로트와일러가 도 베르만 핀셔, 저먼 셰퍼드 도그와 함께 경비견이나 군견으로서의 삶을 삽니다. 몸집이 큰 로트와일러는 복종 훈련 등 기본적인 길들이기에 공 을 들이지 않고 방치하면 위험한 개가 될 수 있습니다. 실제 크고 작은 끔

찍한 사건을 많이 일으키는 개로 얼마 전에도 한 할리우드 배우의 네 살배기 딸 아이가 로트와일러에게 물려 죽는 비극적인 사고가 있었고 엘리베이터 안에서 나온 사람을 다짜고짜 공격해 죽일 뻔한 사례도 있었습니다.

로트와일러 하면 거칠고 사나운 개라는 이미지가 공식처럼 떠오릅니다. 로트와일러는 고대 로마제국 때부터 가축을 몰고 전쟁에 함께 출정했던 마스티프 계열의 품종에서 기원했습니다. 이 개들은 10세기 말 로마군이 유럽으로 원정을 떠날 때 식량용 소를 호위한 것을 계기로 유럽 남부의 알프스 지역에 남아 정착하게 되었습니다. 그 후 이 개들은 수백 년간 로트와일Rottweil 지역을 중심으로 가축몰이에 주로 사용되었습니다. 로트와일은 독일 남서부에 있는 바덴 뷔템베르크Baden-Württemberg주에 있는 가장 오래된 도시입니다. 이 지역은 오래전부터 목축 산업의 중심지였고, 이 지역에 있던 로트와일러는 소 떼를 몰거나 보호하고, 소를 시장으로 데리고 나가고, 혹은 소를 팔아서 생긴 돈을 지키거나 물건들을 실은 수레를 끌고, 가게를 지키는 등 다양한 역할을 했습니다. 목축 산업 발전에 중요한 역할을 했던 셈이지요. 하지만 19세기에 들어서면서 점차 물건을 운반하는 일에 개 대신 말이나 기차가 쓰이기 시작했고 로트와일러를 찾는 사람들은 급격히 줄어들었습니다. 결국 멸종을 염려해야 할 지경에 이르러 급기야는 그 당시 딱 한 마리의 암컷만이 남아 있었다고 전해지기도 합니다. 하지만 경찰들이 경비견으로 이 개를 다시 찾기 시작하면서 애호가들이 모여 클럽을 결성하고 품종 표준을 정립하는 등 다양한 노력 끝에 개체수가 안정을 되찾았습니다.

로트와일러는 선천적으로 집과 가족, 재산을 보호하려는 열망을 가진, 타고난 경비견이라고 할 수 있습니다. 언제나 일을 하고자 하는 강한 의욕을 가졌지요. 로트와일러는 기본적으로 조용하고 자기 확신에 찬 개로 사람이나 동물들과 금방 친해지지는 않습니다. 늘 자신이 우월하다는 태도를 보이고 가족을 주인으로 인정하지 않으려는 경향이 큽니다. 자신감 때문인지 고집이 세서 말을 안 들을 때도 있습니다. 특히 주인의 성격이 마냥 온순하면 높은 서열을 차지하기 위해 공격적으로 행동할 수 있습니다. 한편, 가족이 위험에 빠졌다는 생각이 들면 지나칠 정도로 보호하려는 태도를 보이기도 합니다 바로 이 점이 타인에게는 큰 위협이 되지요. 게다가 로트와일러는 오랫동안 장거리에 걸쳐 소 떼를 몰거나 경비 임무를 섰던 강한 힘과 지구력을 두루 갖춘 품종입니다. 매일 충분한 운동을 시켜줘야 하고, 어렸을 때부터 가족 및 다양한 사람, 다양한 동물, 다양한 환경 속에서 충분한 시간을 보내게 하는 등 철저한 사회화 교육 및 복종 훈련이 필요합니다. 커서도 운동 및 훈련에 시간을 많이 투자할 수 있는 체력 좋은 사람, 특히 개에 대한 전문적인 지식이 많은 사람, 로트와일러가 사람들에게 공포심을 주는 개라는 사실을 잘 알고 그런 개를 양육하는 데 투철한 책임감을 가진 사람만이 키워야 하는 품종입니다.

물론, 일부 사나운 기질이 남은 혈통의 개들이 비극적인 사고를 일으킬 뿐 대부분의 로트와일러들은 평범한 가정견으로 사랑받고 있습니다. 애견레포츠에서도 뛰어난 실력을 발휘하고 있고 어린아이들과도 잘 지내지요. 이런 평범한 개가 될 수도 있었을 로트와일러가 무서운 사고를 저지르게 되는 데는 주인들의 잘못된 교육과 관리 탓이 큽니다. 그저 외모나 이미지만 보고 개를 입양했을 뿐 어떻게 교육시켜야 맹견으로서의 돌출 행동을 막을 수 있는지는 전혀 생각해 보지 않았기 때문입니다. 주인의 남성스러움과 힘을 과시해 주는 외모를 가진 로트와일러는

아이들과 신나게 놀고 있는 로트와일러

대개 필요 이상으로 경비견 훈련을 받습니다. 낯선 사람이 침입하면 팔을
물어뜯게끔 물론 원칙적으로는 주인의 명령 하에서만 그런 행동을 하게끔 훈련받지만 훈련받
은 개로서는 주인이 위험하다고 실제로는 전혀 안 위험하지만 생각되거나 낯선 사
람이 나타나게 되면 본능적으로 공격해야 한다는 생각을 갖게 될 수 있습
니다. 로트와일러는, 개는 어릴 때부터 어떻게 사회화시키고 어떤 공부를
가르치느냐에 따라 살인 무기가 될 수도 있고 충직한 반려견이 될 수도 있
다는 사실을 잘 알려 주는 품종입니다 영국, 미국, 호주 등의 국가에는 맹견을 번식시키
지 못하게 금지하는 법이 있고, 호주의 일부 주에는 사람들을 공격한 개 주인에게 최고 5만 5000달러(약
4,400만 원)의 벌금과 징역 2년을 선고합니다. 그만큼 개를 양육하는 태도나 방법에 대해서까지도 책임
을 묻겠다는 의미지요.

　　텔레비전에서 종종 경비견을 훈련시킨다며 팔에 두꺼운 천을 댄

훈련사가 개들로 하여금 팔을 물게 하는 장면을 자주 보게 됩니다. 그런가 보다 하고 별 생각 없이 지켜보던 이 장면에 대한 생각이 확 달라진 계기가 있습니다. 해외에서는 전문 훈련사들이 경비견 훈련을 시작하기 앞서 의무적으로 봐야 하는 화면이라고 합니다. 늦은 밤, 젊은 청년 둘이 놀이 삼아 한 폐차장의 담을 넘습니다. 곧이어 폐차장을 지키고 있던 경비견들이 달려옵니다. 한 청년은 무사히 달아났지만 경비견에게 팔을 물린 청년은 아무리 도망치려 해도 벗어날 수가 없습니다. 이 과정들은 자동으로 회전하는 CCTV에 기록되고 있었는데 다시 그 자리로 카메라가 돌아왔을 때는 이미 그 청년의 팔이 떨어져 나간 후였습니다. 과연 개를 이런 살생 무기로 훈련시켜야 할 필요가 있을까요?

'배리', 인명구조견의 시조
세인트 버나드

차분하고 느긋한 믿음직스러운 개

그　룹 워킹 그룹
혈　통 목축견, 양몰이, 마스티프
기 원 지 스위스
기원시기 중세 시대
본래역할 견인, 탐색 및 인명구조
크　기 초대형견

　지진은 정말 무서운 자연재해입니다. 순식간에 고층 건물과 도로
가 무너져 내리고 수많은 인명을 앗아 갑니다. 왠지 점점 더 자주 일어나
는 것 같이 느껴지는 지진의 재난 현장에 빠지지 않고 등장하는 동물이
있습니다. 바로 인명구조견입니다. 이들은 인간에 비해 가볍고 날쌘 몸
과 뛰어난 후각을 활용해 무너진 건물 더미 속에서 사경을 헤매고 있을
재난자들을 찾아내는 역할을 합니다. 근래 밝혀진 바로는 열 감지로 생
사 여부까지도 확인한다 하니 개코의 위력은 정말 놀랍습니다. 덕분에
이제는 산악구조견, 재해구조견, 설상구조견, 수상구조견 등으로 세분

화될 만큼 그 역할이 점점 더 중요해지고 있습니다. 국제인명구조견협회는 비영리 민간 자원봉사단체로, 자기 개와 함께 구조견 훈련 과정을 마친 일반인들이 긴급상황이 발생하면 재난 지역에 가서 자원봉사를 하는 시스템으로 이루어져 있습니다. 이 얼마나 멋진 재능기부인지요. 이런 인명구조견의 역사는 17세기로 거슬러 올라갑니다.

스위스와 이탈리아 사이에 자리 잡은 알프스 산맥에는 '그레이트 세인트 버나드'라는 험난한 산길이 있습니다. 이 길은 로마 시대 때부터 물자 수송을 위해 이용되었던 5천 년 역사를 지닌 유서 깊은 곳이었지요. 눈 덮인 험악한 지형임에도 불구하고 지름길이었던 탓에 사람들이 많이 찾는 곳이었습니다 훗날 나폴레옹이 25만 군대를 이끌고 개의 안내를 받아 이 세인트 버나드 길을 넘다가 "어, 이 길이 아닌데?"라고 했다는 우스개 소리도 전해집니다. "나를 사랑하라, 내 개를 사랑하라."라는 말로도 유명한 성직자, 세인트 버나드 St.bernard of Clairvaux, 1090-1153는 이곳을 지나는 사람들에게 은신처를 제공하기 위해 8천 피트 꼭대기에 세인트 버나드 수도원을 세웠습니다. 이 수도원에는 가축을 몰거나 산적들로부터 수도원을 지키는 개들도 살고 있었지요. 길이 어찌나 험했던지 막상 성직자들조차도 한 치 앞도 안 보이는 눈보라가 칠 때면 길을 잃기 일쑤였는데 곧 개를 데리고 다니면 안전하다는 사실을 알게 되었습니다. 이 개들은 수도사를 따라 산길을 안내하는 역할을 하면서 차츰 길을 잃은 여행자나 악천후로 고립된 사람을 구조하는 활동을 하기 시작했습니다.

시간이 흐르면서 점차 이 개들은 여러 마리가 한 조를 이루어 독자적으로 구조 활동을 펼치기 시작했는데, 실종된 사람을 찾으면 한 마리는 얼굴을 핥아 깨우거나 곁에 누워 체온을 유지시켜 주고 또 다른 개는

워킹 그룹

수도원으로 뛰어가 구조 요청을 했다고 합니다. 그중에서도 '배리Barry, 1800-1814'가 가장 유명합니다. 배리는 길을 잃은 사람을 찾아 핥아서 깨우고 수도원으로 그들을 안내했습니다. 특별한 훈련 없이도 12년 동안 40명을 구조한 배리는 나이가 들자 수도원장의 배려로 베른으로 옮겨져 여생을 편안히 보냈고 현재 베른의 자연사 박물관에 그 시신이 보관되어 있습니다. 그 뒤 배리의 후손들은 같은 곳에서 2백 년 동안 약 2천 명이 넘는 사람을 구조한 것으로 기록되어 있습니다. 한편 목에 술통을 매고 있는 세인트 버나드의 사진을 자주 보게 되는데, 배리 이야기가 세계적으로 유명해지자 브랜디 제조업자들이 자사 제품 홍보를 위해 촬영한 사진들이 퍼졌던 것일 뿐, 실제 활동 때는 그렇지 않았다고 합니다.

　　배리는 오랫동안 스위스 베른 지역에서 흔히 볼 수 있었던 소몰이 개였습니다. 또 수레를 끌거나 밭을 갈거나 경비견 역할 정도의 일을 했는데, 우연히 깊은 눈더미 속에서 사람을 찾는 능력이 발견되었던 것이지요. 아무튼 배리의 이야기가 세계적인 인기를 끌며 이곳으로 배리를 사려는 사람들이 몰려들자 현지에 있던 개들이 개량되면서 지금의 세인트 버나드가 되었습니다. 1800년대 초에는 혹한, 질병, 무분별한 교배 등의 이유로 개체수가 급격히 줄어들었고, 일부가 1830년 뉴펀들랜드 Newfoundland : 캐나다 뉴펀들랜드주가 원산인 초대형 사역견 와 교배되면서 현재의 세인트 버나드 모습이 되었습니다. 곧 영국과 미국에도 소개되면서 인기를 끌었는데, 특히 만화 〈파트라슈〉와 영화 〈베토벤〉의 주인공이 되면서 유명해졌습니다. 할아버지의 우유 수레를 끄는 과묵하고 성실한 이미지로 눈물을 자아내는가 하면 육중한 몸매에 어울리지 않게 주인에게 침 세례를 퍼부으며 애교를 떠는 정감 어린 이미지로 표현되기도 했지요.

세인트 버나드는 차분하고 느긋한 성품이지만 오랫동안 혼자 일했던 만큼 고집이 센 편이기도 합니다. 덩치가 크고 가장 무거운 품종으로 기록되어 있듯 힘도 아주 세서 잘 통제할 수 있도록 어릴 때부터 훈련을 시키는 것이 중요합니다. 눈밭을 지치지 않고 다닐 수 있도록 근육이 발달되어 있고 추운 날씨에서 활동했던 만큼 더위를 참기

'덥다. 더워.' 물통이 무슨 죄니

힘들어 합니다. 매일 운동 및 훈련이 필요하고 산책이나 짧은 거리를 뛰게 해 주면 좋습니다. 이틀에 한 번 정도는 털을 빗겨 줘야 하고 털이 많이 빠집니다. 침도 많이 흘리지요. 10여 년 전 국내에서도 인기를 끌기 시작할 무렵, 세인트 버나드는 일부 레스토랑에서 마스코트로 활동하기도 했습니다. 이국적인 개를 보기 위해 많은 손님이 몰려들었었는데 커다란 덩치 때문에 막상 사람들이 무서워했기 때문이었을까요? 늘 줄에 매어 있거나 입구에 있는 작은 철창 속에 갇혀 살았던 것 같습니다. 지금 생각해 보면 드넓은 설원 위를 뛰어다니며 지냈던 활력 넘치고 똑똑한 품종이 그 좁고 무료한 곳에서 하루하루를 보내느라 얼마나 괴로웠을까 싶어 참 가슴 아픕니다.

아문센과 함께 남극점에 도달하다
사모예드

온화하고 애교 넘치는 일하는 개

그 룹 워킹 그룹
혈 통 스피츠, 북방견
기 원 지 러시아(시베리아)
기원시기 고대 시대
본래역할 순록몰이, 경비, 썰매 끌기
크 기 대형견

워 킹 그 룹

새하얀 눈덩이 같은 사모예드는 재퍼니스 스피츠와 모습이 꼭 닮았습니다. 멀리 떨어뜨려 놓고 보면 누가 누군지 구분이 안 될 만큼 똑같지요. 다만 차이점이 있다면 크기입니다. 재퍼니스 스피츠는 소형견이고 사모예드는 대형견에 속합니다. 그도 그럴 것이 재퍼니스 스피츠가 사모예드를 줄여 만든 품종이기 때문입니다. 시베리아의 북극권 가까이에 살았던 유목민, 사모예드족은 아주 오래전부터 순록들과 함께 생활했습니다. 순록은 이들에게 고기를 제공하기도 하고 원추 모양 텐트를 만드는데 가죽을 제공해 주기도 했기 때문에 아주 유용한 생존 수단이었습니다. 덕분에 사모예드족은 계절에 따라 순록의 먹이가 있는 곳을 찾아다니면서 유목 생활을 했는데 이들에게는 순록을 몰거나 야생동물로부터 순록을 지켜 주는 개가 있었습니다. 이 개들은 곰이나 물개 사냥을 같이 하기도 했고 낚싯배나 짐 썰매를 끌기도 했습니다. 사모예드족은 생계 유지에 중요한 역할을 하는 이 개를 가족의 일부로 여겨 텐트 안에서 함께 생활했고 아이들이 잠자리에 들기 전에 침대를 따뜻하게 데우는 역할도 했습니다. 바로 사모예드입니다.

사모예드는 인근해 있던 러시아 황실에서 가장 먼저 사랑받기 시작했습니다. 러시아의 알렉산드라_{Alexandra Feodorovna, 1872-1918} 여왕은 첫눈에 사모예드에 반해 이 개들을 널리 보급하는 데 적극적이었습니다. 또 러일전쟁_{1904-1905년에 만주와 한국의 지배권을 두고 러시아와 일본이 벌인 전쟁} 때는 러시아군이 사모예드족에 의해 훈련된 이 개들을 썰매견으로 활용해 전쟁터에서 수천 명의 부상자를 옮기기도 하고 수백 톤의 탄약을 운반했다는 기록이 존재합니다.

시베리아에 있던 사모예드들은 어떻게 세계로 퍼져 나갔을까요? 1890년대 시베리아에 도착한 유럽의 탐험가들이 아름다운 사모예드를 발견하고 유럽으로 데려오기 시작했습니다. 이 개는 사모예드족의 이름을 따서 사모예드 개라고 불리게 되고 유럽의 황실에 선물로 주어집니다. 한편 영국 빅토리아 여왕의 핏줄들은 유럽 전역은 물론 러시아에까지 퍼져 있었습니다. 러시아의 니콜라스 2세_{Nicholas II, 1868-1918}와 결혼했던 알렉산드라 여왕도 바로 그녀의 손녀딸이었지요. 이미 사모예드에 푹 빠져 있었던 알렉산드라 여왕은 훗날 에드워드 7세_{Edward VII, 1841-1910}가 되는 영국 왕세자에게 사모예드를 선물로 보냅니다. 그 역시 사모예드를 마음에 쏙 들어 했고 1888년 왕세자와 왕세자비의 은혼식을 기념해 그린 초상화에서는 그들의 발치에 앉아 있는 사모예드의 모습을 볼 수 있습니다. 또 비슷한 시기에 미국에도 소개되었습니다.

추운 지방에 사는 다른 품종에 비해 유순하고 다루기가 쉬워서 이들은 썰매를 끄는 데도 인기를 끌었습니다. 19세기는 세계적으로 극지방 탐험에 혈안이 되어 있던 시대였습니다. 누가 먼저 미지의 땅에 도착해 국기를 꽂느냐는 국가의 자존심을 건 문제였고 성공한 탐험대들은 국가적인 영웅이 되었습니다. 이때는 바야흐로 썰매견들의 시대이기도 했고 그중에는 사모예드도 있었습니다. 우선 노르웨이 탐험가, 난센Fridtjof Nansen, 1861-1930은 1888년 '카이파'와 '수겐'이란 이름의 사모예드가 끄는 썰매를 이용해 최초로 그린란드를 횡단하는 데 성공했습니다. 역시 노르웨이 탐험가였던 아문센Roald Amundsen, 1872-1928은 1911년 인류 역사 최초로 남극점 도달에 성공한 인물인데, 그 순간에 '에타'라는 사모예드도 함께했습니다. 어릴 때부터 극지방 탐험이 꿈이었던 아문센은 그 후로도 여러 차례 북극과 남극을 탐험했는데 그때마다 썰매개들의 도움을 꼭 받았습니다 그는 행방불명된 동료들을 구출하기 위해 다시 북극에 갔다가 1928년 조난사합니다. 이들의 위대한 발견은 뛰어난 썰매견 사모예드가 없었다면 불가능한 일이었을지 모릅니다. 눈보라와 어둠 속을 뚫고 끝을 알 수 없는 미지의 세상을 무작정 달려야 했던 그들에게 썰매견은 단순한 이동 수단을 넘어 정신적 동료 역할까지 톡톡히 해냈을 것입니다.

영웅들의 썰매를 끌었던 용맹하고 지구력 강한 개라는 사실이 알려지면서 사모예드는 세계적인 주목을 받게 됩니다. 게다가 순백의 사랑스러운 외모, 애정 넘치는 온순함까지 갖춘 덕에 인기가 치솟았지요. 한편, 러시아에서는 황실의 손에서 자라고 있었던 사모예드 대부분이 러시아 혁명 _{1917년 러시아에서 발생한 프롤레타리아혁명} 때 부의 상징으로 여겨져 몰살당하면서 멸종 위기에 처하고 맙니다. 오늘날의 사모예드는 대부분 영국, 미국, 다른 유럽 국가에 남아 있었던 개들의 후손입니다.

늘 환하게 웃고 있는 듯한 미소가 특징인 사모예드는 상냥해서 아이들은 물론 모든 연령대의 사람과 친구가 될 수 있습니다. 사람에게 유난히 친절한 품종으로 별로 낯을 가리지도 않고 다른 애완동물과도 사이 좋게 지냅니다. 하지만 사모예드는 썰매를 끌기 위해 주로 같은 종끼리 생활을 해 왔기 때문에 서열 정하기에 민감하고 다른 견종에 대해서는 좀 배타적인 면이 있습니다. 극한의 기온 속에서 눈밭과 얼음 위를 달렸던 품종인 만큼 추운 날씨를 버틸 수 있도록 아주 촘촘한 속털을 가지고 있습니다. 반대로 더위에는 상당히 약합니다. 하루 종일 운동했던 개인지라 지금도 매일 산책이나 조깅, 뛰놀기 같은 운동이 필요하고 심심하게 내버려 두면 땅을 파거나 짖어 대는 등 말썽을 부리기도 합니다. 일하는 개답게 자립심도 강하고 고집이 좀 세지만 주인의 지시에는 잘 따릅니다. 긴 털은 자주 빗질해 줘야 엉키지 않고 특히 털갈이 시기에는 매일 해 줘야 온 집 안 혹은 마당에 때 아닌 눈발이 날리는 것을 방지할 수 있습니다.

한때 유목 생활을 했던 사모예드족은 이제 정착 생활을 하고 있지만, 이들과 한 이불 속에 있었던 사모예드는 전 세계를 여행하며 인기를 얻고 있습니다 _{오래전 순록을 몰았던 경력 덕에 영국켄넬클럽에서는 허딩 그룹pastoral group으로 분류하고 있습니다.}

바깥세상이 궁금한 사모예드가 창밖을 내다보고 있습니다

워 킹 그 룹

'발토', 수백 명 아이들의 생명을 구하다
시베리언 허스키

넘치는 에너지를 가진 독립적인 개

그 룹 워킹 그룹
혈 통 스피츠, 북방견
기 원 지 러시아 (시베리아)
기원시기 고대 시대
본래역할 썰매 끌기
크 기 대형견

이국적인 눈빛이 매력적인 시베리언 허스키는 대표적인 썰매견입
니다. 시베리언 허스키는 북동아시아의 끝 추코트 반도에 살았던 추크치
족Chukchi에 의해 개발된 품종입니다. 추크치족은 일부는 바다에 나가 바
다표범이나 바다코끼리, 고래를 사냥하고 일부는 순록과 함께 유목 생활
을 했는데 시베리언 허스키는 이들의 무거운 사냥감이나 살림살이가 실
린 썰매를 끄는 역할을 했습니다. 한편, 베링해협 너머의 알래스카에서
금광이 발견되면서 그곳에 살고 있던 썰매개들도 노동력을 제공해 주는
중요한 존재로 인기를 끌고 있었고 사람들은 틈틈이 개썰매 경주를 열어

여가 시간을 즐기고 있었습니다. 1900년대 초, 시베리아에서 건너온 시베리언 허스키들도 이 경주에 참가하기 시작했습니다. 처음에는 다른 썰매개 품종들, 특히 알래스칸 맬러뮤트에 비해 크기도 작고 유순해서 별로 사람들의 눈길을 끌지 못했지만 그들의 잠재력을 알아본 한 참가자가 본격적으로 훈련을 시키면서 곧 썰매견 대회는 시베리언 허스키들의 독무대가 되었습니다.

시베리언 허스키는 힘, 속도, 지구력이 좋아서 가벼운 짐이라면 적당한 속도로 끝도 없이 달릴 수 있습니다. 추운 날씨를 견딜 수 있도록 그리고 눈에 젖지 않도록 빽빽한 속털을 가지고 있기 때문에 추위에는 강하지만 더위는 견디기 힘들어 합니다. 모험심과 자립심이 강하고 영리하지만 한편 고집이 센 면도 있어서 어릴 때부터 훈련을 잘 시켜야 합니다. 정신없이 뛰노는 것을 좋아하는 친근감 있고 장난기 넘치는 품종입니다. 무리를 이루어 썰매를 끌었던 만큼, 리더 자리를 놓고 잦은 다툼이 일어날 수 있습니다. 어릴 때부터 사람이나 다른 개와 함께 생활해야 이런 성향이 줄어듭니다. 넘치는 힘을 발산할 수 있도록 장거리 조깅 같은 조금은 거친 운동이 매일 필요합니다. 털갈이 시기에는 매일 빗질을 해 줘야 털 날림을 줄일 수 있습니다.

알래스칸 맬러뮤트와 시베리언 허스키는 처음 봐서는 구분하기 힘듭니다. 맬러뮤트는 덩치가 훨씬 크고 풍채도 좋아서 털도 더 풍성 곰 같은 느낌이 들고 허스키는 좀 더 작고 날렵한 늑대 같은 이미지입니다. 또, 맬러뮤트는 눈빛이 갈색 계통이지만 허스키의 경우, 파란색, 노란색, 회색 등 색상이 다양합니다. 특히 귀의 위치나 생김새가 아주 다릅니다. 맬러뮤트는 좀 더 둥글고 귀 사이 거리가 약간 떨어져 있지만 허스키는 더 뾰족하고 중앙에 몰려 있습니다.

시베리언 허스키 하면 항상 빠지지 않는 이야기가 하나 있습니다. 알래스카의 고립된 마을에 살던 수백 명 아이들의 목숨을 구한 '발토' 이야기입니다. 세계를 감동시킨 이 사건으로 뉴욕 센트럴파크에는 발토를 기리기 위한 동상이 세워졌으며 스티븐 스필버그는 〈발토〉라는 만화영화를 제작해 대성공을 거두었습니다. 또 시베리언 허스키란 품종을 세계에 알린 계기이기도 합니다 사실 남겨진 발토의 사진을 보면 현재의 시베리언 허스키와는 모습이 많이 다릅니다. 허스키란 품종은 털색도 다양했고 썰매 끄는 개들을 일컫는 통칭으로 쓰였을 만큼 일반적이기도 했는데 차츰 오늘날의 모습을 갖추게 된 것 같습니다.

워 킹 그 룹

발토가 살았던 알래스카의 서쪽 끝에 위치한 놈Nome이란 마을은 19세기 말 황금 개척지 중 하나로 1900년대 초만 해도 인구가 2만 명이 넘는 큰 도시였지만 금광 채굴이 시들해지자 한겨울이면 사람이 전혀 왕래하지 않는 완벽한 고립무원이 되곤 했습니다. 1925년 겨울, 인구가 겨우 1,400명이 남았을 무렵, 놈에는 디프테리아 간균의 일종인 디프테리아균 때문에 생기는 급성감염질환으로 열 살 이하 어린이들에게 주로 발병라는 전염병이 발생해 수많은 사상자가 나고 있었습니다. 상황이 급박해지자 사람들은 유일한 통신 수단이었던 전보를 이용해 앵커리지에 전염병을 치료할 항혈청을 보내 줄 것을 긴급 요청했습니다. 하지만 그 어떤 교통수단도 악천후를 뚫고 그 먼 곳까지 도달하기란 불가능했습니다. 고민 끝에 사람들은 거의 잊혀진 오래전 '개썰매'를 생각해 냈습니다. 과연 개들이 영하 50도를 넘는 추위와 악천후를 견딜 수 있을지 의문이었지만 방법은 그것뿐이었습니다. 우리로선 상상조차 할 수 없는 강풍과 눈보라, 추위 속에서 각 도시에서 자원한 개 썰매팀들이 도시와 도시를 연결하며 레이스를 시작했습니다. 서울에서 부산까지의 두 배가 넘는 거리를 어둠과 추위와 싸우며 달려야만 했습니다. 시각을 다투는 일인 탓에 리더견 시베리언 허스키, '토고'가 끌던 썰매팀은 안전한 해안선을 놔두고 얼어붙은 바다 위를 가로질렀고, 바톤을 이어받은 발토 썰매팀이 급조된 터라 리더 역할을 단 한 번도 해 본 적 없는 평범한 발토가 썰매를 끌게 되었습니다가 이끄는 썰매팀은 더 심한 눈보라 때문에 전혀 앞을 볼 수 없는 지경이었습니다. 심지어 썰매와 개를 다 날려버릴 정도의 거친 눈사태와 강풍이 일자 사람들은 이 마지막 썰매팀이 성공하지 못할 것이라 체념하고 말았습니다. 하지만 발토와 함께 썰매팀을 이끌던 머셔 musher:개썰매를 모는 사람, 구너 카센Gunner Kaasen은 썰매를 수습하고 흩어진 항혈청을 주워 담아 결국 질주를 마쳤습니다. 상상할 수 없는

©GammaRapho

설원 위에서 썰매를 끌고 있는 시베리언 허스키

악조건 속에서 총 1,100킬로미터의 대장정을 127시간 30분 만에 질주한 기록은 아직도 머셔들에게 위대한 세계 기록으로 남아 있으며, 이 대단한 혈청 운반 사건은 세계 언론의 커버면을 장식했습니다. 하지만 이들에 대한 찬사도 잠깐이었습니다. 발토를 비롯해 함께 썰매를 끌었던 개들은 무명의 악극단에게 팔려가 학대받고 병든 채 열악한 전시장에 진열되는 지경에 이릅니다. 발토의 모습을 본 한 사업가가 이 사실을 세상에 알리면서 발토 기금이 만들어졌고, 결국 발토와 여섯 친구들은 클리블랜드 동물원으로 후송되어 남은 여생을 편하게 보냈다고 합니다. 어쨌든 이 위대한 대장정을 기념해 지금도 해마다 알래스카에서는 앵커리지에서 놈까지 달리는 이디타로드 썰매견 경주대회Iditarod dog sled race가 열리고 있습니다.

Sporting Group

스포팅 그룹

스포팅그룹 | 새 사냥을 돕는 개

스포팅 그룹은 새를 쫓아 숲과 들판을 뛰어다니며 사냥꾼들을 도와주던 날렵하고 강한 에너지를 가진 사냥개들이 모여 있는 그룹입니다. 개에 관한 이야기 중에 등장하는 '스포츠'란 대개 사냥을 뜻합니다. 스포팅 그룹의 개들은 그중에서도 새를 사냥하기 때문에 '조렵견'이라 부르기도 합니다. 애초에 개들은 사냥개Sporting와 비사냥개Non-sporting 두 가지 그룹으로만 나뉘었었는데 스포팅 그룹은 포유동물을 사냥하는 하운드 그룹과 함께 사냥개 그룹에 속했었습니다. 훗날 따로 분리되었지요.

일반적으로 사냥개 하면 야생동물과 싸우는 사나운 개의 이미지를 먼저 떠올리게 됩니다. 동물을 잡아야 하니 난폭하고 포악할 것이라는 생각이 드는 것이지요. 게다가 일부 영화 속에서 많은 사냥개가 사나운 이미지로 연출된 것도 한몫한 것 같습니다. 물론 사냥개들은 사냥 본능을 지니고 있습니다. 하지만 필요 이상으로 사냥을 즐기는 사람과는 달리 이 그룹에 속한 개들은 사람을 돕기 위해 야생 본능을 십분 발휘하긴 하되, 결코 자연의 법칙에 벗어난 살육을 일삼지는 않습니다. 실제 사냥에서도 사냥 대상을 함부로 죽이지 않습니다. 그저 주인에게 동물의 위치를 알려 주고 주인이 잡기 쉽게 도와줄 뿐입니다. 즉, 주인의 명령에 복종할 따름이지요. 하운드 그룹과 마찬가지로 스포팅 그룹에 속한 개들도 대부분 온순한 성격을 지니고 있고, 특히 새 사냥에 이용되는 스포팅 그룹의 품종들은 사람에게 매우 순종적입니다. 덕분에 스포팅 그룹에 속한 개들은 모두 훌륭한 반려견으로 자리 잡았습니다.

원시시대 인간도 여느 야생동물과 마찬가지로 자신을 보호하거나 식량을 얻기 위해 사냥을 했는데, 약 1만 2천 년 전부터는 개 정확히는 늑대의 도움을 받기 시작하면서 아주 훌륭한 사냥꾼이 되었습니다. 농경문화가 발달하면서 사냥의 필요성이 많이 줄어들긴 했지만 농작물에 해를 끼치는 크고 작은 포유동물을 처치하거나 단백질을 얻기 위한 수단으로 여전히 사냥은 계속되었습니다. 그러나 시간이 지나면서 사냥은 차츰 생존수단이라기보다는 취미생활의 일종인 스포츠로 그 성격이 바뀌었고 인간은 사냥을 즐기는 지구상의 유일한 동물이 되었습니다. 특히 귀족들은 사냥을 자신만의 특권으로 삼기 위해 일반인들의 사냥을 금하는 법률까지 만들기도 했습니다. 현재 대부분의 국가에서 스포츠로서의 사냥이 지탄받고 있지만 여전히 유럽 일부 지역에서는 귀족 스포츠로 남아 있습니다.

16세기 무렵 총이 발명되면서 사람들은 날아다니는 새도 잡을 수 있게 되었습니다. 그러자 새 사냥을 도와줄 새로운 품종의 사냥개가 필요해졌는데 그래서 영국에서는 스포팅 그룹이라 하지 않고 건독 Gun Dog 그룹이라고 부릅니다. 시간이 지날수록 사냥 과정을 세분화시켜 필요에 맞는 품종들을 개량했습니다 때문에 이 그룹에 속한 개들의 역사는 그리 길지 않습니다. 가장 좋은 사냥개를 가져야 가장 실력 좋은 사냥꾼이 될 수 있었기에 이 시기에는 뛰어난 개들이 많이 배출되었습니다.

스포팅 그룹의 개들은 사냥감을 쫓아가 직접 잡는 것은 아니고 사냥꾼이 사냥을 할 수 있도록 도와주는 역할을 주로 합니다. 크게 세 종류로 나뉘는데, 사냥감을 찾는 종, 날려 보내는 종 flushing dog : 숨어 있는 새들을 하늘로 날려서 사냥꾼들에게 그 위치를 알려 주는 역할을 하는 개, 그리고 총에 맞고 떨어진 사냥감을 회수 retriever해 오는 종입니다. 사냥감을 찾아내는 종은 '포인터'류와 '세터'류가 있는데 이 개들은 사냥감을 발견하면 꼼짝하지 않고 한곳을 주시해 그 위치를 알려 주는 독특한 행동 이름이 말해 주듯 포인터 pointer는 한쪽 앞발을 들어서, 세터 setter 는 가만히 엎드려서을 보입니다. 또, 숨어 있는 사냥감을 찾아내 날아오르게 하는 역할은 '스패니얼' 종이 맡았고, 마지막으로 총에 맞아 떨어진 사냥감을 찾아오는 것은 '레트리버' 종이었습니다. 육지든 물이든 사냥감이 떨어진 곳은 어디든지 들어가 회수해 오는 일을 하기 때문에 '회수견'이라고도 하지요. 특히 스패니얼 종들은 추적, 발견, 회수에 이르기까지 조류 사냥의 전 과정을 모두 해냈습니다.

스포팅 그룹의 개들은 하루 종일 가시덤불 가득한 숲 속이나 차가운 물속을 헤집고 다녀야 했기 때문에 강인한 체력과 민첩성을 지니고 있습니다. 더 이상 사냥할 필요가 없어진 이 개들은 활달한 성격을 바탕으로 아이들과도 잘 놀아 주는 훌륭한 반려견 역할을 하고 있고, 사람과의 친화도는 물론 학습 능력도 뛰어나서 맹인안내견, 인명구조견, 마약 탐지견 같은 전문 직업견으로도 활동하고 있습니다. 미국에서 가정견으로 가장 인기가 높은 '래브라도 레트리버'나 '골든 레트리버'도 이 그룹에 속해 있습니다. 한편, 활발한 스패니얼 종들은 유럽 왕들의 사랑을 많이 받았는데 영국의 찰스 2세 Charles II, 1630-1685는 스패니얼을 너무 좋아한 나머지 아예 자신의 이름을 붙여 킹 찰스 스패니얼이란 품종을 만들었고 궁전의 방 하나를 온통 스패니얼 그림으로 장식했습니다. 미국의 41대 대통령 조지 부시 George Herbert Walker Bush, 1924-현재가 재임 시절 늘 데리고 다니는 바람에 그 당시 세상에서 가장 유명한 개가 되었던 스프링거 스패니얼 Springer Spaniel, '밀리'는 인기가 얼마나 좋았던지 '자서전'까지 냈고 실제로는 바바라 부시가 썼습니다, 그 책은 <뉴욕 타임즈>가 선정한 베스트셀러가 되기도 했습니다. 조지 부시는 한 인터뷰에서 종종 아침에 밀리와 함께 샤워를 한다고 밝히기도 했습니다.

'체커스연설' 리처드닉슨을 대통령으로
아메리칸 코커 스패니얼

왕성한 호기심과 에너지의 대가

그 룹 스포팅 그룹
혈 통 조렵견, 스패니얼
기 원 지 미국
기원시기 1800년대
본래역할 플러싱, 회수
크 기 중형견

　　인터넷에서 아메리칸 코커 스패니얼에 대해 검색해 보면, 많은 양육자들이 비글, 슈나우저, 닥스훈트 등과 함께 1순위를 다투는 '지X견'으로 부르고 있다는 사실을 알 수 있습니다. 그중에는 '웅자' 라는 아메리칸 코커 스패니얼을 10년 가까이 키우고 있는 '강군' 의 글이 가장 유명합니다. "너무 귀엽게 생겨서 한 마리 사려고요." 라는 네티즌의 의견에 "휴가 나온 해병대가 너무 멋져 보여 해병대에 자원입대하는 꼴"이라고 대답해 코커 스패니얼 양육자들의 절대적인 공감을 얻기도 하고, 종종 침대 위에다 실례를 한다는 말에 "침대 위에 김장 비닐을 덮어서 사용해야 한다.”는 충고도 합니다. 웅자의 경우 훈련도 먹히질 않는다며 훈련이 되면 코커 스패니얼이 아니라고도 하고, 야단을 치면 온 집 안을 ‘우다다’ 뛰어다니는데 처음에는 간질에 걸린 줄 알고 병원에 데려갔다고도 합니다. 배변 훈련이 불가능하다, 온갖 비싼 물건만 귀신같이 골라내서 물어뜯는다, 키우기가 너무 힘들어서 펑펑 울었다는 등 양육자들의 하소연에 돌아오는 대답은 그나마 세 살 정도 지나면 저도 나이가 들어 조금 차분해진다는 위로가 전부입니다. 코커 스패니얼, 왜 이런 유난스러운 기질을 가지게 되었는지 과거로 돌아가 볼까요?

　세상에는 수십 종의 스패니얼 종이 있는데, 코커 스패니얼은 그중에서 가장 작은 개로 오늘날엔 사냥개의 이미지는 완전히 사라진 채 반려견으로 키워지고 있습니다. 스패니얼 종의 역사는 아주 오래 되어서 이미 14세기부터 그 기록을 찾아볼 수 있고 주로 영국을 중심으로 유럽에서 다양한 크기와 생김새로 번식되었습니다. 이미 특유의 활발함으로 왕족들의 사랑을 받고 있었던 스패니얼 종들은 16세기 총이 개발되면서 더 큰 인기를 끌게 됩니다. 총이 개발되자 사람들은 날아다니는 새도 사냥할 수 있게 되었는데 우연히 사냥터에 데리고 간 스패니얼 종의 놀라운 능력을 보고 깜짝 놀라게 됩니다. 주로 관목 숲 어딘가에 둥지를 틀고 사는 새들은 일일이 뒤지고 다니지 않는 이상 찾아내기가 무척 힘이 들었습니다. 날아다니다 보니 땅에 냄새 흔적이 남겨져 있지도 않아 하운드 종들은 전혀 능력을 발휘하지 못했는데, 숲 속 곳곳을 천방지축으로 헤집고 뛰어다니는 코커 스패니얼 때문에 놀란 새들이 정신없이 날아오르기 시작한 것이었습니다. 위치가 노출된 새들은 표적이 되기에 딱이었습니다. 사냥꾼들은 그저 멀찌감치 서 있다가 스패니얼 때문에 놀란 새가 날아오를 때 총을 쏘면 된다는 사실을 알게 되면서 항상 스패니얼을 데리고 다니기 시작했습니다. 스패니얼이 '동에 번쩍 서에 번쩍' 할수록 표적이 되는 사냥감들이 넘쳐 났습니다. 이렇게 새를 놀라게 해 날아오르게 하는 것을 플러싱flushing이라 하는데 스패니얼만큼 플러싱 역할을 잘하는 개는 어디에도 없었습니다. 이런 스패니얼의 부산스러움은 점점 더 사냥꾼들에게 큰 인기를 끌 수밖에 없었고 사냥꾼들은 자신의 사냥 능력을 과시하기 위해 더 좋은 스패니얼을 개량하는 데 혈안이 되기도 했습니다. 더 활발할수록 더 많이 사냥할 수 있었고 그것은 곧 자신의 뛰어난 사냥 능력을 입증해 주는 것이었으니까요. 코커 스패니얼의 이름은 멧도요Woodcock에서 따온 것으로 멧도요 같은 작은 새들을 날려 보내는 데 가장 큰 재능을 발휘했기 때문이지요. 게다가 새가 총에 맞고 떨어지면 쏜살같이 뛰어가 사냥감을 물고 오는 능력도 있었습니다.

자, 이제 조금 이해가 되시나요? 코커 스패니얼은 바로 잠시도 쉬지 않고 '우다다' 뛰고 짖으며, 넘쳐 나는 호기심을 채우기 위해 온 숲 속을 탐험해야 직성이 풀리는, 게다가 체력까지 놀라운 개라는 사실 덕분에 오랫동안 사랑받았던 개입니다. 그런 본능을 아파트 거실에서만 해결하려다 보니, 집이 그 모양이 될 수밖에 없는 것이지요.

1620년, 종교와 신앙의 자유를 찾아 구대륙 영국을 출발한 메이플라워호가 아메리카 신대륙의 메사추세츠 연안에 닻을 내렸습니다. 훗날 필그림 파더스Pilgrim Fathers라 불리게 되는 102명의 신교도들은 이때 영국에 있던 코커 스패니얼도 함께 데려왔습니다. 이 활발한 개들이 험난하고도 불안했던 길고 긴 여정 중에 위안이 되고도 남았으리라는 것에는 의심의 여지가 없습니다. 연구가들은 그때 메이플라워호에 타고 있었던 코커 스패니얼이 척박한 자연환경, 낯선 대륙에서의 외로움 탓인지 실내 가정견으로 정착하게 되면서 크기가 더 작아진 것이라고 주장합니다. 즉, 미국의 환경에 맞게 개량되면서 아메리칸 코커 스패니얼이 된 것이지요.

이제 아메리칸 코커 스패니얼은 더 이상 사냥개로 이용되고 있진 않지만 여전히 실외에서의 운동과 탐험을 좋아합니다. 이들은 잠시도 가만있질 못합니다. 항상 즐겁고 에너지가 넘칩니다. 본래 품종의 역사와 기질을 모른 채 귀엽게 생긴 개로만 생각하고 입양했던 많은 사람이 아무리 훈련시켜도 얌전해지지 않는 스패니얼의 모습에 뒤늦게 탄식하곤 합니다. 심지어 머리가 나쁜 품종으로 여겨지기도 하지요. 어쩌면 버려지는 유기견 중에서 스패니얼이 많은 비중을 차지하는 것도 같은 이유일 것입니다. 가족과 함께 있을 때 행복해하는 아메리칸 코커 스패니얼은 아주 체력이 좋고 활달하며 매일 털을 빗겨 줄 수 있는 부지런한 사람들에게 어울리는 품종입니다.

아메리칸 코커 스패니얼 중에서는 37대 미국 대통령, 리처드 닉슨 Richard Milhous Nixon, 1913-1994이 부통령 시절부터 키웠던 '체커스'라는 개가 가장 유명할 듯합니다. 체커스는 1952년 아이젠하워의 러닝메이트로 출마했던 닉슨이 불법 정치 자금 스캔들로 곤경에 처했을 당시 그 유명한 '체커스 연설Checkers Speech'에 등장했던 바로 그 개입니다. 어느 날 라디오를 통해 가족들이 무척이나 개를 기르고 싶어 한다는 닉슨 부인의 이야기가 전파를 타자, 텍사스의 한 기업인이 검은색과 하얀색 무늬가 섞인 코커 스패니얼을 닉슨에게 보냈습니다. 얼마 후 닉슨은 사기업으로부터 거액의 정치 헌금을 받았다는 의혹을 받게 되는데 그를 향한 대중의 분노는 걷잡을 수 없을 정도였습니다. 그의 정치 생명은 그렇게 끝난 듯했습니

37대 미국 대통령, 리처드 닉슨과 애견 '체커스'의 즐거운 한때. 1952년

다. 쏟아지는 질타에 그는 한 방송에 출연해 이렇게 말했습니다.

　"나는 그 어느 누구로부터도 단 한 푼도 받은 적이 없다. 그러나 딱 하나 예외가 있긴 하다. 어느 날 나무 상자 소포가 하나 도착해 열어 보니 어린 코커 스패니얼 한 마리가 들어 있었다. 텍사스에서 볼티모어까지 먼 거리를 온 강아지였다. 여섯 살 된 내 딸 트리시아는 그 녀석에게 체커스 점박이란 이름을 붙여 주었다. 어린 내 딸은 모든 아이가 그렇듯 그 강아지를 너무 좋아했다. 그래서 우리 가족은 이 강아지만큼은 꼭 받아서 키우자고 결정했다. 체커스는 이제 우리 가족이다. 나는 사람들이 뭐라 하건 계속 체커스와 함께 살고 싶다."

　　이날 연설은 무척 감동적이어서 많은 시청자가 눈물을 흘렸고 체커스는 미국에서 가장 유명한 개가 되었습니다. 이 연설로 아이젠하워와 닉슨 대선팀은 무사히 공화당 대선주자로 지명되었을 뿐만 아니라 닉슨이 백악관에 입성하는 데 결정적인 도움을 줬다 해도 과언이 아니라고 평가됩니다. 체커스는 뉴욕의 동물 공동묘지에 묻혔다가 훗날 닉슨 부부의 묘지 옆으로 이장되었다고 합니다. 오래전 죽은 개를 살아생전 주인 곁에 묻어 주고 싶어 하는 후손 및 유가족의 마음을 통해 미국의 애견 문화를 다시 한 번 엿볼 수 있었습니다.

쿠바와 고양이 · 개를 사랑했던 헤밍웨이
잉글리시 코커 스패니얼

끊임없이 꼬리치는 명랑한 개

그 룹	스포팅 그룹
혈 통	조렵견, 스패니얼
기 원 지	영국
기원시기	1800년대
본래역할	플러싱, 회수
크 기	중형견

스포팅그룹

우리가 흔히 코커 스패니얼이라 부르는 개들은 정확히 아메리칸 코커 스패니얼과 잉글리시 코커 스패니얼로 나뉩니다. 잉글리시 코커 스패니얼도 스패니얼 계열로 아메리칸 코커 스패니얼과 주요 역사를 같이 합니다. 국내에서는 아메리칸 코커 스패니얼이 더 유명하지만 영국에서는 여전히 잉글리시 코커 스패니얼이 훨씬 높은 인기를 유지하고 있습니다. 아메리칸 코커 스패니얼에 비해 크기가 좀 더 크고 얼굴도 길며 사냥개의 성격이 더 강해 여전히 영국에서는 사냥개로 이용되고 있지요.

세상에는 수십여 종의 스패니얼이 있습니다. 사실 17세기 이전까지만 해도 이 스패니얼들은 크기를 제외하고는 모든 면에서 비슷비슷했습니다. 하지만 총이 발명되어 새를 사냥할 수 있게 되고, 스패니얼 종들이 보여 주는 특유의 플러싱 역할이 새 사냥에서 빼놓을 수 없는 중요한 자리를 차지하게 되면서 크기 및 색상, 생김새, 사냥 능력에 따라 품종도 세분화되기 시작했습니다. 예를 들어 멀리 날아오르지 못하고 그저 파닥파닥 튀어오르는, 즉 스프링spring하는 새들을 날리는 다소 큰 개는 스프링어springer 스패니얼, 좀 더 작은 멧도요woodcocker를 날리는 작은 개는 코커 스패니얼이 되었습니다.

잉글리시 코커 스패니얼도 새 사냥에 쓰이던 조렵견으로 사냥꾼들이 총을 쏠 수 있도록 수풀 속에 숨어 있는 새들을 놀라게 해 하늘로 날아오르게 하는 플러싱 역할을 했습니다. 또 총에 맞은 새를 찾아 사냥꾼에게 물어오는 역할도 했는데 사냥감이 떨어진 곳이라면 물이건 덤불이건 장소를 가리지 않았지요. 하루 종일 사냥터를 누벼도 지치는 법이 없었습니다. 게다가 일단 새를 찾기 위해 별도의 명령 없이 혼자 숲 속을 누볐던 만큼 독립적인 기질을 가지고 있어 통제하기 어려운 면이 있습니다. 훈련이 잘 되지 않는다고 느껴지는 것도 이런 역사가 있기 때문입니다. 잉글리시 코커 스패니얼은 미국의 코커 스패니얼보다 사냥 능력이 더 뛰어나고 사냥을 매우 즐기는 품종이기 때문에 그에 걸맞는 운동이 필요합니다. 요즘은 반려견으로 많이 양육되는데 운동량이 부족하면 하루 종일 방 안을 서성대며 불안해하고 잘 짖는 개가 되기도 하므로 매일 야외로 데리고 나가 줘야 합니다. 스트레스가 해소되지 않으면 온 집 안을 엉망으로 만들어 놓는 것주인님을 미치게 만드는에 에너지를 발산할 수 있습니다. 다른 스패니얼 종들과 마찬가지로 이 품종 역시 활달하고 운동하길 좋아하는 에너지 넘치는 사람, 그리고 함께 놀아 줄 시간이 많은 사람에게 적당합니다. 사람과 가까이 지내기를 좋아하고 쾌활한 성품을 가지고 있습니다.

한 가지 재미있는 사실은, 영국에서는 잉글리시 코커 스패니얼을 그냥 코커 스패니얼이라 부르고, 미국에서는 아메리칸 코커 스패니얼을 그냥 코커 스패니얼로 부른다는 점입니다 하지만 이 책에서는 혼란을 막기 위해 둘 다 모두 국가명을 붙였습니다. 두 나라 모두 자기 나라의 개가 '원조'이기 때문에 굳이 국가명을 붙일 필요가 없다고 생각하기 때문입니다. 애견종주국으로 통하는 미국과 영국 간의 미묘한 경쟁심을 엿볼 수 있는 대목입니다. 아무튼 이름에서 오는 혼란도 있었지만 생김새도 제법 닮아서 국내에선 많은 사람이 이 두 종을 구분하지 못해 마구잡이식 교배가 진행되고 있기도 합니다. 막상 미국에서도 1946년에 이르러서야 두 품종을 별개의 종으로 구분했습니다. 흔히 갈색이 많이 알려져 있지만, 검정, 얼룩무늬 등 그 색상이 아주 다양합니다.

〈노인과 바다〉, 〈무기여 잘 있거라〉, 〈누구를 위하여 종은 울리나〉 등으로 노벨문학상과 퓰리처상을 수상한 미국의 소설가, 어니스트 헤밍웨이Ernest Hemingway, 1899-1961는 50마리가 넘는 고양이와 동거했던 고양이 애호가로도 유명하지만 개도 십수 마리씩 키웠을 만큼 대단한 애견가이기도 했습니다 한편 그는 야생동물 사냥에도 열광했는데, 현재는 박물관이 된 그의 집에 가 보면 벽과 바닥에 사슴 머리나 동물 가죽들이 즐비합니다. 집필 중인 그의 발치에는 늘 개가 있었고 작품 속에도 개에 관한 이야기들이 많이 등장합니다. 실제 그는 한 인터뷰에서 "개와 고양이들이 내가 일하는 것을 도와준다."고 표현하기도 했습니다. 일본 나고야 여행 때 레트리버와 함께 다니며 찍은 사진이 있고 잉글리시 코커 스패니얼도 키웠다고 전해지지만 안타깝게도 자세한 이야기가 남아 있지는 않습니다 잉글리시 코커 스패니얼이 아니라 꼭 닮았지만 크기가 더 큰 잉글리시 스프링거 스패니얼이라고 전해지기도 합니다. 우연히 들렀던 쿠바의 매력에 반한 그는 20년을 그곳에서 살았는데, 쿠바의 수도 아바나 근처에 있는 대저택 지금은 헤밍웨이 박물관으로 아주 유명한 관광명소가 되었습니다에 머물면서 〈노인과 바다〉를 집필했습니다. 이 작품은 헤밍웨이를 위해 배를 저어 주고 요리를 하던 낚시 친구, 푸엔테스와의 대화를 바탕으로 쓰인 것인데 헤밍웨이의 저택에는 〈노인과 바다〉의 탄생을 도와준 낚싯배가 정원 한쪽에 전시되어 있습니다. 그 배 바로 앞에는 작지만 깨끗하게 정돈된 작은 비석 네 개가 세워져 있는데, 하나하나마다 그가 사랑했던 개의 이름이 쓰여 있습니다.

자신의 애견, 잉글리시 코커 스패니얼과 바닷가에서 휴가를 즐기고 있는 마릴린 먼로. 1950년대

숨겨진 마약을 찾아라, 마약탐지견
골든 레트리버

상냥하고 똑똑한 만능 재주꾼

그 룹	스포팅 그룹
혈 통	조렵견, 레트리버
기 원 지	스코틀랜드
기원시기	1800년대 후반
본래역할	사냥감 회수
크 기	대형견

중세 이후 오랫동안 유럽에서는 사냥이 귀족 전용 스포츠였습니다. 총이 발명된 이후 새를 잡을 수 있게 되면서 사냥은 더 큰 인기를 끌게 되었습니다. 사냥을 잘하는 개를 가지고 있다는 것은 곧 뛰어난 사냥 실력을 뽐낼 수 있다는 말이었으므로, 너도나도 좋은 개를 가지고 싶어 했고 덕분에 스포팅 그룹의 개들은 거의 대부분 이 시기에 집중적으로 특히 영국에서 만들어졌습니다. 사냥꾼들은 개가 가진 습성을 십분 살려 사냥 과정을 체계적으로 세분화하고 역할을 분담해 개들을 참여시키기 시작했습니다. 포인터는 사냥감의 위치를 지목하고 코커 스패니얼은 수풀 속

에 숨어있는 새들을 하늘로 날려 보내는 역할을 훌륭하게 해냈지만, 막상 사냥감이 떨어진 덤불 속, 특히 늪이나 호수까지 뛰어들어 회수해 오는 면에서는 많이 부족했습니다.

한편, 비슷한 시기 바다 건너 캐나다 뉴펀들랜드주의 세인트존이란 지역에서는 어부들을 위해 물속에 들어가 배를 끌어 주거나 그물에 걸린 무거운 생선을 물고 돌아오는, 또는 물에 빠진 사람을 구해 주는 워터도그water dog들이 맹활약을 하고 있었습니다. 워터도그란 주로 물에서 활동하는 개 품종들을 지칭하는 말인데, 한결같이 물을 좋아하고 수영 실력도 뛰어났습니다. 그중에는 '물건을 회수해 오는 자retriever' 라는 뜻의 레트리버 종들도 있었지요. 하지만, 1800년대 뉴펀들랜드주 정부가 개를 키우는 사람들에게 높은 세금을 부과하자 자연스럽게 이 지역의 개 숫자는 줄기 시작했는데, 다행히 소금에 절인 대구를 수출하던 무역선들이 유럽 항구를 드나드는 과정에서 수많은 레트리버가 바깥세상에 소개되었습니다. 물속에 용감하게 뛰어드는 것은 물론 육지와 물 모두에서 물건을 회수하는 데 놀라운 능력을 발휘했던 레트리버가 영국 귀족들 사이에서 순식간에 큰 인기를 얻기 시작했습니다. 총이 개발되기 전까지만 해도 어업에 종사하던 사람들 외에게는 별로 인기가 없던 품종이었는데 말입니다.

덕분에 그 기원은 캐나다지만 수많은 종류의 레트리버 품종이 영국에서 만들어지기 시작했습니다. 그중에서도 골든 레트리버는 1800년대 중반부터 스코틀랜드의 한 귀족에 의해 만들어진 품종입니다. 최상의 레트리버를 만들기 위한 작업에 몰입한 끝에 그는 결국 약 50년 만에 다른 레트리버들처럼 물속까지 뛰어들어 사냥감을 회수해 올 뿐만 아니라 털이 곱슬거리고 속털이 아주 촘촘해서 물에 덜 젖습니다 에너지 넘치고 상냥한 데다 똑똑하기까지 해서 한 번 배운 일은 척척 해내는 완벽한 개를 만드는 데 성공했습니다. 골든 레트리버는 현재 가정견과 애견전람회견으로는 물론이고, 맹인안내견, 청각보조견 등 장애인들을 위한 도우미견, 인명구조견, 탐지견 등 그야말로 못하는 일이 없는 최고의 개로 활약하고 있습니다.

오늘날 레트리버 종들이 특별한 훈련 없이도 공이나 장난감을 주인에게 물어 오는 것도 바로 이런 선조들의 본능을 이어받았기 때문입니다. 일단 멀리 갔다가도 반드시 주인에게 되돌아오는 본능은 친근감 넘치는 최고의 반려견이 되는 데 결정적인 역할을 했다고 볼 수 있습니다. 골든 레트리버는 선천적으로 무엇이든 배우기를 좋아하고 일하기를 즐기며, 사람과 함께 있는 것을 좋아하는 애정 많고 사교적인 개입니다. 또, 하루 종일 뛰어다니고 물속에 뛰어들어 사냥감을 가져오는 일을 했던 만큼 체력이 강합니다. 이런 에너지와 열정을 무시하고 집 안에만 둔다면 이상 행동을 일으킬 수 있기 때문에 수영, 장난감 물어 오기, 조깅 같은 신체적 운동은 물론, 정신적인 활동도 매일 시켜 주어야 합니다. 뭐든지 입에 물고 다니기를 좋아해서 이런 기질을 훈련 시 보상법으로 활용하면 좋습니다. 실제로 지금도 애견 전용 수영장을 방문해 보면 이미 수백 번을 물속에 뛰어들어 공을 물고 와 놓고서는 마치 이제부터 시작이라는 듯 또 공을 물고 와 눈빛 공격을 보내는 골든 레트리버들을 만날 수 있습니다. 주인님이야 팔이 빠지든 말든 말이지요.

오래전, 마약탐지견을 취재하기 위해 인천공항세관을 찾은 적이 있습니다. 그날 그 위력을 보여 줄 주인공은 여섯 살배기 수컷 골든 레트리버 '팬텀'이었습니다. 제 임무는 아무도 모르게 세관에서 준비한 '마약'을 코트 깊숙이 숨긴 채, 짐을 찾고 있는 여행객들 사이에 서 있는 것이었습니다. 혹시라도 제 손에 냄새가 묻을까 여러 겹의 비닐장갑을 낀 핸들러 handler : 특수한 목적에 맞게 개를 훈련시키는 전문가가 직접 제 코트 안주머니에 마약을 넣어주었고 실험을 철저히 하기 위해 그 순간까지 팬텀과는 만나지도 못한 상태였습니다. 곧 홍콩발 비행기가 도착했고 수많은 여행객이 쏟아져 나오기 시작했습니다. 과연 저 인파 속에서 나를 찾을 수 있을까? 저 멀리서 나타난 팬텀은 여행 가방들이 놓여 있는 컨테이너 위로 올라가기도 하고 사람들 사이를 비집고 다니기도 하더니 약 10미터 전방에서 행동이 조금씩 달라지기 시작했습니다. 벌써 눈치를 챈 것일까요. 더 열심히 킁킁대며 포위망을 좁혀 오던 팬텀은 확신에 찬 눈빛으로 저를 바라보며 앉았습니다. 짖지도 않고 공격하는 것도 아니고, 그저 다정한 표정으로 제 앞에 앉아 있을 뿐이었습니다. 그러자 관계자들이 수색에 협조해 줄 것을 요구했고, 팬텀의 핸들러는 팬텀에게 보상으로 더미 dummy : 원래 인체 모형을 뜻하는 말이지만, 개의 세계에서는 돌돌 말아 놓은 수건 또는 그에 상응하는 일종의 보상물을 가리킵니다를 주며 한바탕 신나게 놀아 주었습니다. 그 넓은 곳 또 그 수많은 인파 속에서 저를 찾아내다니 놀라울 따름이었습니다. 모의상황이었으므로 거기서 취재는 끝이 났지만, 진짜로 마약을 소지한 범죄자였다면 꼼짝없이 철창 신세를 졌겠지요. 실제 세계적으로 수많은 골든 레트리버가 전문 탐지견 마약, 약물, 불법 농산품, 폭탄, 지뢰 심지어 암세포까지으로 활동하고 있고 국내에서도 매년 수차례씩 마약사범을 검거해 내고 있습니다. 냄새를 잘 맡는 것은 기본이고 사람과 함께 일하는 것을 좋아하고 온순해야 하며 뛰어난 학습 능력을 가지고 있어야 가능한 일이라고 합니다. 마약탐지견이 되기 위해서는 어릴 때부터 훈련을 받아야 하는데 기본 원리는 이렇습니다. 강아지 시절부터 '더미'에 강한 애착을 갖게 만

드는 것이지요. 마약을 찾
았다, 어릴 때부터 내가 너
무 좋아하는 더미를 갖고
실컷 놀 수 있다, 주인님에
게 칭찬받는다! 이게 전부
입니다 사람들 생각처럼 마약에 중
독시키는 것이 아닙니다. 개 대신
이런 일을 해 줄 수 있는 존
재가 또 있을까요?

38대 미국 대통령, 제럴드 포드가 백악관 집무실에서 애견 '리버티'를
쓰다듬고 있습니다. 리버티의 웃는 표정이 일품입니다. 1974년

스
포
팅
그
룹

너의 눈이 되어 줄게, 맹인안내견
래브라도 레트리버

순진하고 성실한 만능 일꾼

그 룹	스포팅 그룹
혈 통	조렵견, 레트리버
기 원 지	영국
기원시기	1800년대
본래역할	수중 회수
크 기	대형견

래브라도 레트리버는 맹인안내견으로 가장 활발한 활동을 하고 있는 품종입니다. 2001년, 전 세계를 경악하게 했던 세계무역센터 테러 사건 때의 일입니다. 그날 78층에서 근무하고 있었던 시각장애인, 마이클 힝슨은 '쾅' 하는 굉음을 듣긴 했지만 무슨 일이 일어난 것인지 도무지 짐작조차 할 수가 없었습니다. 평소 웬만한 일에는 미동조차 않고 묵묵히 자신의 발치를 지키던 안내견, '로젤'이 계속 낑낑대기 시작했습니다. 불안에 떨고 있던 힝슨은 사방에서 불덩이가 튀고 있다는 사무실 동료들의 외침을 듣고 나서야 다급한 상황임을 깨달았습니다. 전혀 앞을

볼 수 없는 힝슨의 목숨은 오직 안내견 로젤의 손에 달려 있었습니다. 로젤은 여느 때와 마찬가지로 침착하게 힝슨을 이끌고 사무실을 나와 연기가 자욱한 비상계단 통로를 내려갔고, 마침내 힝슨은 단 한 번도 넘어지는 일 없이 무사히 건물 밖으로 빠져나올 수 있었습니다. 로젤과 힝슨이 건물을 빠져나오고 20분 후 빌딩은 완전히 무너져 내렸습니다. 두려운 마음에 어디론가 숨거나 혼자 사라져 버릴 수도 있었을 텐데. 로젤이 없었더라면 힝슨은 어찌 되었을까요? 수많은 자원봉사자와 훈련사의 노력으로 태어나는 맹인안내견은 평생 앞 못 보는 주인에게 눈이 되어 주는 삶을 살다 갑니다. 게다가 스스로 판단해 주인이 위험하다 싶으면 명령을 거부하는 '지적불복종'이라는 놀라운 능력을 보이기도 합니다 맨홀 뚜껑이 열려 있다거나 앞에 위험한 물건이 있을 때 등.

똑똑한 데다 성품까지 좋은 만능 일꾼으로 통하는 래브라도 레트리버는 줄여서 종종 '랩lab'이라 불립니다. 랩 역시 골든 레트리버와 마찬가지로 캐나다 뉴펀들랜드주 세인트존스 지역에 그 근원을 두고 있습니다. 대서양을 사이에 두고 영국과 마주 보고 있는 뉴펀들랜드주 뉴펀들랜드 섬과 래브라도 반도로 이루어짐는 토지가 척박해 많은 사람이 연안에서 대구잡이에 종사했습니다. 이곳의 어부들은 추운 날씨 속에서 자신들을 대신해 그물이나 낚싯줄에서 벗어난 커다란 대구를 잡아 오거나 자신들이 타고 있는 작은 배를 끌고 헤엄치는, 세상 어디에도 없는 독특한 능력을 가진 개들을 키우고 있었습니다.

한편, 뉴펀들랜드 섬 바로 앞에는 래브라도Labrador 반도가 있는데 이곳이 기원지가 아니라는 사실이 흥미롭습니다. 래브라도라는 이름은 뉴펀들랜드 지역에 이미 있었던 뉴펀들랜드newfoundland : 초대형 워터도그 와의 혼란을 막기 위해 가까이 있는 래브라도라는 지명을 사용했다는 설과 포르투갈어로 일꾼을 뜻하는 '라브라도르Lavrador'에서 나왔다는 설, 두 가지가 있습니다. 어쨌든 뉴펀들랜드주 세인트존스에 살았던 검고 짧은 털을 가진 개들은 물속에 뛰어들어 물고기를 물어 오는 데 탁월한 능력을 보이고 있었고 그중 일부가 1800년대 초반 소금에 절인 대구를 수출하던 배에 실려 영국에 소개되면서 래브라도 레트리버라는 이름으로 불리기 시작했습니다. 사냥에 빠져 있던 영국인들은 이 개가 물이나 땅 위에 떨어진 새를 물고 돌아온다는 사실을 알게 되고는 조금씩 개량을 통해 현재의 래브라도 레트리버를 만들어 냈습니다. 품종의 기원은 캐나다지만 현대적 개발은 영국에서 이루어진 셈입니다.

이들에겐 늘 세계 최고 인기 품종, 다재다능한 만능견 같은 화려한 수식어가 따라다닙니다. 게다가 성품 또한 일품입니다. 혹독한 바닷가 환경에서 힘든 노동을 하던 시절의 유전자가 남아서일까요. 웬만한 일에는 힘들어하거나 놀라거나 화내지 않는 매우 낙천적인 성격을 가졌습니다. 아무리 힘든 일을 시켜도, 주인이 아무리 홀대해도 '이 정도쯤이야'라고 말하는 듯 항상 개 특유의 웃음을 저버리지 않는 품종입니다. 주어진 일에 열심이고 주인에게 충실하고 다정하며 온화한 성품이어서 어린아이들과도 잘 어울립니다. 집 안에서는 조용하고 뜰에서는 뛰어놀기를 좋아하며 탁 트인 곳에 나가면 열정적인 에너지를 발산합니다. 무엇이든 잘 배우고 배우는 것을 좋아하며 항상 누군가를 기쁘게 해 주려 합니다. 여전히 수영과 물건을 회수하는 능력이 더 없이 훌륭한 품종이기도 합니다. 충분한 운동이 필요한 품종이기 때문에 매일 공이나 원반을 던져 물어 오는 훈련, 수영 같은 운동을 시켜 줘야 합니다. 늘 가족과 함께 지내는 것을 좋아하는 개라는 사실도 기억해야 합니다. 국내에는 주로 황색만 알려져 있지만, 검정색과 갈색, 총 세 가지 색상이 있습니다.

래브라도 레트리버는 몸이 불편한 사람들과 함께 살면서 여러 가지 일을 대신해 주는 도우미견service dog으로도 활동하고 있습니다. 2001년 알렌 파튼의 도우미견이었던 '엔달'이란 이름의 래브라도 레트리버가 전 세계 메인 뉴스를 장식한 적이 있습니다. 군인이었던 알렌은 걸프 전쟁에서 뇌상을 입어 절반 이상의 기억을 잃었고 몸을 제대로 움직이지 못해 평생 휠체어를 타야 했으며, 처음에는 말도 못했을 만큼 언어나 판단 능력에도 문제가 있었습니다. 누군가의 도움 없이는 일상적인 생활을 전혀 할 수 없는 상태였습니다. 그의 삶이 달라지게 된 것은 도우미견, 엔달을 만나면서였습니다. 엔달은 백 가지가 넘는 수화를 이해했고, 슈퍼마켓 선반에서 알렌이 원하는 물건을 가져오고, 필요에 따라 전기스위치를 껐다 켜고, 문을 열고 닫고, 세탁기에 빨래를 넣고 빼고, 지갑 속에서 카드를 꺼내 현금인출기에 넣고 다시 돈과 함께 제자리에 넣고, 때론 무거운 휠체어를 끌어 주었습니다. 알렌이 목욕을 하고 있을 때면 옆에서 지켜보고 있다가 그가 물에 잠기기 전에 욕조 꼭지를 잡아당겼고, 위급 상황엔 비상 버튼을 눌러 사람들을 불렀습니다. 알렌 파튼은 한 인터뷰에서 이렇게 말했습니다.

"엔달은 내가 장애로 얻은 깊은 우울증과 트라우마로부터 벗어나는 데 가장 큰 도움을 준 존재였다. 사람들은 내가 다시는 말할 수 없을 거라 했지만 엔달은 묵묵히 기다리며 내가 다시 말할 수 있게 해 주었다."

한번은 알렌이 지나가던 차에 치어 정신을 잃고 쓰러진 적이 있었는데 엔달은 그를 끌어당겨 안전한 곳으로 옮긴 뒤 담요를 덮어 주고 휴대전화를 찾아 그의 곁에 놓은 뒤 가까운 호텔에 들어가 도움을 줄 사람을 데려왔습니다. 덕분에 알렌은 무사히 병원에 갈 수 있었지요. 엔달은 죽는 순간까지 알렌을 위해 살았고 그 공을 인정받아 동물에게 주어지는 빅토리아 훈장격인 '딕킨 훈장PDSA Dickin Medal'을 수여받았습니다. 신체적 장애로 인해 영원히 홀로서기를 포기했던 사람들이 개로 인해 '독립'을 찾고 그로 인해 새로운 삶

42대 미국 대통령. 빌 클린턴과 애견 '버디'. 1997년

을 꿈꾸며 살 수 있게 된다면 이 개들만큼 숭고한 삶을 사는 존재가 또 있을까요?

42대 미국 대통령, 빌 클린턴Bill Clinton, 1946-현재은 재임 시절 초콜릿색 랩, '버디'를 항상 데리고 다녔습니다. 역대 퍼스트도그first dog : 미국 대통령의 개에게 붙는 호칭들이 그랬듯 매스컴에 자주 소개되면서 주인만큼이나 세계적인 유명세를 누렸지요. 버디는 네 살 때 뉴욕에 있는 클린턴의 집 앞에서 교통사고로 죽었는데, 그 당시 미국 언론은 일제히 버디의 일생과 백악관에서의 삶을 담은 영상들을 소개했고 클린턴은 "버디는 우리에

게 커다란 기쁨을 안겨 준 충실한 동반자였다. 그를 몹시 그리워하게 될 것이다."라고 애도 성명을 발표하기까지 했습니다. 또, 세계적인 베스트셀러이자 영화로까지 제작된 〈말리와 나〉의 주인공 역시 래브라도 레트리버였습니다. 아참, 개를 좋아하고 눈물을 펑펑 쏟게 만드는 영화를 좋아하는 분이시라면 〈파 프롬 홈Far From Home 1995〉이란 영화를 한번 보시길. 무인도에 표류하게 된 개와 소년의 이야기를 담고 있는데, 간신히 구조 헬기에 구출되려는 순간 개가 그만 폭포 아래로 떨어지고 맙니다. 그리고…….

해군 레이더 역할을 대신하다
포인터

사냥감 발견하면 '포인팅'

그 룹 스포팅 그룹
혈 통 조렵견, 포인터
기 원 지 영국
기원시기 1600년대
본래역할 사냥감 위치 가리키기
크 기 대형견

긴 다리와 늘씬한 몸매에 검은 얼룩무늬를 가진 포인터는 사냥개라는 수식어 때문인지 왠지 사나울 것 같아서 선뜻 다가서기가 쉽지 않습니다. 하지만 포인터는 직접 사냥감을 물어 오는 역할보다는 사냥감의 위치를 주인에게 알려 주는 역할을 주로 했던 온순한 품종입니다. 포인터는 국내에는 잘 알려져 있지 않지만 해외에서는 사냥개의 대명사로 통할 만큼 유명한 품종이고 조렵견 중에서 가장 오랜 역사를 가진 품종이기도 합니다. 포인터도 생김새나 만들어진 지역 등에 따라 그 종류가 아주 많은데, 가장 대표적인 품종이 바로 잉글리시 포인터입니다 잉글리시 포인터라고도 부르고 그냥 포인터라고 부릅니다. 시각 하운드 종만큼 날렵하지는 않지만 근육질의 '짐승남' 같이 늘씬하고 다부진 몸매를 가지고 있습니다. 세계적인 애견전람회 중 하나인 미국의 웨스트민스터 켄넬클럽 도그쇼 Westminster Kennel Club Dog Show의 마스코트도 바로 포인터입니다.

포인터는 냄새를 맡아 사냥감을 찾는 역할을 하도록 만들어진 품종입니다. 땅에 코를 처박고 냄새를 맡는 동안에는 꼬리를 좌우로 흔드는데 진짜 놀라운 것은 그 다음 행동입니다. 포인터는 일단 사냥감의 흔적이 발견되면 사냥감이 눈치 채지 못하게 몸을 낮추고 살금살금 천천히 다가갑니다. 그러다가 확신이 들면 사냥감이 있는 방향을 향해 '얼음땡' 놀이라도 하듯 멈춰 선 뒤 몸을 살짝 앞으로 기울이고, 꼬리를 곧게 세우고 한쪽 앞다리를 구부립니다. 포인터pointer라는 이름도 사냥감의 위치를 '가리키는 자' 라는 뜻에서 붙여졌습니다. 이 자세는 주인님이 사냥감의 위치를 확인하고 총을 쏘아야 풀린다고 합니다. '땡!' 혹시 주인이 사냥감 위치를 확인하지 못할 경우 이런 자세를 수십 분 동안이나 유지하는 개도 있다고 합니다. 개코를 가지지 못한 사람으로서는 포인터가 알려 주는 방향만으로는 사냥감의 위치를 쉽게 알아차릴 수 없기 때문에 사냥꾼들은 종종 포인터를 두 마리 이상 데리고 다니기도 합니다. 서로 다른 위치에서 포인터가 가리키는 방향을 교차시켜 보면 보다 정확한 위치를 가늠할 수 있기 때문이지요.

이 재미있는 행동은 오래전 늑대의 습성에서 기인한 것입니다. 무리를 지어 사냥하는 늑대는 선두 그룹 중 사냥감 냄새를 제일 먼저 포착한 개체가 얼어붙은 듯 멈춰 서는 동작을 합니다. 이런 침묵의 동작은 사냥감 몰래 자기 동료들과 의사소통하기에 더할 나위 없이 훌륭한 신호였습니다. 이 독특한 포즈로 사냥감의 위치를 알아차린 다른 늑대들이 각 방향에서 협공 작전을 펼치듯 포위망을 좁혀 오면 사냥감은 꼼짝없이 늑대 밥 신세가 될 수밖에 없지요.

사실, 1600년대 초반부터 사냥에 사용된 초기 포인터 종들은 새를 발견하는 역할보다는 토끼를 찾는 데 활용되었습니다. 당시의 사냥 방식은 냄새로 포인터가 토끼를 발견하면 그레이하운드가 쫓아가 잡는 방식이었습니다. 그러나 총이 만들어지고 1700년대에 접어들어 날아오르는 새를 총으로 쏘는 사냥 방법이 인기를 끌면서 이 독특한 '포인팅' 덕분에 포인터는 새의 위치를 찾는 데 적합한 품종으로 자리매김하게 되었지요. 포인터 종들의 최초 기원지가 어디인지는 정확하게 알려진 바가 없지만 적어도 잉글리시 포인터의 개발이 온전히 영국, 그중에서도 잉글랜드에서 이뤄진 것만은 확실합니다.

사냥 문화가 없는 국가에서는 포인터를 잘 키우지 않습니다. 포인터는 군살이라곤 찾아볼 수 없는 근육질 몸매에 항상 머리를 올리고 당당하게 움직입니다. 아주 드넓은 지역을 뛰어다니며 냄새를 추적했던 품종인 만큼 천부적인 운동 능력과 힘을 가지고 있습니다. 당연히 강도 높은 체력 훈련을 필요로 하는 품종이고 훈련이나 운동량이 부족할 때에는 스트레스를 받아 답답해하거나 파괴적인 모습을 보일 수 있습니다. 항상 새를 찾아다녔던 습성 때문에 한번 사냥감을 쫓기 시작한 이상, 주의를 다른 곳으로 돌리게 하기란 거의 불가능하다고 합니다. 밝고 온순하며 사람을 잘 따르기 때문에 집 지키는 능력은 떨어집니다. 사람이나 다른 개들과 있을 때 가장 즐거워하고 물과 추위를 싫어합니다.

'주디' 도 딕킨 훈장PDSA Dickin Medal : 영국에서 인간의 삶에 공헌한 동물에게 주는 훈장을 수여받은 개입니다. 해군 소속이었던 군견, '주디'는 제2차 세계대전 때 영국 해군함에 타고 있었습니다. 주디의 임무는 포인터 특유의 재능을 살려 멀리서 날아오는 일본 적기의 소리를 미리 듣고 사람에게 는 아무 소리도 들리지 않는데 포인팅을 하는 것이었습니다. 개는 후각은 물론 청각마저도 사람보다 우수합니다. 10배 정도 귀가 예민한 것은 물론 인간은 들을 수 없는 음역대의 저주파 혹은

한 조류센터의 터줏대감인 '키에라'라는 이름의 포인터가 사고로 어미를 잃고 이곳으로 이송된 생후 4주 된 올빼미를 보호하고 있습니다. 영국의 데본조류센터 2009년

스포팅 그룹

초고주파 소리까지도 듣습니다. 오래전 땅속에 숨은 쥐의 움직임마저 알아채던 초능력이 여전히 남아 있는 것이지요. 그 당시만 해도 적군의 출현을 미리 알 수 있는 레이더가 상용화되어 있지 않았던 터라 주디의 이런 능력은 아주 유용했습니다. 주디가 타고 있었던 군함의 해군들은 주디의 포인팅을 보고 사전에 대피하거나 전투 태세에 들어갈 수 있었기 때문에 사상자가 현저히 줄었습니다. 주디가 탔던 군함이 전투 중에 가라앉으면서 모두가 일본군의 전쟁포로가 되었을 때는 주디도 따라가 동료들 곁을 떠나지 않고 음식과 물을 찾는 일을 도왔습니다. 전쟁이 끝나고 군인들은 모두

풀려나 고국으로 돌아왔는데 일본군은 어찌된 일인지 주디만큼은 풀어 주지 않으려 했다 합니다. 결국 주인의 갖은 노력 끝에 영국으로 무사히 돌아온 주디는 1946년 그 공을 인정받아 훈장을 받았습니다. 상패에는 이렇게 쓰여 있다고 합니다.

"군함 위에서 수많은 생명을 구한 지능과 예민한 경계심을 기리며, 포로수용소에서 보여 준 위대한 용기와 끈기, 그리고 동료들의 사기를 북돋아 준 점을 기리며."

Terrier Group

테리어 그룹

테리어 그룹 | 땅속에 사는 작은 동물을 잡는 호전적인 개

테리어 그룹은 큰 사냥개가 추적할 수 없는 작은 동물들을 굴속까지 따라 들어가 해치울 수 있도록 만들어진 작지만 용맹스러운 개들이 모여 있는 그룹입니다. 덕분에 대부분 다리가 짧거나 작은 체구를 지니고 있습니다. 테리어라는 이름도 라틴어로 땅, 지구, 대지를 의미하는 테라terra에서 기원한 것인데, 바로 이런 역할 때문입니다.

테리어 품종들은 작은 고추가 맵다는 말이 잘 어울립니다. 외국에서는 작은 투사, 터프 가이 등으로 불릴 만큼 체구는 작지만 대형견 못지않은 호전적인 성품을 가지고 있기 때문입니다. 인간의 농작물에 직접적, 간접적으로 해를 끼친다고 생각되었던 소위 유해 동물들을 처치하기 위한 품종이었기 때문에, 일반적인 사냥개 범주에 속하는 개들보다 더 대담하고 끈질긴 투쟁 근성을 지니고 있습니다. 사냥개 하면 사나운 이미지를 떠올리게 되는데 막상 하운드나 스패니얼 종들은 동물을 추적하는 것은 즐기지만 직접 죽이는 것은 대체적으로 주인들의 역할이었던 것 같습니다. 하지만 테리어는 자기보다 크고 사나운 동물에게도 전혀 위축되지 않고 맞서 싸워 죽일 수 있는 투쟁심을 가졌지요. 테리어들은 좁고 어두운 굴속까지 쫓아가 한번 잡은 사냥감은 절대 놓치지 않는 근성을 보입니다. 오랜 문헌에서도 성질이 급하고 싸우기 좋아하는 개로 묘사되곤 합니다. 대부분 크기가 작은 편이어서 무섭다는 생각은 들지 않지만 이런 면에서 본다면 가장 사나운 개들이 모인 그룹이라고 할 수 있습니다.

대부분의 품종들이 귀족들 중심으로 번식되고 키워졌단 점에 비해 테리어 종은 일반 농가에서 태어나고 사랑받던 개들이란 사실도 특이합니다. 대개 영국에서 만들어진 탓에 애견종주국임을 자랑하는 영국이 가장 자랑스럽게 생각하는 품종들이기도 합니다. 테리어 종들은 섬나라였던 영국의 열악한 자연환경 속에서 농민들의 가정견이자 충실한 일꾼 역할을 했습니다. 곳간을 어지럽히는 쥐를 잡고, 농작물을 망치는 여우와 토끼를 해치우고, 날카롭게 짖어 침입자로부터 가족을 지키고, 부모가 일하는 동안 아이들과 하루 종일 놀아 주는 등 온갖 허드렛일을 도맡아 했습니다. 게다가 거친 털은 별도의 털 관리가 필요 없었고 체구가 작으니 먹이도 적게 먹었지요. 사랑받기 충분했던 테리어 종들은 다양한 품종으로 개량되기 시작했습니다. 여러 가지 환경에 잘 적응하며 높은 생존력을 보인 것에는 이들이 가진 호전성과 투쟁심도 한몫했던 것 같습니다.

14세기 중엽, 페스트는 유럽 인구의 20~30퍼센트를 몰살시켰을 정도로 무시무시한 전염병이었습니다. 당시 봉건제도를 뒤흔들었을 만큼 막대한 노동력 손실을 가져왔고, 죽음에 대한 공포심으로 미신에 지나치게 의존하게 만들면서 사람들을 정신적으로 피폐하게 만들기도 했습니다. 이런 암흑시대에 쥐를 잡아 없애 주는 테리어들이 얼마나 인기였을까요? 그러나 예상을 뒤엎는 일들이 일어났습니다. 당시 페스트의 원인을 알지 못했던 사람들은 쥐를 떠올리지 못하고 온갖 미신과 해괴한 소문에 집착했습니다. 가장 피해를 본 것은 엉뚱하게도 유태인과 집 주변을 배회하던 고양이와 개였다고 합니다. 당시 모세의 율법에 따라 청결한 생활을 하고 있던 덕분에 유태인 대다수가 병을 피하자 사람들은 그들이 우물에 독을 탔다고 생각해 수많은 유태인을 학살했습니다. 또 집 주변을 돌아다니는 고양이나 개가 병을 옮긴다고 생각한 사람들은 동물들을 닥치는 대로 죽이기도 했습니다. 페스트의 원인은 500년 후에나 밝혀졌는데, 일찍 그 원인을 알았더라면 지금보다 훨씬 다양한 품종의 개들이 우리 곁에 남아 있었을지도 모를 일입니다.

한편, 16세기 후반부터는 귀족들도 테리어 종들을 사랑하기 시작했습니다. 농가에 있던 테리어 종들의 호전적인 기질에 반한 귀족들이 이들을 여우 사냥에 이용하기 시작했던 것이지요. 하운드가 아무리 여우를 잘 쫓아 봐야 은신처 속으로 숨어 버리면 사냥을 포기해야 하기 일쑤였습니다. 따라 들어갈 용기도 없고 크기도 너무 컸으니까요. 하지만 땅을 파헤쳐 가며 굴 안까지 들어가 사냥감을 밖으로 쫓아내는 테리어의 용맹함에 놀란 귀족들은 이들을 귀하게 대접하기 시작합니다. 작은 테리어들이 사냥 내내 말을 쫓아다니기 힘들 것이라 판단한 귀족들이 테리어를 품에 안고 혹은 안장에 실린 바구니에 태워 사냥에 나서는 기이한 현상도 일어났습니다. 사냥감 추적은 하운드가, 본 마무리는 테리어가 하는 식이었지요.

활달한 테리어 종들은 많은 사람으로부터 사랑을 받았습니다. 14대 미국 대통령, 에이브러햄 링컨 Abraham Lincoln, 1809-1865 은 대통령이 되기 전 키웠던 테리어 종의 개가 산책 중에 얼음물에 빠지자 주저 없이 뛰어들어 개를 구한 적이 있는데, 조금만 기다리면 헤엄쳐 나왔을 텐데 왜 그랬냐는 질문에 "얼음물에 마비될까 봐 걱정이 돼서."라고 대답했다고 합니다. 백악관에서 수많은 동물과 개를 키웠던 35대 대통령 존 F. 케네디 John Fitzgerald Kennedy, 1917-1963 역시 테리어를 매우 좋아해 함께 수영을 즐기곤 했고 테리어 기질이 넘쳐 갖은 실수를 해도 너그러이 봐주었다고 전해집니다. 찰스 다윈도 테리어야 말로 개 중에서 최고라며 칭찬을 아끼지 않았습니다.

자신감 넘치는 테리어 종들은 대개 주변의 다른 개에게 으름장을 놓으며 항상 대장 노릇을 하려는 경향이 있습니다. 투견 애호가들은 테리어 종 특유의 이런 호전적인 기질을 얻기 위해 이들을 튼튼한 근육질의 외모를 지닌 불도그 등과 교배시켜, '불 테리어', '아메리칸 스태퍼드셔 테리어 불도그와 테리어의 교배로 만들어진 미국산 투견' 같은 강력한 투견을 만들어 내기도 했습니다. 이들은 투견이 금지된 후 현재는 가정견이 되었지만 아직도 사람을 제외한 동물에 대해서는 투쟁 본능이 완전히 사라지지 않았으므로 복종 훈련과 사회화 교육이 꼭 필요한 품종입니다. 하지만 대부분의 테리어 종은 관리하기 쉬운 짧고 거친 털과 지칠 줄 모르는 체력을 지녔기 때문에 도시뿐만 아니라 교외 생활에도 적합한 가정견이 될 수 있습니다. 또 가장 인기 높은 테리어인 독일의 '미니어처 슈나우저'도 이 그룹에 속합니다.

Bull Terrier

투견장을 휩쓸기 위해 태어나다
불테리어

온몸이 근육질인 투지에 불타는 개

그 룹   테리어 그룹
혈 통   테리어. 마스티프
기 원 지   영국
기원시기   1800년대
본래역할   개싸움 경기
크 기   중형견

테
리
어
그
룹

　　군살 하나 없는 근육질 몸매에 얼굴까지 완벽했더라면 친해지기
어려운 개가 되었을 법도 한데 다행히 불 테리어는 얼굴 크기에 비해 턱없
이 작은 삼각형 눈과 헥헥대는 모습이 마치 웃고 있는 듯 보여 꽤 정감이
가는 개입니다. 〈바우와우〉라는 일본 만화 캐릭터로 인기를 끌기 시작한
불 테리어는 우스꽝스러워 보이는 생김새와 표정 때문에 장난기 넘치는
개로 여겨지고 있지만 원래는 투견장을 주름잡던 사나운 개였습니다.

　　오랫동안 유럽인들은 '동물 괴롭히기baiting' 라 불리는 잔인한 경기
에 열광했습니다. 묶여 있어서 도망갈 수도 없는 황소, 곰, 말, 표범, 원

숭이 등 다양한 야생동물들을 개로 하여금 물고 뜯고 괴롭히게 하다가 결국은 죽이는 경기인데, 한동안은 왕도 직접 참가해 관람하곤 했을 만큼 고급 스포츠로 통했다고 합니다. 특히 영국에서는 몇 백 년 동안이나 성행했다가 빅토리아 여왕 시대인 1835년 이후 법으로 금지되면서 사라졌습니다. 하지만 '투견'은 불법임에도 불구하고 서민층을 중심으로 1860년대까지도 번성했습니다. 투견을 스포츠이자 오락거리로 생각했던 애호가들은 더 강한 투견을 만들어 내기 위해 노력했고, 황소 괴롭히기bull baiting 경기용으로 만들어졌던 불도그와 용맹한 테리어 종을 교배시켜 불 앤드 테리어Bull and Terrier를 만들어 내는 데 성공했습니다. 불 앤드 테리어는 투견장의 검투사라 불렸을 만큼 일단 싸우기 시작하면 죽을 때까지 포기하는 법이 없었습니다. 다행스럽게도 영국에서 상류층을 중심으로 애견전람회가 점점 인기를 끌면서 서민들을 중심으로 행해지던 투견 경기는 점차 관심 밖으로 사라지게 됩니다.

하지만 오랫동안 사람들은 불 테리어가 가진 투견의 이미지를 벗어버리기 힘들었던 것 같습니다. 영국 빅토리아 시대 최고의 소설가, 찰스 디킨스Charles John Huffam Dickens, 1812-1870의 대표작이자 영화, 드라마, 뮤지컬로 제작되면서 지금까지도 인기를 끌고 있는 〈올리버 트위스트〉에는 주인공, 올리버를 괴롭히는 빌 사이크라는 악당이 등장합니다. 그 악당은 '불스아이'라는 이름의 불 테리어를 데리고 다니며 사람들을 협박하고 괴롭히는데 가엾은 불스아이는 주인에게 어찌나 매를 많이 맞았던지 온몸이 흉터투성이라 보는 사람들을 더 공포에 떨게 합니다. 이렇듯 그 당시 불법 투견장을 휩쓸던 불 테리어는 극악무도한 범죄자에게나 어울리는 개로 자주 묘사되곤 했습니다.

한편, 투견장에서 불 앤드 테리어가 설 자리가 없어지자 일부 애호가들이 이 개를 전람회견으로 만들기 위해 노력했습니다. 다른 몇몇 종과의 교배 끝에 마침내 오늘날 불 테리어의 조상인 새하얀 불 테리어가 태어났습니다. 크기도 조금 작아졌고 성격도 유순해진 불 테리어는 큰 인기를 끌며 대중들의 관심을 사로잡았습니다. 더군다나 이 개는 싸움을 선동하지는 않되, 일단 싸움이 일어나면 멋지게 자신을 보호하는 신사다움과 남성스러움을 갖춘 덕분에 '하얀 기사'라는 칭호까지 얻었습니다. 이제 불 테리어는 음지에서 양지로 완전히 빠져나와 잘생기고 남성다운 냄새가 물씬 풍기는 개를 옆에 두고 싶어 하는 젊은 신사들의 반려견이 되는 데 성공했습니다. 하지만 1900년대 완전히 새하얀 불 테리어는 백색증albinism, 동물이나 사람의 눈, 피부, 머리카락 등에서 멜라닌 색소가 합성되지 않는 현상 등 유전상의 문제가 있었고 그러자 다시 색상이 들어간 불 테리어가 만들어지면서 오늘에 이르게 됩니다. 여전히 흰색이 더욱 인기가 있지만 해외에서는 얼룩을 가진 유색 품종이 더 보편적입니다.

불 테리어는 워낙 생기가 넘치고 힘이 세서 거친 장난을 좋아합니다. 턱 힘이 좋아서 저도 모르게 세게 물 수 있으므로 어릴 때부터 훈련이 반드시 필요합니다. 가족에게는 매우 상냥하고 애교가 흘러넘치지만 다른 개나 작은 동물에게는 여전히 호전적일 수 있습니다. 이런 성향을 잘 보여주는 사례가 있습니다. 엘리자베스 여왕 2세의 외동딸이자 찰스 황태자의 동생인 앤 공주Elizabeth Alice Louise, 1950~현재는 유난히 불 테리어를 좋아해서 영국왕립수의사협회가 '가장 위험한 품종 중 하나'라고 경고했음에도 불구하고 지금까지 여러 마리를 키워 오고 있습니다. 아니나 다를까, 그녀의 개들은 여러 차례 문제를 일으켜 영국은 물론 세계 언론을 떠들썩하게 만들었습니다. 2002년에는 공원에서 산책 중이던 그녀의 불 테리어, '도티' 가 어린아이를 무는 사건이 있었는데, 공주는 '키우는 개의 폭력 행위를 말리지 못한 죄' 로 법원에 출두하라는 소환장을 받았고 결국 왕족으로는 유일하게 유죄 판결을 받은 인물이 되었습니다 영국은 개가 사람을 물어 상처를 입힐 경우 최고 6개월 징역이나 5천 파운드(약 1천만 원)의 벌금을 부과하고, 별도로 개를 안락사할 것을 명하거나 개 양육 자격을 박탈하기도 합니다.

유럽 황실의 개에 대한 사랑은 예나 지금이나 변함이 없습니다. 영국의 앤 공주와 그녀의 두 번째 남편이었던 팀 로렌스 장군이 애견, '에그란틴' 과 함께 찍은 사진. 1993년

2004년에는 앤 공주가 키우고 있던 또 다른 불 테리어, '플로렌스' 가 엘리자베스 여왕의 웰시 코기, '수잔' 을 물어 죽인 일도 있었습니다. 영국 황실가의 사람들이 크리스마스를 함께 보내기 위해 별장에 모여 있을 때였습니다. 갑자기 플로렌스가 꼬리치며 다가온 수잔의 뒷다리를 물었고, 아무리 말려도 놓을 줄을 몰랐습니다. 결국 수잔은 상처가 너무 심해 다음날 안락사되었고 충격을 받은 여왕은 한동안 슬픔 속에서 지냈다 합니다.

불 테리어는 방어 본능이 유달리 강해서 소리를 지르거나 체벌을 가하면 역효과가 날 수도 있다는 점을 기억해야 합니다. 다소 제멋대로 인 데다 고집 센 성격 때문에 개를 처음 키우는 사람에게는 버거운 품종 이지만 어느 정도 훈련 경험이 있는 사람이 잘만 기르면 이만큼 재미있는 품종도 없다고 합니다. 강한 에너지를 가진 불 테리어는 매일 육체적 운 동을 시켜줘야 할 뿐만 아니라 정신적인 자극도 주어야 합니다. 오랫동 안 달리는 것을 좋아하는 활동적인 개이기 때문에 안전한 장소에서 뛰놀 게 하는 것이 가장 좋습니다. 매일 충분히 운동시켜 주지 않으면 그 에너 지를 엉뚱한 데 사용합니다. 강력한 턱 힘을 이용해 집 안의 가구나 온갖 물건들을 물어뜯는 등 파괴적인 행동을 할 수도 있고, 끊임없이 자기 꼬 리를 쫓거나, 반복적으로 특정 신체 부위를 핥는 등 강박증으로 고생할 수도 있습니다. 뭔가에 호기심을 느끼면 악착같이 물고 늘어져 끝을 봐 야 하는 성격입니다. 운동을 아주 좋아하는 활력 넘치는 사람과 어울립 니다. 한편 불 테리어는 '미니미 mini-me : 영화 〈오스틴 파워〉에서 이블 박사와 늘 함께 다니는 분신. 이블 박사의 축소판인 작은 캐릭터'를 가지고 있습니다. 크기가 절반 정도 인 미니어처 불 테리어는 생김새뿐만 아니라 호전적이고 에너지 넘치는 기 질까지도 판박이처럼 똑같습니다.

1930년대 알래스카, 주노라는 항구도시에 살았던 '패스티 앤' 이 라는 불 테리어는 태어날 때부터 귀머거리였는데, 사람들이 눈치 채기 훨씬 전부터 배가 들어온다는 사실을 귀신같이 알고는 손님들을 마중 나 갔습니다 심지어 그녀는 배가 어느 쪽에 닻을 내려야 안전한지도 알았다고 합니다. 덕분에 시 장이 직접 '알래스카, 주노의 공식 인사견'으로 임명하기까지 했지요. 주노를 자주 방문하던 사람들은 배에서 내리면 제일 먼저 호텔 로비나 맥 주 집에 들러 그녀를 찾아다니곤 했는데 그녀 덕분에 매상이 아주 쏠쏠했

테 리 어 그 룹

150

다고 합니다. 주인이 없었던 패스티 앤은 모든 사람에게 사랑받았고 사람들은 기꺼이 그녀에게 먹을 것을 주며 돌봐 주었습니다. 주노 사람들은 그녀가 세상을 떠난 이후 수십 년이 넘도록 그녀를 잊지 못했고 결국 1992년 배를 기다리고 있는 모습의 동상을 항구에 세워 그녀를 기리고 있습니다. 귀머거리였던 그녀가 어떻게 배가 도착하는 시간을 알았는지는 아직도 미스터리로 남아 있습니다.

버드 제독과 남극을 탐험하다
와이어 폭스테리어

말괄량이 삐삐처럼 호기심 넘치는 개구쟁이

그 룹 테리어 그룹
혈 통 테리어
기 원 지 영국
기원시기 1800년대
본래역할 유해 동물 사냥, 여우 사냥
크 기 중형견

오래전부터 영국에는 여우가 많아서 양계장이나 목축업에 큰 피해를 입고 있었습니다. 농장에서는 여우를 잡는 개들을 키우는 것이 관행이었고 급기야 정기적으로 대대적인 여우 소탕 작전을 벌이기 시작하면서 여우 사냥이라는 전통까지 생겨났습니다. 이 전통은 17세기 찰스 2세 Charles II, 1630-1685 때 고급 '스포츠'로 확립되면서 오늘날까지 계속되고 있습니다 개와 관련된 이야기 중에 등장하는 스포츠라는 말은 대개 사냥을 뜻합니다. 여우 사냥은 말을 탄 신사 숙녀가 수십 마리의 폭스 하운드를 풀어 여우를 쫓게 한 뒤 뒤따라간 폭스 테리어로 하여금 굴속에 숨은 여우를 꺼내 죽이게 하는 것으로, 여우가 죽은 것을 맨 먼저 확인한 여성에게 그 꼬리를 상으로 주는 관습이 있습니다.

이렇듯 폭스 테리어는 여우 사냥의 조력자 역할을 하기 위해 만들어진 개로 주로 폭스 하운드와 한 팀이 되어 일했습니다. 우선 폭스 테리어는 땅속에 숨은 여우도 냄새로 찾을 수 있어야 했고, 폭스 하운드를 따라 달릴 수 있는 근력이 필요했으며, 여우 굴속으로 들어갈 수 있을 만큼 체구가 작아야 했습니다. 또 마지막으로 침입자에게 맹렬하게 저항하는 여우를 두려워하지 않고 공격할 수 있는 터프함도 있어야 했지요. 19세기 후반까지 폭스 테리어는 품종 명칭이라기보다 여우 사냥을 위해 번식된 다양한 타입의 테리어 종들을 통칭하는 말이었습니다. 폭스 테리어는 부드러운 털을 가진 스무드 폭스 테리어와 철사처럼 뻣뻣하고 거친 털을 가진 와이어 폭스 테리어 두 종류가 있는데, 별개의 품종이란 사실이 알려지기 전까지는 무분별하게 번식되기도 했습니다. 와이어 폭스 테리어가 스무드 폭스 테리어에 비해 세상에 늦게 알려졌지만, 짧고 고불거리는 털과 인형 같은 외모 덕분에 1930년대 이후부터는 가정견으로 훨씬 더 인기를 끌고 있습니다.

와이어 폭스 테리어는 용감하고 생동감이 넘쳐서 운동하고 탐험하고 달리고 사냥하고 쫓아가는 것을 좋아합니다. 너무 심하다 싶을 만큼 호기심과 에너지가 넘치고 작은 자극에도 쉽게 흥분하고 열정적인 반응을 보입니다. 주인에게 애교가 많지만 고집 세고 독립적인 성향도 있습니다. 다른 개나 동물에게 공격적으로 행동할 수 있는데 특히 작은 동물을 죽이던 본능이 있기 때문에 어릴 때부터 잘 훈련시켜야 합니다. 근육 힘이 좋아서 말이나 다른 하운드와 함께 달려도 뒤쳐지지 않을 만큼 속도가 빠르고 지구력도 좋습니다. 집 안에서도 잠시도 가만있지 않고 바쁘게 움직이는 폭스 테리어는 매일 데리고 나가 충분히 운동을 시켜 줘야 합니다. 스트레스를 풀지 못하면 물건을 망가뜨리고 땅을 파거나 <small>땅 대신 카페트를 다 뜯거나</small> 쉴 새 없이 짖으며 탈출 기회만을 노리기도 합니다. 또는 자기 발을 끊임없이 씹는 것 같은 무료함에서 나오는 문제 행동들을 보이기도 합니다. 즉, 말썽을 부리기 전에 '할 일'을 줘야 하는 품종입니다. 이삼일에 한 번씩 빗질을 해 줘야 하며 정기적으로 털을 잘라 줘야 합니다.

빅토리아 여왕의 아들이자 그 뒤를 이어 왕위에 오른 에드워드 7세 <small>King Edward VII, 1841-1910</small>는 뛰어난 외교술로도 유명했지만 '시저'라는 이름의 폭스 테리어를 끔찍이 여겼던 것으로도 유명합니다. 에드워드 7세도 어머니가 그랬던 것처럼 개를 무척 사랑해 수많은 종류의 개를 키웠는데 시저는 그중에서도 가장 아끼는 개였습니다. 여행을 할 때도 함께 데리고 다닐 정도였지요. 한번은 숲 속으로 사라진 시저를 찾기 위해 경찰이 총동원된 적도 있는데 그 사건 이후 왕은 시저의 목줄에 '내 이름은 시저. 나는 왕의 개입니다.'라는 글을 써 두라 지시하기도 했습니다. 시저 역시 주인을 사랑했었는지 1910년 왕이 병으로 죽자 상심해서 거의 먹지도 마시지도 않았다고 전해집니다.

한편, 미국의 탐험가 버드 제독<small>Richard Evelyn Byrd, 1888-1957</small>은 최초로 비행기로 남극점에 도착한 인물이자 수차례에 걸친 남극 탐사 끝에 빙하, 지형, 광물자원에 관한 귀중한 사실들을 밝혀낸 국제적인 영웅입니다. 특히 '이글루'라는 폭스 테리어 <small>정확히는 스무드 폭스 테리어</small>는 몇 년 동안 버드 제독과 함께 극지방을 탐사한 개로 유명합니다. 이글루는 누군가로부터 버려진 개였는데 한 지인이 길거리를 돌아다니고 있던 이글루를 발견하고는 평소 개를 사랑했던 버드 제독에게 데려왔습니다. 이글루는 곧 버드 제독의 최고의 친구가 되었고, 1928년에는 눈보라를 견딜 수 있는 특수 제작된 옷과 부츠를 신은 채 버드 제독의 탐사대에 동참하면서 탐험대의 마스코트가 되었습니다. 훗날 버드 제독이 대통령으로부터 공로 훈장을 받을 때도 함께했다 전해집니다. 이글루가 여섯 살이었을 때 독이 든 음식

영국 추리소설 작가, 애거사 크리스티가 와이어 폭스 테리어와 함께 포즈를 취했습니다. 그녀의 대표작 중 하나인 <벙어리 목격자>에도 '밥'이란 이름의 와이어 폭스 테리어가 등장합니다. 1920년대

을 잘못 먹고 죽어 간다는 소식을 접한 버드 제독은 모든 스케줄을 취소하고 집으로 돌아갔지만 안타깝게도 마지막 순간은 보지 못했습니다. 당시 이글루는 굉장한 유명인사⒠여서 〈타임〉지도 부고란에 그의 사망 소식을 실었을 정도였습니다. 이글루와 버드 제독의 남극 탐험기가 어린이 책으로 나와 큰 히트를 쳤던 때라 전 세계 아이들이 이글루 앞으로 수천 통의 애도 편지를 보내오기도 했습니다. 이글루는 빙산 모양을 한 비석과 함께 동물 묘지에 묻혔습니다. 그 뒤 많은 사람이 버드 제독에게 새 개를 선물하려고 했지만 그는 항상 이렇게 말하며 단호하게 거절했다고 합니다.

"그 어떤 개도 이글루를 대신할 수 없다."

밥 돌의 대선 파트너
미니어처 슈나우저

일하기 좋아하고 늘 대장이 되고 싶어 하는 개

그 룹 테리어 그룹
혈 통 테리어
기 원 지 독일
기원시기 1400년대(스탠다드), 1800년대(미니어처)
본래역할 쥐잡이
크 기 소형견

국내에서 가장 인기 있는 품종 중 하나인 슈나우저는 독일어로 '수염'을 뜻하는데 아마도 주둥이 주변의 긴 털이 수염처럼 보여서 붙은 이름인 것 같습니다. 슈나우저는 크기에 따라 자이언트, 스탠다드, 미니어처, 세 종류가 있는데 중간 크기인 스탠다드가 가장 오래된 품종으로 훗날 만들어진 미니어처와 자이언트의 원조입니다 스탠다드와 자이언트는 워킹 그룹에 속합니다. 스탠다드 슈나우저는 원조임에도 불구하고, 탐지견 등으로 활동하고 있는 자이언트 슈나우저나 가정견으로 인기를 끌고 있는 미니어처 슈나우저에 비해 잘 알려져 있지 않습니다.

많은 품종이 왕족을 중심으로 만들어진 것과 달리 스탠다드 슈나우저는 농가에서 태어난 개입니다. 역사가 500년이 넘고 독일이 원산지인데 15세기경의 그림이나 조각 등에서 사랑받는 애견 혹은 농장 일을 돕고 있는 모습으로 등장합니다. 현재 뮌헨이 있는 독일 남서부 지역은 비옥한 농업지대와 알프스 산록의 낙농지대가 자리 잡고 있어 예나 지금이나 중요한 농업 중심지입니다. 오래전부터 슈나우저는 용맹해서 이 지역의 농가에서 농장과 가축을 지키며 쥐나 작은 동물을 잡고 시장에 나갈 때면 주인을 보호하고 짐수레를 지키는 등 다양한 역할을 했습니다. 특히 그 당시는 철도가 없던 시절이어서 먼 거리를 가축을 몰거나 짐수레를 끌며 큰 시장에 나가려면 반드시 슈나우저의 도움이 필요했습니다.

슈나우저는 세계대전 때 적십자에 소속되어 포탄 속을 뚫고 전령을 전달하는 등 다양한 일을 훌륭히 해내면서 세상에 알려지기 시작했습니다. 특히 자이언트 슈나우저는 경찰견과 군견으로 훌륭한 역할을 수행했고 전쟁 중에 너무 많이 희생되어서 멸종 위기에 처해지기도 했었습니다. 지금도 독일에서는 경찰견, 마약탐지견, 폭발물탐지견, 인명구조견으로 활동하고 있습니다. 많은 전문가가 일하기를 좋아하는 개, 일을 하기 위해 태어난 개라고 하지만 저먼 셰퍼드 도그의 그늘에 가려 독일 이외의 나라에서는 이런 면모가 잘 알려져 있지 않습니다.

한편, 미니어처 슈나우저는 1800년대 후반, 독일의 농가에서 쥐 또는 작은 동물을 잡는 용도로 개발되었습니다. 미국에서는 1930년대부터 대중에게 알려지기 시작했는데, 지능도 높고 민첩하고 체력도 좋은데다 생김새까지 사랑스러워서 한때 세 번째로 인기 있는 품종이 되는 등 지금까지 최고의 인기를 누리고 있습니다. 미국켄넬클럽AKC은 이들이 영국산 테리어 종의 개들과 특징이나 번식 목적이 비슷하다는 이유로 테리어 그룹에 분류하고 있지만 영국켄넬클럽The KC은 영국산 테리어 품종에서 기원하지 않았다며 테리어 그룹으로 받아들이지 않고 다른 그룹스탠다드와 미니어처는 넌스포팅 그룹과 성격이 유사한 유틸리티 그룹, 자이언트는 워킹 그룹 에 두고 있습니다.

미니어처 슈나우저는 쥐잡이 용도로 개발되었기 때문에 행동도 빠르고 체력이 좋습니다. 늘 부지런하게 돌아다니는 것을 좋아합니다. 영국산의 다른 테리어 종들에 비해 덜 시끄럽고 차분하며 다른 개들에게도 덜 공격적입니다. 하지만 애초에 쥐잡이 용도로 만들어진 개인 만큼 작은 동물들을 쫓으려 하는 습성이 있고 간혹 직접 잡기도 해서 주인님들을 비명 지르게 만듭니다. 또 늘 자신이 주인공이 되어 모든 상황을 처리하려 하는 등 보스가 되고 싶어 하는 '알파도그alpha dog' 기질이 있는데, 특히 이런 모습은 같은 성별의 개들이 주변에 있을 때 뚜렷이 나타납니다. 가족과 가까이 지내면서 생활하는 것을 좋아하고 장난과 호기심, 애교가 많습니다. 더군다나 스스로 경비를 서고 있을 때아무도 시키지 않았지만는 아주 열정적으로 짖어 대기 때문에 문제가 될 수 있습니다. 창밖을 보며 길을 지나다니는 사람들을 모두 침입자 취급하기도 합니다. 영리해서 빨리 배우지만, 고집이 센 면이 있어서 훈련 방법에 따라 결과가 달라지기도 합니다. 용맹해서 자기 덩치보다 몇 배나 큰 개들 앞에서도 주눅 들기는커녕 한 치도 물러서지 않습니다. 주인을 지키기 위해서라면 어떤 위험도 감수할 개입니다. 그 옛날 하루 종일 농장을 뛰어다니며 다양한 일을 척척 해냈던 품종인 만큼 혈기가 왕성해서 아무런 자극 없이 집 안에만 두면 심각한 말썽을 부려 대기도 합니다. 매일 신나는 게임을 해 주거나 산책을 해

'넌 누구냐.' 눈 위에서 너무 신나게 놀아 버린 슈나우저

서 스트레스를 풀어 주는 등 적당한 '일거리'를 주는 것이 좋습니다. 또 정
기적으로 털을 잘라 줘야 합니다.

　　"그의 사랑스러운 애견, '리더'와 방송에 한 번만 더 나왔어도 대
선 결과가 달려졌을 것이다."

　　미국의 한 칼럼니스트가 수차례 상원의원으로 활동했고 대선에도
여러 번 도전했던 밥 돌Bob Dole, 1923-현재이 1996년 대선에서 빌 클린턴에
게 참패하자 신문에 기고했던 글 중 일부입니다. 밥 돌은 '리더'라는 슈
나우저를 키우고 있었는데, 전 주인에게 버려져 동물보호센터에서 안락
사 당할 뻔했던 리더는 밥 돌을 만나면서 미국에서 아주 유명한 개가 됩
니다. 유난히 예쁘게 생겼던 리더는 주인의 공식·비공식 모임에 항상 따

라다녔고 팬클럽이 생길 만큼 대중들에게 인기를 끌었습니다. 슈나우저지만 웨스티웨스트 하이랜드 화이트 테리어의 애칭처럼 귀엽게 털을 자른 모습으로 표지를 장식한 책이 출판되기도 했고 공식 웹사이트까지 가지고 있었지요. 밥 돌은 리더를 집무실에 있을 때는 물론 외출할 때에도 늘 데리고 다녔는데 상원 회의장만큼은 예외였습니다. 왜냐는 질문에 "이미 거기엔 짖는 자들이 충분히 많다."라는 재미있는 말을 하기도 했습니다. 1999년 리더가 세상을 떠나자 그는 두 번째 미니어처 슈나우저를 입양해서 리더 2세라고 이름을 붙였습니다. 정말 리더가 선거 활동을 조금만 더 했더라면 밥 돌이 클린턴 대신 당선될 수 있었을까요?

루스벨트의 '팔라', 여론을 잠재우다
스코티시 테리어

'다이하드'로 통하는 혈기 왕성한 개

그 룹	테리어 그룹
혈 통	테리어
기 원 지	스코틀랜드
기원시기	1800년대
본래역할	작은 유해 동물 사냥
크 기	중형견

테
리
어
그
룹

한 골프용품 회사의 상표로 등장하는 검은 개와 하얀 개를 기억하시나요? 그중에 검은색이 스코티시 테리어고 하얀색이 웨스트 하이랜드 화이트 테리어입니다. 두 테리어는 비슷한 생김새에서도 알 수 있듯 같은 지역에서 태어난 가까운 사촌 지간입니다. 스코틀랜드는 오래전부터 농업과 소·양의 목축업을 주요 산업으로 하는 곳이었습니다. 그만큼 농작물이나 가축은 중요한 재산이었고 이들을 보호해 주는 개도 소중한 존재로 대접받았습니다. 덕분에 보더 콜리 같은 훌륭한 양치기개가 배출되기도 했고, 한편으로는 농작물을 해치는 작은 동물을 잡아 줄 테리어도 많이 탄생되었지요. 스코틀랜드 땅은 크게 북부 및 중부의 고지대와 남부의 저지대로 나뉘는데, 그에 따라 지명도 하이랜드highland와 로우랜드lowland로 불립니다. 특히 고지대인 하이랜드에서 많은 테리어가 배출되었는데 스코티시 테리어와 웨스트 하이랜드 화이트 테리어도 이곳 출신입니다. 땅 속에 숨어 사는 작은 동물들을 쫓아가서 죽이고 여우나 오소리를 사냥하기 위해 키워졌는데, 단단하고 철사같이 뻣뻣한 털, 짧은 다리에 탄탄한 체형은 하이랜드의 척박한 기후와 지형에 잘 적응할 수 있게 해 주었습니다. 적어도 1800년대부터 지금의 모습을 갖추었던 것으로 알려져 있습니다.

비운의 스코틀랜드 여왕으로 통하는 메리 1세의 아들, 제임스 6세James I, 1566-1625는 스코티시 테리어 역사에서 중요한 인물입니다. 원래 스코틀랜드 왕이었던 그는 스코티시 테리어를 몹시 아꼈는데, 얼마 뒤 후계자 없이 세상을 떠난 엘리자베스 1세의 뒤를 이어 영국 왕 제임스 1세가 되면서 영국 전역에 스코티시 테리어가 소개되었습니다. 또 당시 그가 프랑스 왕에게 여섯 마리의 스코티시 테리어를 선물로 보낸 것을 계기로 다른 나라에도 알려지기 시작했지요. 미국에 소개된 것은 1880년대인데 이제는 오히려 영국보다 미국에서 더 인기가 많은 품종이 되었습니다.

스코티시 테리어는 다리가 짧고 체구도 작지만 그에 비해 골격이 커서 힘이 좋고 몸에 비해 머리가 조금 크기도 하지요. 이런 신체적 특징은 좁은 공간에서 사나운 사냥감을 만나야 하는 개에게 아주 유리한 조건으로 작용했습니다. 그 어떤 사건을 만나도 모두 처리할 수 있다는 듯 늘 당차고 자신감이 넘치는 믿음직한 태도 때문에 별명이 다이하드die-hard인데, 영화 〈다이하드〉의 브루스 윌리스를 떠올려 보면 어느 정도일지 짐작이 가고도 남습니다. 도전해 오는 자에겐 절대 물러서지 않고 싸우는

테
리
어
그
룹

기질이 강하기 때문에 다른 개와 동물들에게 공격적일 수 있습니다. 낯선 사람이 영역 내에 들어오는 것을 굉장히 싫어해서 심하게 짖기도 합니다. 하지만 가족에게는 친절하고 헌신적입니다. 독립심도 강하고 고집이 세서 어릴 때부터 훈련을 잘 시켜야 합니다. 스코티시 테리어는 모험을 좋아하는 데다 체력마저 너무 좋아서 매일 흥미 넘치는 일과 운동을 시켜 줘야 합니다. 안전한 장소에 풀어 놓고 자유롭게 탐험하게 해 주거나 산책을 시켜 주는 것이 가장 적절합니다. 에너지를 발산시켜 주지 않으면 집 안에서 말썽을 일으켜 주인님을 미치게 만들 수도 있습니다. 처음 개를 키우는 사람에게는 힘들 수도 있고 테리어 혈통답게 작은 일에도 쉽게 흥분하고 무는 힘이 좋기 때문에 주의해야 합니다.

스코티시 테리어는 역대 미국 대통령들의 사랑을 유난히 많이 받았던 품종입니다. 자연스럽게 대중에게도 인기를 얻게 되었지요. 34대 대통령, 아이젠하워Dwight David Eisenhower, 1890-1969는 평생 여러 마리의 스코티시 테리어를 키웠는데, 제2차 세계대전 때 연합국들과 군사 작전을 세우기 위해 북아프리카에 가 있었을 당시 부인에게 보낸 편지에도 이들의 이야기가 등장합니다.

"개와의 우정은 아주 고귀한 것이라오. 녀석은 나를 위로해 주고 기분 전환도 시켜 준다오. 스코티는 내가 전쟁 이야기를 빼고 대화할 수 있는 유일한 친구라오."

그는 훗날 대통령이 되어 백악관에 입성할 때도 스코티시 테리어를 데려갔습니다. 43대 대통령, 조지 부시도 늘 스코티시 테리어, '바니'를 끼고 다녔습니다.

32대 대통령, 프랭클린 루스벨트Franklin Delano Roosevelt, 1882-1945는 무

려 네 번이나 대통령으로 선출되어 미국 역사상 가장 오랫동안 대통령직을 맡았던 인물입니다. 1930년대 대공황 타개를 위해 뉴딜정책을 추진했고 제2차 세계대전 당시 연합국을 지도해 미국을 세계평화에 기여하는 강대국으로 만드는 데 결정적인 지도력을 발휘한 인물로 평가받습니다. 한편 39세에 갑자기 찾아온 척수성 소아마비로 두 다리가 불편했음에도 불구하고 인간 승리를 이루어 낸 위대한 인물로 칭송되기도 합니다. 루스벨트는 스코티시 테리어를 여러 마리 키웠는데 그의 애견, '팔라'는 역대 퍼스트도그 중에서 가장 사랑받았던 개입니다. 인기가 얼마나 좋았는지 헐리우드 영화에도 직접 출연할 정도였습니다. 팔라를 떼어 놓고는 루스벨트를 떠올리기 힘들었을 만큼 둘은 24시간을 함께 지냈습니다. 기자회견이 열릴 때면 제일 먼저 뛰어나가 루스벨트의 발치에 앉았고 각료회의에도 자주 참석했으며 루스벨트는 회의 중에도 이따금씩 팔라를 쓰다듬어 주었다고 전해집니다. 전쟁과 관련된 기금을 조성할 때도 팔라는 대중들의 정서를 자극하는 데 큰 몫을 했고 덕분에 명예 병사로 임명되기도 했습니다. 어린 시절 팔라가 심각한 장 질환을 겪은 후로 루스벨트가 직접 밥을 챙겨 주기 시작하면서 백악관을 방문한 각국의 고위인사들은 팔라의 식사 시간이 끝나길 기다려야 하기도 했지요.

　　1944년 9월 루스벨트가 네 번째 임기 중이었을 때 유명한 '팔라 스피치' 사건이 일어납니다. 공화당은 루스벨트가 알래스카의 알류산 열도의 한 섬에서 돌아오는 길에 팔라를 잃어버리자 해군 함정을 보내 찾아오게 했다며, 그깟 개 한 마리를 찾기 위해 엄청난 세금을 낭비했다고 그를 공격하기 시작했습니다. 점차 국민들까지 동요하기 시작하자 사태의 심각성을 깨달은 루스벨트는 기자회견을 열었습니다.

루스벨트 기념관 입구에 나란히 앉아 있는 루스벨트와 팔라의 동상

　"공화당은 나와 내 아내, 내 아들을 공격하는 것만으로는 만족하지 못해 이제 내 작은 개 팔라마저 헐뜯기 시작했다. 물론 나와 내 가족은 그들의 일상적인 공격이 불쾌하지 않다. 하지만 팔라는 화가 나고 말았다. 지어낸 이야기를 들었기 때문이다. 나는 내 작은 개의 명예를 훼손하는 자들에게 내 개를 대신해 분개하고 사실이 아님을 대변해 줄 권리가 있다고 생각한다."

　이 연설로 여론은 잠잠해졌고 루스벨트는 위기에서 벗어날 수 있었습니다.

　루스벨트가 78세의 나이로 세상을 떠나자 팔라는 주인을 무척 그리워하면서 살았다고 합니다. 부인, 엘리노어 루스벨트는 "팔라는 마당으로 자동차가 들어올 때마다 귀를 쫑긋 세우며 주인이 온 것은 아닌지 확인했고 사라진 주인을 애타게 기다리기라도 하듯 문 앞을 떠나려 하지 않았다. 나는 팔라가 평생 루스벨트를 기다렸다고 생각한다."라고 말했습니다.

팔라는 죽은 뒤 주인 옆에 묻혔으며, 루스벨트 기념관 입구에서는 나란히 앉아 있는 루스벨트와 팔라의 동상을 볼 수 있습니다.

찰스 다윈의 이론 정립을 돕다
웨스트 하이랜드 화이트 테리어

사랑스러운 외모, 하지만 남성미 넘치는 개

그 룹 테리어 그룹
혈 통 테리어
기 원 지 스코틀랜드
기원시기 1800년대
본래역할 여우, 오소리 및 유해 동물 사냥
크 기 소형견

한 애견사료 회사의 모델이자 스코티시 테리어와 함께 골프용품 회사의 마스코트로도 활약하고 있는 웨스트 하이랜드 화이트 테리어는 '웨스티Westie'라는 애칭을 가지고 있습니다 안 그랬으면 숨차서 어쩔 뻔했나 싶습니다. 안 그래도 제법 큰 머리는 고유의 미용 스타일 때문에 더 커 보이는데 바로 그 점이 웨스티의 매력 중 하나가 아닌가 싶습니다.

웨스티는 그 긴 이름에서도 알 수 있듯이 스코틀랜드 북부의 고지대인 하이랜드에서 배출된 품종입니다. 그 지역은 주요 생업 수단이 농업과 목축업이었던 탓에 농작물과 가축을 보호하는 개들이 많이 만들어졌는데, 웨스티는 농작물을 해치는 쥐나, 여우, 오소리 같은 작은 동물을 굴속까지 따라 들어가 죽이는 역할을 도맡았습니다. 농장에 살면서 침입자를 지키는 역할도 했고 농작물을 먹어 치우는 동물을 쫓아내기도 했지요. 약 1800년대부터 그곳에서 번식되었다고 추측되는데 그 지역에 살았던 여러 테리어 종 중에 새하얀 새끼들만을 골라 만든 종이 바로 웨스티입니다. 하얀 개만 골라 번식시킨 이유는 여우 사냥 시 어두운 곳에서 개와 여우를 헷갈려 총을 잘못 쏘는 사고를 막기 위해서였다고 합니다. 웨스티는 아담한 체구에 다리가 짧아서 여우들의 은신처인 굴이나 바위틈 사이에 들어가기에 적합했습니다. 대개 은신처들은 매우 좁아서 일단 안으로 들어가면 몸을 돌리기 힘들었는데, 웨스티의 짧은 다리는 이런 곳에서 움직이는 데 아주 유리했지요. 강력한 이빨과 턱은 여우를 물기에 적합했고 빳빳한 이중모는 악천후를 견디기에 제격이었습니다. 또 긴 꼬리는 굴속에 들어간 웨스티를 꺼낼 때 사용되었습니다.

인형처럼 귀엽고 예쁘지만 힘이 넘치는 테리어 종이란 사실을 기억해야 합니다. 항상 바쁜 웨스티는 행복하고 호기심이 많으며 늘 무엇인가에 열중해 있습니다. 다정하고 사랑스럽지만 많은 것을 요구하는 개이기도 하지요. 매일 안전한 장소에서 뛰어놀게 하거나 목줄을 하고 산책을 시켜 줘야 하고 집 안에서도 신나는 운동이나 게임을 해 줘야 합니다. 에너지가 넘치고 놀아 주고 운동시켜 줄 시간이 많은 사람과 어울리는 개입니다. 처음 본 사람에게는 무뚝뚝한 편이고 똑똑하고 당찬 성격을 가졌습니다. 본래 직업이 여우나 쥐 같은 작은 동물 사냥이었던 만큼 작은 동물에게는 친절하지 않기 때문에 외출할 때 주의해야 합니다. 웨스티는 지나가는 모든 사람을 도둑 취급하며 짖어 대기 일쑤고 가상 쥐잡기 게임이라도 개발했는지 멀쩡한 땅 장판이나 마룻바다 등 을 파거나, 기껏 가꿔 놓은 꽃밭이나 텃밭을 쑥대밭으로 변신시키는 데 일가견이 있습니다. 원래부터 땅속에 숨은 여우를 따라 들어가 은신처에서 몰아내는 역할을 했던 개였다 보니 땅을 파야 하는 일도 많았을 것이고 그 본능이 지금까지 내려오는 것이지요. 그래서 대다수 테리어 종은 다른 개들에 비해 발톱이 빨리 자란다고 합니다.

최근 해외에서는 테리어들을 대상으로 하는 '테리어 시합Earth dog trial' 이라는 것이 생겼는데 웨스티는 여기에서 아주 우수한 성적을 거둔다고 합니다. 테리어 시합이란 사람이 만들어 놓은 좁고 긴 땅굴 속을 토끼 냄새를 쫓아 통과하게 하는 경기로, 얼마나 냄새를 잘 맡고, 잘 짖고, 땅을 잘 파고, 잘 쫓는지 등을 겨루는 시합인 셈입니다. 이런 일을 실컷 하고 일등하면 칭찬까지 받는 개들은 얼마나 행복할까요. 또, 온몸이 흙투성이가 된 채 톱밥, 지푸라기를 전리품처럼 털에 매달고 땅굴을 통과해 나온 자기 개를 흠씬 칭찬해 주는 주인들의 모습도 참 행복해 보입니다.

진화론의 아버지, 찰스 다윈Charles Robert Darwin, 1809-1882은 "최고의 개는 단연코 테리어다."라는 말을 자주 했을 만큼 유난히 테리어 종을 좋아했고 일생 동안 여러 종류의 테리어들을 키웠습니다. '폴리' 라는 이름의 웨스티도 직접 키웠지요. 그는 폴리와 함께 산책을 하면서 여러 가지 이론들을 정리했다고 합니다. 실제 찰스 다윈의 저서를 살펴보면 테리어와 생활하면서 알게 된 개의 다양한 행동이나 특징에 대한 묘사들이 많이 등장합니다. 개가 기분이 나쁠 때는 어떻게 한다, 혹은 무서울 때는 입모양과 귀 모양 등이 어떻게 변하고 기분이 좋을 때는 표정이 어떻게 바뀌고 꼬리가 어떻게 움직이더라 하는 식의 글과 그림들이 아주 상세하게 정리되어 있습니다. 오죽했으면 찰스 다윈의 친구 중 하나가 "자네는 모든 것을 테리어와 연관짓나?"라는 질문을 했을 정도였지요. 〈종의 기원〉에 묻혀 대중에게는 잘 알려져 있지 않지만 〈인간의 유래〉 및 〈인간과 동물의 감정 표현The Descent of Man and The Expression〉이란 책을 쓸 때는 유난히 테리어의 행동을 많이 관찰했고 이론 정립 및 집필 과정에 큰 도움을 받았다고 합니다.

웨스티, '하미쉬'는 세계 최초로 스킨스쿠버를 배운 개로 물속에 들어가는 것을 무척이나 좋아한다고 합니다.
웨스티의 모험심 강한 기질을 엿볼 수 있습니다

Toy Group

토이그룹

토이 그룹 | 장난감처럼 작고 귀여운 개

다 커서도 늘 강아지처럼 보이는 작은 덩치에 생김새까지 귀여운 개들로 특별히 하는 일 없이 집 안을 돌아다니며 주인을 즐겁게 해 주는 개들이 모인 그룹입니다. 예뻐서 쓰다듬어 주는 작은 장난감 같은 개라는 의미에서 오랫동안 애완견pet dog이라 불렸습니다. 하지만 사회가 변하고 한집에서 생활하는 가족 구성원의 수가 줄어들면서 개들은 더 이상 필요할 때만 예뻐해 주는 존재가 아니라 가족 구성원을 대신하는 존재가 되었습니다. 그래서 지금은 '평생 함께 살아가는 반려자'라는 의미에서 반려견companion dog이란 말이 더 많이 사용되고 있습니다. 토이 그룹에 속한 품종들은 세계적으로 가장 많이 양육되고 있습니다. 체구가 작고 가벼워서 항상 데리고 다니기도 쉽고 사람의 시선을 끄는 매력적인 표현력을 지니고 있어서 같이 있는 것 자체만으로도 큰 기쁨을 줍니다. 도시 생활을 해야 하는 현대인들에게 가장 적합한 품종이라고 할 수 있습니다.

이들은 대부분 귀족들의 사랑을 받으며 재롱 많은 친구이자 장신구 역할을 했고 특히 부인들의 무릎 담요나 손난로 역할도 했습니다. 잠깐씩의 산책 외에는 야외의 거친 삶을 살아 본 적 없고 밖에서 잠을 자 본 적도 없는 개들입니다. 그저 주인 곁을 맴돌며 사랑받고 노는 것이 전부였던 역사를 공유하고 있지요. 페키니즈와 재퍼니스 친은 원래 왕족에게만 허락된 품종이었고 나라 밖으로 가지고 나가다가 걸리면 사형선고를 받았을 정도로 귀히 여겨졌었습니다. 아주 오래된 혈통을 지니고 있는 품종도 있지만 다른 그룹에 속한 개들이 소형화된 품종인 경우가 많습니다. 덕분에 토이 그룹에 속한 개들은 생김새도 저마다 다르고 특징도 조금씩 다릅니다.

이 작고 귀여운 개들의 조상 역시 다른 큰 개들과 마찬가지로 늑대라는 사실에 많은 사람이 놀라곤 합니다. 토이 그룹의 개들도 늑대의 후손이며 아주 오랜 시간 동안 크기가 작은 개들만을 선택해 교배시킨 끝에 태어난 품종들입니다. 물론 이들에게도 늑대다운 본성이 남아 있긴 하지만, 오랫동안 들판을 뛰어다니며 사냥이나 양몰이 등의 일을 했던 개들에 비해서는 그 본능이 많이 퇴화되었습니다. 그래서 많은 개가 집 근처 산책 중에도 길을 잃어버려 영영 미아가 되기도 합니다 물론 현대 사회가 너무 다양한 냄새들로 넘쳐나서일 수도 있지만. 그야말로 오랜 시간 동안 '아기'처럼 하나부터 열까지 돌봐져 온 품종들인 탓에 실내를 벗어난 험난한 삶을 살아 내기는 힘든 품종입니다.

개를 처음 키워 보는 가정에 가장 적합한 개들이 모인 그룹이지만 대부분 화려한 장식 털을 가지고 있어서 적절한 털 관리가 필요하고, '작은 몸 안에 들어 있는 큰 개'라는 훈련사들의 표현처럼 모든 행동을 마냥 귀엽게 받아 주다가는 통제하기 어려운 영리한 개가 되기도 하므로 주의해야 합니다. 안타깝게도 점점 더 작은 개들이 인기를 끌면서 미니 강아지 또는 '티컵 tea cup : 찻잔에 들어갈 만큼 작다는 의미' 강아지들이 만들어지고 있습니다. 모든 개 품종은 아주 오랜 시간에 걸쳐 생김새 및 건강상의 문제를 최소화시켜 '혈통 고정'이 되었지만 그리고 각국 켄넬클럽들이 그 사실을 입증하기 위해서 까다로운 절차를 거쳐 통과된 품종들만 공식 승인하고 있지만, 최근 태어나는 이런 지나치게 작은 개들의 경우 그저 작은 크기에만 치중한 나머지 건강상의 치명적인 문제들이 생기고 있습니다 심지어 자라지 못하도록 먹이를 거의 주지 않는 경우도 있다고 합니다. 예를 들어, 너무 작은 치와와는 스스로의 힘으로 새끼를 낳기 힘든 탓에 제왕절개를 해야만 하고 뼈가 약해 주인과의 일상적인 장난에도 뼈가 부러지는 사고가 일어나기도 합니다.

이런 작은 '애완견'들이 대중적인 인기를 끌기 시작한 것은 애견전람회로 애견에 대한 관심이 높아진 1800년대 후반부터라고 할 수 있습니다. 오랜 역사와 순백색의 긴 털을 자랑하는 '몰티즈', 유럽 귀족 여성들의 사랑을 독차지했던 '파피용', 근대에 개량된 품종으로 비단결 같은 털을 자랑하는 '요크셔 테리어' 등 이 그룹에 속한 개들은 도심 속 좁은 주거 공간에서 살아야 하는 현대인들에게 언제나 인기가 높습니다. 다들 크기가 작고 약해서 작은 충격에도 다칠 수 있기 때문에 특히 힘 조절에 미숙한 어린아이가 함께 있다면 주의를 시켜야 합니다. 또, 작고 귀여운 늘 아기 같은 외모 때문에 너무 오냐오냐 키우는 경향이 있는데 그래서 너무 제멋대로이거나 심지어 주인을 무는 버릇없는 개가 되기도 합니다. 예뻐해 주되 어릴 때부터 예절 교육이 꼭 필요하다는 사실을 기억해야 합니다.

휠체어를 탄 '윌리' 사람을 치료하다
치와와

외유내강 세상에서 가장 작은 개

그 룹 토이그룹
혈 통 반려견. 남방견
기 원 지 멕시코
기원시기 1500년대
본래역할 종교의식 제물
크 기 소형견

세계에서 가장 작은 개, 치와와는 키는 20센티미터, 몸무게는 3킬로그램이 채 안 됩니다. 2007년 기네스북에 오른 세상에 가장 작은 치와와, '더키'는 키가 겨우 14센티미터였지요. 크고 툭 튀어나온 눈은 항상 촉촉이 젖어 있어서 뭔가 슬퍼 보이기도 합니다. 그 가냘픈 체구와 처량한 눈빛을 보고도 안아 주고 싶은 마음이 들지 않는 사람이 있을까 싶습니다.

치와와의 역사에는 논쟁의 여지가 있는데, 오랜 시기에 걸쳐 중국, 이집트, 몰타, 멕시코, 남아메리카, 일부 유럽 국가 등 다양한 곳에서 치와와를 닮은 그림이나 형상들이 발견되곤 합니다. 이 품종의 기원

토
이
그
룹

은 크게 두 가지 설이 유력합니다. 하나는, 치와와는 원래 중국에서 유래한 개로 스페인 무역상들에 의해 신대륙에 소개되었으며 그 후 현지의 작은 개들과 교배되면서 오늘날 모습으로 개량되었다는 설입니다. 다른 하나는 일반적으로 알려진 내용으로, 중앙아메리카 톨텍족Toltecs : 10세기경 멕시코 지방의 인디언 종족으로 이들의 문화는 훗날 아스테카 문명의 기반이 됩니다의 종교의식 때 제물로 쓰이던 작은 토착견, '테치치Techichi'에서 유래했다는 설입니다. 그 당시 크게 번성했던 톨텍족은 작은 테치치가 죽은 사람의 영혼을 지하세계로 인도해 준다고 믿어서 소중히 다루고 있었는데, 12세기 톨텍족을 침략했던 아스텍인Aztec : 멕시코 중앙고원에 발달했던 인디언 종족으로 아스테카 문명을 이룩했습니다들이 데려온 개가 테치치와 섞이면서 치와와가 되었다는 것이지요. 이후 몇 세기 동안 번성했던 아스테카 문명은 웅장하고 화려한 문화를 꽃피운 마지막 고대 문명으로 통하고 있는데 아스텍인들에게는 가족이 죽으면 키우고 있던 개를 제물로 묻는 관습이 있었습니다. 부자들의 개는 적어도 살아 있는 동안에는 극진한 대접을 받았고 일반인들은 그 개에게서 별다른 가치를 찾지 못해 잡아먹었다는 이야기도 전해집니다. 1520년경 스페인의 에르난 코르테스Hernan Cortez, 1485-1547가 멕시코에 침입했을 때, 태양신을 숭배하고 있었던 아스테카의 황제, 몬테수마 2세Montezuma II, 1466-1520는 말을 타고 나타난 하얀 백인, 코르테스를 신으로 여겨 큰 절을 올렸다고 합니다. 하지만 코르테스 무리는 아스테카 문명의 호화로운 황금에 눈이 멀어 아스텍인들을 대학살하고 결국 이 화려한 고대 문명은 갑자기 사라지고 맙니다. 이때부터 아스텍인들의 엄청난 보물은 물론, 그들이 아꼈던 작은 개들도 주인을 찾지 못한 채 방치되었습니다.

　시간이 흘러 약 300년 후, 1850년 멕시코의 치와와주Chihuahua : 1709

토
이
그
룹

년에 건설된 멕시코 북부 도시 에 살아남아 있던 이 작은 개들이 스페인 사람들과 함께 미국으로 건너가면서 치와와라고 불리게 되었습니다. 미국의 브리더들이 더 작은 개로 개량하기 시작하면서 현재의 치와와 모습을 갖추게 되었지요. 그래서 간혹 미국인들은 치와와가 순수한 미국 개라고 주장하기도 합니다. 특히 룸바의 왕으로 통하는 쿠바 출신 음악가, 사비에르 쿠가트Xavier Cugat, 1900-1990가 자신이 키우고 있던 치와와를 대중에게 소개하면서 인기가 치솟은 뒤로 현재까지 미국에서 가장 인기 있는 품종으로 사랑받고 있습니다. 마릴린 먼로 역시 치와와를 좋아했으며 자신의 치와와와 즐겁게 놀고 있는 그녀의 모습을 사진 속에서 찾아볼 수 있습니다.

치와와는 매사에 조심스러우면서도 호기심만은 어쩔 수가 없는지 여기저기 활기차게 돌아다닙니다. 총명하지만 주인 품에만 파고드는 내성적인 성격인 데다가 한편으론 잘 짖고 앙칼지고 사납습니다. 다소 테리어다운 기질을 가지고 있어서 자기보다 훨씬 덩치 큰 개에게도 죽일 듯 짖어 대는 황당한 모습을 보이기도 합니다 자칫하면 큰 사고로 이어질 수도 있기 때문에 조심해야 합니다. 이런 치와와가 토이 그룹에 들게 된 이유는 '한' 주인에 대한 헌신적인 복종심 때문입니다. 아주 오래전, 한 지인이 더 이상 키울 형편이 안 된다며 저희 집에 치와와를 보낸 적이 있습니다. 그런데 이 녀석이 거의 일주일이 다 되도록 밥도 안 먹고 구석진 자리에 엎드린 채 눈물을 뚝뚝 흘리며 안타깝게도 현재로선 동물이 흘리는 눈물에도 감정적인 의미가 있는지를 과학적으로 증명할 방법을 찾지 못하고 있습니다 아무에게도 마음을 열려 하지 않았습니다. 결국 이 소식을 들은 지인이 펑펑 울면서 개를 데리러 왔는데, 옛 주인과 만나는 순간 어쩔 줄 몰라 하며 좋아 날뛰던 치와와의 모습에 코끝이 찡했던 기억이 납니다. 어쨌든 치와와는 주인의 사랑을 독차지하고

토이 그룹

싶어 하는 마음이나 질투심
이 강해서 다른 개나 가족
들에게 사납게 굴기도 합니
다. 귀엽다는 이유로 응석
을 다 받아 주면 아주 버릇
없는 개가 될 수 있습니다.
장수하는   경향이   있어
15~20년을 살기도 하고 우
리가 알고 있는 털이 짧은
단모종 외에 털이 긴 장모
종도 있습니다.

@rexfeature

생후 8주된 작은 치와와 '디에고'가 카메라 플래시 세례를 받은
사연은 이렇습니다. 호주의 한 평범한 20대 여자가 이 치와와를 보고
첫눈에 반했는데, 너무 갖고는 싶고 돈은 없자 무장 강도로 돌변해
주인에게 디에고를 내놓으라며 대소동을 벌였던 것이지요. 다행히
아무도 다치지 않았다고 합니다. 2009년

　　　동물이 아픈 사람을
치료해 준다는 사실을 아시
는지요? '휠리 윌리wheely
willy'라는 호칭으로 더 유명

한 '윌리'는 등뼈가 부러져 하반신이 마비되고 성대가 손상된 채로 뉴욕
길가에 버려졌던 유기견입니다. 우여곡절 끝에 윌리를 데려다 키우게 된
주인은 윌리가 혼자 힘으로 걷게 되길 바라는 마음에서 작은 휠체어를 만
들어 주었습니다. 움직일 수 있는 자유를 얻게 된 윌리는 특유의 밝은 성
격으로 불편한 몸도 아랑곳하지 않은 채 신나게 휠체어를 끌고 다녔고,
사람들은 윌리의 순수한 모습에 잃었던 웃음을 되찾고 자신의 삶에 대해
긍정적인 마음을 갖기 시작했습니다. '저런 개도 저렇게 행복해하는데,
나도 할 수 있어!' 결국, 윌리는 전문적인 심리치료견으로 활동을 시작했

습니다 해외의 경우 자신이 키우고 있는 개와 함께 사회봉사활동을 하는 사람들이 많습니다. 윌리는 학교, 어린이병원, 약물중독자 재활원, 감옥, 양로원 등을 방문하면서 절망에 빠져 지내던 사람들에게 새 삶에 대한 희망과 의욕을 불어넣어 주었습니다. 사람들은 웃음을 되찾고, 세상에 관심을 갖고, 재활훈련을 시작하고, 다시 공부를 하기 위해 학교로 돌아가기 시작했습니다. 이런 이야기들이 뉴스를 통해 알려지면서 윌리는 세계적인 유명세를 탔지요. 거의 20년을 넘게 산 것으로 추정되는 윌리는 2009년에 세상을 떠났습니다. 하지만 지금도 윌리의 웹사이트www.wheelywilly.com에는 전 세계인들이 보내는 추모 편지가 줄어들 기미가 보이지 않습니다. 제일 작고 왜소한 개 한 마리가 이렇게나 많은 사람의 마음을 움직일 수 있다니, 세상은 참 놀랍습니다.

이쯤 되면 동물이 '마음이 아플 때 바르는 연고' 역할을 하고 있다고 해도 과언이 아니지 않을까요? 사람들은 개와 어울리는 동안 마음의 정화 및 정서적 안정을 얻고 사회성을 회복합니다. 특히 감정적으로 상처를 입은 사람들로 하여금 닫혔던 마음의 문을 열게 하는 데 큰 효과가 있습니다. 학자들은 동물을 가까이 하게 되면 불안감이나 짜증스러움 대신 마음이 편안해지고 기력이 높아지기 때문에 심리치료에 큰 효과가 있는 것이라고 합니다. 그래서 미국의 의사들은 환자들에게 '반려동물을 양육하라'는 특이한 처방전을 내리기도 합니다. 말은 통하지 않지만 마음으로 통하는 동물과 사람들. 열린 마음으로 바라보는 세상 속에는 그 무엇으로도 얻을 수 없는 힘이 존재하는 것 같습니다.

토
이
그
룹

인상파 거장 르느와르 · 마네의 모델
재퍼니스 친

조용하고 지적인 개

그 룹 토이 그룹
혈 통 애완견
기 원 지 일본
기원시기 고대 시대
본래역할 애완
크 기 소형견

　　납작하게 눌린 얼굴, 밖으로 쏟아질 듯 크고 동그란 눈. 재퍼니스 친은 검은 눈동자가 매우 커서 늘 놀란 표정을 짓고 있는 것 같습니다. 얼굴만 보면 페키니즈와 너무 닮아서 구분이 어렵기도 합니다. 그도 그럴 것이 재퍼니스 친은, 중국 황실에 살면서 왕족 및 귀족들의 무릎 위에 앉아 재롱떠는 것만으로 충분히 사랑받았던 페키니즈의 조상과 깊은 관련이 있기 때문입니다. 일본에 소개된 후 새로운 환경에 적응하게 된 재퍼니스 친은 페키니즈에 비해 털이 훨씬 더 부드러워지고 빈약해졌습니다. 체구도 가냘프고 다리도 더 길어졌지요. 흰색 털에 눈에서 귀로 이어지

는 부분만 검은색이거나 황색인 점이, 온몸이 황색이거나 하얀색인 페키니즈와 다른 점이기도 합니다. 코에서 정수리 너머로 이어지는 하얀 털무늬는 부처님의 손가락 자국이라 불리기도 하는데, 한때 중국 황실의 개였던 만큼 불교사상을 빼놓고는 생각할 수 없었나 봅니다.

재퍼니스 친은 아주 오래된 품종으로 고대 도자기와 자수, 사원 벽화에서 이들과 닮은 모습의 개를 찾아볼 수 있습니다. 중국 황실의 개가 일본에 전해진 과정에 대해서는 두 가지 설이 있습니다. 하나는 520년에 중국의 승려들이 이 개들을 신라로 데려왔고 다시 신라의 왕자가 732년에 이 개 한 쌍을 일본 황제에게 선물로 보냈다는 것입니다. 다른 하나는 약 1,000년 전에 중국 황제가 직접 이들 한 쌍을 일본 황제에게 선물했다는 설입니다. 어쨌든 이 품종은 일본 황실에서 큰 인기를 얻으면서 재퍼니스 친이란 전혀 다른 이름을 얻었습니다. 애완용이나 장식 목적으로 키워졌는데 몇몇은 새장 안에서 키웠을 만큼 아주 작았다고 합니다.

재퍼니스 친은 일본 황실의 상징이었고 일본에 특별한 이득을 준 외국인들에게만 선물 혹은 외교 수단으로 주어졌습니다. 오랫동안 쇄국 체제를 유지하고 있었던 일본은 도쿠가와 막부 시대인 1854년, 미·일화친조약으로 개방되었습니다. 강압적인 방법으로 개항에 성공한 매슈 페리Matthew C. Perry, 1794-1858 제독은 일본 황실로부터 여러 마리의 재퍼니스 친 강아지를 선물 받았는데, 이들 중 길고 힘든 항해에서 살아남은 두 마리가 미국에 소개되었습니다. 그런가 하면 훨씬 이전인 1613년에 이미 영국에 소개되었다는 설도 있습니다. 당시 일본은 예외적으로 네덜란드 동인도회사1602년 영국·프랑스·네덜란드 등이 동양에 대한 독점무역권을 부여받아 동인도에 설립한 회사들. 그중 네덜란드 동인도회사가 가장 활발한 활동을 했습니다와 무역을 하고 있었는데 이때 재퍼니스 친들이 다른 일본 특산물들과 함께 서구 각지로 소개되었을 가능성이 높습니다. 아무튼 개항 이후 일본을 떠나 제각기 고향으로 향하는 배 안에는 수많은 보물과 함께 늘 이 개가 타고 있었고, 빠른 속도로 유럽 전역과 미국에 소개되었습니다. 타국에 도착해서도 재퍼니스 친은 가장 권력 있는 사람의 발치나 무릎 위에 앉아 있었지요. 처음에는 '재퍼니스 스패니얼Japanese Spaniel'로 불리기도 했다고 합니다.

재퍼니스 친은 처음 보는 사람이나 개와도 쉽게 사귀는 부드럽고 사교적인 개입니다. 성격이 밝지만 부산스럽지 않고 조용해서 몸이 불편한 환자들을 위한 치료견으로도 많이 활동하고 있습니다. 환자의 무릎 위에 조용히 앉아서 재롱을 떠는 재퍼니스 친은 아픈 사람의 정신력을 높이는 데 큰 도움을 줍니다. 조용하고 깔끔 떠는 모습 때문에 일부에서는 고양이와 비슷한 개라고도 합니다. 아주 오래전부터 애완견으로 길러졌던 만큼 짧은 산책이나 놀이, 게임 정도로도 충분한 운동이 됩니다. 덥고 습기가 많은 날씨를 힘들어하고 매일 빗질이 필요합니다. 코를 골기도 하고 눈이 너무 튀어나와 다칠 수도 있으며 몸이 약해서 병치레가 잦다는 의견도 많습니다.

개를 무척 좋아했던 영국 황실은 재퍼니스 친도 사랑했습니다. 빅토리아 여왕의 며느리이자 에드워드 7세의 아내, 알렉산드라 왕세자비Alexandra of Denmark, 1844-1925는 너무 아름다웠을 뿐만 아니라 패션 감각도 남달라 그 당시 유행을 선도하는 인물이었습니다. 특히 진주목걸이를 여러 겹 두른다거나 보석이 가득 달린 목걸이를 폭을 아주 두껍게 해서 목 전체에 두르는 도그칼라dog collar 형태도 그녀가 유행시킨 것이었지요. 목에 있는 흉터를 가리기 위해서였다는 후문이 있는데 어쨌든 그녀는 늘 자신을 돋보이게 해 줄 특별한 장식품을 고안해 유행시킨 인물로 세계 패션

에두아르 마네의 작품 <발코니>. 여인의 발치에 프랑스 인상파 화가들의 친구였던 재퍼니스 친, '타마'가 보입니다.
1968년작. 파리 오르세 미술관 소장

역사에 빠지지 않고 등장합니다. 19세의 나이에 덴마크에서 영국으로 시집오자마자 그녀는 황실로부터 재퍼니스 친들을 선물 받았습니다. 이 개들은 어쩌면 낯선 영국 땅에서의 외로움을 달래 주는 데 큰 도움이 되었을지도 모르겠습니다. 그녀는 이 개들을 몹시 아껴서 동시에 여러 마리씩 키우곤 했는데 한 번도 이름을 헷갈린 적 없었고, 피아노를 치고 산책을 하고 외출을 할 때마다 항상 개를 데리고 다녔습니다. 실제 지금까지 남아 있는 그녀의 젊은 시절 사진 속에는 거의 빠짐없이 재퍼니스 친들이 등장합니다. 그 당시 가장 유명한 화가로 역대 왕들의 초상화를 그렸던 사무엘 필즈Samuel Luke Fildes, 1843-1927경의 〈알렉산드라 왕세자비의 초상화 1920〉에서도 그녀의 품에 안겨 있는 재퍼니스 친을 볼 수 있습니다. 당대 패션 아이콘이었던 그녀의 개에 대한 이야기는 영국은 물론 유럽 전역과 바다 건너 미국까지 전해졌고, 재퍼니스 친의 인기도 더 치솟았습니다.

　　프랑스의 화가이자 인상주의의 아버지라 불리는 에두아르 마네 Édouard Manet, 1832-1883의 대표작 중 하나인 〈발코니1968〉에는 지금과 똑같은 모습을 하고 있는 재퍼니스 친이 등장합니다. 그 개는 파리까지 건너와 프랑스의 인상주의 화가들과 가깝게 지내고 있었던 미국 여류 화가, 메리 카셋Mary Cassatt, 1844-1926의 개, '타마'입니다. 소녀와 개의 모습을 담은 그림들을 주로 그렸을 만큼 개를 무척 좋아했던 메리 카셋은 마네와 르누아르Pierre Auguste Renoir, 1841-1919 같은 인상파 화가 친구들을 만날 때도 늘 타마를 데리고 다녔습니다. 덕분에 타마는 그들과 아주 친하게 지내며 큰 사랑을 받았고 세계 거장들의 작품 모티브가 되곤 했습니다. 마네도 타마가 장난감을 가지고 놀고 있는 그림Tama, the Japanese Dog 1875을 그렸고 르누아르도 타마의 초상화1876를 남겼습니다.

토
이
그
룹

120억 원 유산을 물려받다 **몰티즈**

**늘 아기 같아 보이는 생김새,
애교 많고 활발한 개**

그 룹	토이 그룹
혈 통	비숑, 애완견
기 원 지	몰타 공화국
기원시기	고대 시대
본래역할	애완
크 기	소형견

푸른 지중해의 석양이 아름다운 몰타 Island of Malta는 태고적 분위기를 연출하는 평화롭고 신비로운 휴양지입니다. 이곳은 고대 시대부터 유럽과 아프리카를 잇는 지중해의 중심 요지에 위치한 탓에 수많은 제국의 지배를 받았고 그 덕분에 다양한 시대와 다양한 나라의 문화유산이 공존하고 있는 독특한 분위기를 갖추게 되었습니다. 이곳에 남겨져 있는 선사시대 무덤인 하이포게엄Hypogeum, 신석기시대의 사원, 바로크풍의 수도인 발레타Valletta 등은 유네스코의 세계문화유산으로 지정되어 있습니다. 현재 공식 명칭은 몰타 공화국이고 제주도의 6분의 1 면적 정도로 총

여섯 개의 섬으로 이루어져 있습니다. 몰타 못지않게 몰티즈의 역사 또한 깊습니다. 몰티즈가 한 품종으로 자리 잡은 것은 약 3천 5백 년 전 페니키아인들에 의해서인 것으로 추정되고 있습니다. 〈종의 기원〉을 쓴 찰스 다윈은 몰티즈가 약 6천 년의 역사를 가졌다고 분석하기도 했지요. 그 역사가 오래되다 보니 품종의 정확한 기원에 대해서도 여전히 논란이 계속되고 있는데, 가장 큰 논란은 몰티즈가 스패니얼 계통인가 테리어 계통인가 하는 점입니다. 또 원산지가 과연 몰타가 맞는지, 사실은 고대 이집트가 아닌지를 놓고도 논란이 끊이질 않고 있습니다. 고대 이집트 유물에서 몰티즈와 흡사한 장모종의 개가 등장하고 클레오파트라가 비슷한 개를 키웠다는 자료들이 존재하기 때문입니다. 어찌 되었건 분명한 것은 몰티즈가 고대 무역항이었던 몰타에서 거래되었고 이곳을 통해 전 세계로 알려진 품종이란 사실입니다.

　　몰타는 매우 오래된 무역항으로 기원전 1,500년경까지 페니키아 상인들이 중계무역을 위해 드나들던 장소였습니다. 몰티즈는 그보다 훨씬 오래전부터 몰타를 지배하고 있었던 카르타고인들의 상류 사회에서 인기를 끌었을 것으로 추정되는데, 몰타의 개에 관한 기록은 기원전 300년경부터 발견되고 5세기경부터는 고대 그리스의 예술 작품 속에서도 찾을 수 있습니다. 그 시대의 아리스토텔레스가 '체구가 작으면서 완벽한 조화를 이룬 몰타의 개'라는 기록을 남겼습니다. 또 몰티즈를 위해 무덤을 만들었다는 증거도 발견됩니다. 수많은 몰티즈가 유럽과 동양으로 수출되었지만, 몰타는 외부로부터 고립된 섬이었던 탓에 상대적으로 순수한 혈통의 몰티즈가 남아 있었고 이런 환경은 몇 세기 동안 유지되었지요.

　　몰티즈는 훗날 몰타가 영국령으로 넘어갈 때 영국 황실에 헌상되면서 왕족과 귀족 계급의 큰 사랑을 받았고 특히 16세기 중반 엘리자베스 1세가 터키 국왕으로부터 선물 받은 몰티즈를 애지중지하면서 몰티즈 기르기가 유행했습니다. 한편 누가 더 좋은 개를 기르느냐를 놓고 귀족들 간에 자존심 싸움이 일기도 했습니다. 더 작은 몰티즈를 가진 것을 자랑으로 여기기 시작하면서 인위적 교배로 크기가 점점 더 작아졌는데 급기야는 다람쥐만 하게 작아져 개를 소매 속에 넣고 다닐 정도였다고 합니다. 결국 건강상에 치명적 문제가 생기면서 1800년대에는 몰티즈가 멸종 위기에 처하기도 했지만, 각국 켄넬클럽의 노력 하에 다시 지금의 모습으로 정착하게 됩니다.

오랜 역사 내내 몰티즈는 그저 품 안에서 사랑받는 역할을 하는 개였습니다. 애교 넘치고 온화한 성격은 애완견으로서의 오랜 역사를 보여주는 것 같습니다. 명랑하고 눈치도 빠르지만, 순수한 겉모습과는 달리 대담하고 겁이 없어서 자기보다 큰 개 앞에서도 당당하고 때로는 어이없게 도전하기까지 합니다. 질투심이 많고 아이같이 응석을 부리는 개로도 유명합니다. 요즘은 입맛이 까다로운 몰티즈 얘기도 곧잘 듣게 됩니다 손으로 주지 않으면 밥을 안 먹는다든가, 아예 먹지를 않아서 비쩍 마른 개들이 병원을 찾곤 하는 것이지요. 작지만 부지런히 뛰어다니며 노는 것을 좋아해서 가벼운 산책, 실내에서 게임 등을 해 줘야 합니다. 사람과 함께 있는 것을 좋아하지만 낯선 사람과는 잘 친해지려 하지 않는 예민한 면도 있고 심하게 짖기도 합니다. 긴 털은 엉키지 않게 매일 빗겨 줘야 하고 계속 자라는 털은 묶거나 잘라 줘야 하는데 이런저런 관리가 귀찮은 주인님들은 그냥 민둥이로 밀어 버리기도 합니다.

언젠가부터 딩펫족Double Income No Kids&Pet이라 해서 자식 대신 반려동물을 기르며 사는 맞벌이 부부들이 늘어나고 또 막대한 유산을 그 개에게 물려주는 사람도 늘고 있습니다. 미국 변호사협회는 미국 내 반려동물 소유주의 25퍼센트 정도가 개에게 일정 유산을 남기는 것으로 추산하고 있습니다.

미국의 부동산 여왕, 리오나 헴슬리는 2007년 87세로 세상을 떠나면서, 몰티즈 '트러블'에게 1,200만 달러_{약 120억 원}의 유산을 남겼습니다. 또 40억 달러_{약 3조 7,800억 원}를 동물자선단체에 기부하란 유언을 남겨 2008년 미국에서 가장 기부를 많이 한 사람 1위에 오르기도 했습니다. 하지만 자식이 없었던 그녀는 남동생과 손자들에겐 훨씬 적은 유산을 남겼거나 아예 한 푼도 주지 않았습니다. 그녀는 '비열한 여왕'이란 별명을 가졌을 정도로 평생 사람들에게 괴팍하게 굴었고, 탈세 혐의로 고발당했을 때는 "세금은 약자들이나 내는 것"이라고 말해서 지탄받기도 했습니다. 그녀는 친구에게 선물 받은 트러블을 거의 8년간 키웠는데, 트러블은 반드시 사람 손으로 먹여 주는 음식, 그것도 호텔 주방장이 만들어 주는 고급 요리만 먹었습니다. 트러블은 헴슬리가 외출하면 문 앞에 앉아 몇 시간씩 꼼짝 않고 그녀를 기다렸을 만큼 주인에게는 헌신적이었지만 그 외의 사람들은 마구 물어 댔습니다. 하지만 헴슬리는 오히려 최고의 경호원이라며 이를 자랑스럽게 여겼고 사람들에게 트러블을 공주라 부르라고 지시하기도 했습니다. 어찌나 버릇없이 키웠는지 모든 사람이 트러블을 싫어했습니다. 그녀는 말썽만 일으키는 트러블을 왜 그렇게 사랑했을까요? 아마도 엄청난 재산을 가졌지만 평생 괴팍한 성격 때문에 주위에 사람이 없었기 때문은 아니었을까요? 아무도 찾아오지 않는 펜트하우스에서 트러블은 그녀에게 유일한 애정의 대상이었을 것입니다. 그녀는 트러블이

토이 그룹

죽으면 자기 옆에 묻어 달라는 유언도 남겼는데, 혼자 남겨진 트러블은 헴슬리의 가족들에게 소송을 당해 유산의 대부분을 뺏겼고 지금까지 납치 혹은 살해 협박을 받으며 살고 있다고 합니다.

주인님은 여행 중. 한 애견 호텔에 맡겨진 몰티즈가 납작 엎드린 채 나무 울타리 아래 좁은 틈 사이로 얼굴을 내밀고 세상을 구경하고 있습니다

토
이
그
룹

189

귀를 대신해 주는 청각보조견
미니어처 핀셔

용감하고 에너지 넘치는 테리어 기질의 개

그 룹 토이 그룹
혈 통 테리어, 핀셔
기 원 지 독일
기원시기 1600년대
본래역할 쥐잡이
크 기 소형견

흔히들 줄여서 '미니핀' 이라고 부르는데, 많은 사람이 미니어처 핀셔가 도베르만 핀셔를 줄여서 만든 품종일 것이라 생각할 만큼 이 둘은 크기만 다를 뿐 꼭 닮았습니다. 작지만 귀여운 느낌보다는 멋지다는 느낌이 먼저 들지요. 하지만 두 품종은 서로 직접적인 관련이 없으며 오히려 도베르만 핀셔가 더 최근에 만들어진 품종입니다. 미니어처 핀셔는 이미 몇 백 년 전부터 존재했고 독일은 물론 스칸디나비아 반도에서도 잘 알려진 품종이었습니다. 미니어처 핀셔의 기원에는 크게 두 가지 설이 있습니다. 약 15세기경부터 독일에는 중간 크기의 블랙앤탄 색상 black and tan : 그림 속 미니어처 핀셔 같은 배합을 가진 색상을 말합니다을 가진 핀셔 종이 있었는데 그들은 농가에 살면서 창고나 뒤뜰에서 쥐를 잡는 역할을 주로 했습니다. 핀셔pinscher란 독일에서 '테리어terrier', '바이터biter'를 지칭할 때 사용하는 말입니다. 아마도 쥐처럼 작은 동물 위로 뛰어올라 덮치고 맹렬하게 물어뜯는 모습이 테리어와 비슷해서 그렇게 불렀던 것 같습니다. 아무튼 이들이 미니어처 핀셔가 되었다는 설과 또 하나는 오래전 독일의 핀셔 종과는 아무런 상관이 없으며, 닥스훈트와 이탤리언 그레이하운드 그레이하운드와 꼭 닮았는데 훨씬 크기가 작은 종 사이에서 만들어진 종이라는 설이 있습니다. 또는 이 두 가지 설이 모두 맞다고 주장하는 학자도 있습니다. 어쨌든 미니핀의 개량이 본격화된 것은 1895년 독일에 핀셔 클럽이 생기면서부터입니다. 이때부터 품종도 정립되고 인기도 높아졌지만 세계대전이 일어나면서 개체수가 급감했고 결국 이 품종의 혈통은 전쟁 이전 외국으로 수출되었던 개들에 의해 보존될 수 있었습니다.

미니어처 핀셔는 체구에 비해 아마도 가장 에너지 넘치는 품종이라 할 수 있을 것 같습니다. 작지만 근육질의 탄탄한 몸매와 모델처럼 무릎을 높이 들어 올리며 걷는 생기발랄한 걸음걸이가 특징입니다. 미니핀은 자신감 넘치고 용감하며 항상 바쁘게 움직이고 호기심이 강하고 노는 것을 좋아합니다. 탐험하는 것을 좋아해서 옷 안으로 들어가거나 커튼 뒤나 냉장고, 신발장 등 작은 공간 틈을 비집고 들어가려 합니다. 아마도 오래전 그랬듯 쥐를 찾고 있는 것인지도 모르지요. 또, 테리어처럼 성질이 급하고 고집 세고 독립적인 성격을 갖고 있어서 낯선 사람이나 다른 개들과 잘 어울리지 않는 까칠함을 보여 주기도 합니다. 사냥 본능이 많이 남아 있어서 작은 동물을 보면 쏜살같이 잡으러 뛰어가기도 합니다.

그래서 많은 전문가가 크기는 작지만 큰 개를 키운다는 마음가짐으로 이 개를 대해야 한다고 충고합니다. 씹는 것을 아주 좋아해서 특히 이가 날 때는 신발은 신발장에, 전선은 입이 닿지 않는 곳에 잘 숨겨 두어야 합니다. 매일 운동이 필요한 개로 바빠야 행복해합니다. 미니핀의 색상은 블랙앤탄과 붉은 빛이 도는 갈색 두 가지가 있습니다.

새끼 호랑이들을 자식으로 돌보는 '스시' 라는 이름의 미니핀이 화제가 되었던 적이 있습니다. 새끼 호랑이는 어미에게 버려졌고 스시는 상상임신 상태였던지라 서로에게 꼭 필요한 존재가 되었는데, 자기 덩치의 열 배쯤 되는 새끼 호랑이들이 말썽을 부리면 전혀 기세에 눌리지 않고 오히려 날라차기를 해서 응징하곤 했습니다. 몸은 작지만 용감하고 강단 있는 미니핀의 기질을 잘 보여 주는 일화였지요.

또 몇 해 전에는 '한별' 이란 이름의 미니핀이 삼성SDI도우미견센터에서 청각도우미견 훈련을 받은 뒤 중국의 청각장애 학생에게 분양되었다는 훈훈한 기사가 났었습니다. 한별이는 원래 유기견으로 안락사에 처해질 운명이었지만 이곳에서 6개월간의 훈련을 받은 끝에 청각도우미견으로서 새 삶을 살 수 있었습니다. 청각도우미견 혹은 보청견으로 불리는 개들의 역할은 청각장애를 가진 사람들과 함께 생활하면서 소리가 나는 모든 것을 신호해 주는 것입니다. 초인종, 전화 또는 팩스 특히 팩스는 청각장애인들에게 아주 유용한 의사소통 수단입니다, 주전자 물 끓는 소리 등. 호기심이 왕성하고 체력도 좋아서 부산스럽다고 여겨질 만큼 여기저기 뛰어다니는 품종들이 이 역할에 아주 제격입니다. 소리가 들리는데 귀만 쫑긋할 뿐 계속 엎드려 있는 점잖은 개들은 보청견으로는 실격이지요. 소리가 들린 곳까지 부리나케 쫓아가고 주인과 소리의 근원지 사이를 '우다

다' 뛰면서 왕복하길 반복해서 주인을 그곳까지 가게 만드는 것이 이들의
임무입니다. 짖어 봐야 주인이 듣지 못하니 이렇게 온몸으로 뛰어다니면
서 신호하는 수 밖에 없는데, 평소 바쁘게 움직이는 것을 좋아하는 바로 그
점 때문에 양육자들에게 외면받기도 하는 미니어처 핀셔, 코커 스패니얼 등이 보청견
으로 안성맞춤이라고 합니다. 이런 일을 해 주는 개들이 없다면 청각장애
를 가진 당사자는 물론 그 가족들 역시 정상적인 생활이 불가능합니다.
개들의 능력은 참 끝도 없는 것 같습니다. 이 세상에 불평 한 마디 없이 온
전히 누군가를 위한 삶을 살아 줄 수 있는 사람이 과연 몇이나 될까요.

아직 어린 세인트 버나드와 일곱 살된 미니어처 핀셔. 덩치 차이가 엄청납니다

마리 앙투아네트의 마지막 순간을 함께
파피용

나풀나풀 사랑스럽고 연약한 개

그 룹 토이그룹
혈 통 스피츠, 스패니얼
기 원 지 프랑스
기원시기 1500년대
본래역할 애완
크 기 소형견

작고 가냘픈 체구를 가진 파피용은 긴 장식 털로 덮인 쫑긋 선 귀가 특징입니다. 파피용은 프랑스어로 '나비'라는 뜻인데, 이 귀 때문에 정면에서 본 모습이 마치 날개를 펴고 있는 나비처럼 보인다 해서 붙여진 이름이지요. 1500년대 이전부터 유럽 전역에 퍼져 있었던 작은 스패니얼 종이 프랑스 황실과 귀족들에게 개량되면서 탄생한 품종인데, 이 작은 스패니얼 타입의 개들은 900년경 중국을 방문했던 탐험가들에 의해 스페인에 소개된 후 유럽 전역으로 전해졌다는 설이 있습니다. 어쨌든 파피용의 역사는 유럽 왕족들의 이야기를 빼놓고는 거론할 수 없을 정도입니

다. 특히 프랑스 황실과 귀부인들에게 인기가 높았는데, 이 우아한 개를 그림 속에 넣지 않으면 완벽하지 않다고 생각했었는지 수많은 초상화 속에 거의 빠짐없이 등장합니다. 태양왕 루이 14세Louis XIV, 1638-1715가 특별히 좋아해서 베르사유 궁전에서 수많은 파피용을 길렀고 그의 가족 초상화 속에서도 파피용을 찾아볼 수 있습니다. 루이 15세의 애첩으로 정치에도 크게 관여하며 사치 생활을 즐겼던 퐁파두르Pompadour 1721-1764 부인도 파피용을 사랑했습니다.

그 당시 파피용은 현재의 '팔렌 Phalène : 파피용과 외모가 거의 같은데 귀가 처져 있다는 점만 다른 품종'의 모습을 하고 있었습니다. 이후 개량이 거듭되면서 쫑긋 서 있는 귀를 가진 개들이 태어나게 되었는데 점차 이 개들이 더 인기를 끌면서 19세기 후반 파피용이란 별개의 이름으로 불리게 된 것이지요. 팔렌은 프랑스어로 나방을 뜻하는데 '파피용'과 '팔렌'은 귀 모양만 빼면 같은 품종이나 마찬가지입니다. 파피용은 뼈대가 가늘어 유난히 더 가볍게 느껴지는 개입니다. 나풀거리는 나비처럼 명랑하고 늘 바쁘게 돌아다니며 주인과 함께 놀 때 행복해합니다. 소형견 특유의 신경질적인 성향도 덜하고 사람들에게 우호적이지요. 길고 풍성한 털을 지녔지만 빽빽한 속털이 없어서 털 관리가 쉽고 잘 엉키지 않습니다. 그래도 매일 빗질은 해 줘야 합니다. 집 안에서의 활동만으로도 운동이 되지만 정신적인 운동 차원에서 바깥나들이를 시켜 줘야 합니다. 개도 사람과 마찬가지로 어릴 때부터 다양한 환경을 경험해 봐야 똑똑하고 성격 좋은 성견이 되는 법이니까요. 다른 작은 개들에 비해 헛짖음이 적어서 아파트에서 키우기에도 적합합니다.

호사스러운 생활로 시민 봉기를 일으키게 한 루이 16세의 왕비,

마리 앙투아네트Marie Antoinette, 1755-1793는 어렸을 때부터 개를 아주 좋아했습니다. 그녀는 오스트리아에서 프랑스로 시집올 당시 '몹스'라는 이름의 퍼그를 데려왔는데 '오스트리아 물건은 프랑스 국경을 넘을 수 없다.'는 관례에 따라 국경에서 몹스와 생이별을 해야 했습니다. 또 다른 기록에 따르면 여러 차례 애원한 끝에 오스트리아에 남겨져 있던 또 다른 개, 시추 '슈니치'가 프랑스 국경을 넘어 그녀 곁으로 왔다고도 합니다. 아무튼 그녀는 이미 왕가로부터 사랑받고 있었던 파피용에게도 애정을 쏟기 시작합니다.

오스트리아의 공주였던 마리 앙투아네트는 동맹을 목적으로 프랑스의 황태자, 루이 16세와 정략결혼을 합니다. 열네 살이라는 어린 나이에 낯선 나라, 게다가 오랫동안 숙적 관계였던 프랑스로 시집온 그녀는 루이 16세와 전혀 성격이 맞지 않았을뿐더러 당시 프랑스어가 미숙해 의사소통조차 잘 되지 않았다고 합니다. 여러 가지 외로움과 두려움을 호화 파티나 가면무도회로 풀기 시작하면서 점차 그녀의 사치는 하늘을 치솟았고 결국 프랑스 재정을 파탄나게 한 장본인으로 낙인찍혀 사치의 여왕이란 별명까지 얻게 됩니다 사실 프랑스 재정을 파탄시킬 정도의 사치스러운 생활은 루이 14세 때부터 본격적으로 시작된 셈이고 퐁파두르 부인의 사치도 그 끝이 없었다 합니다. 어찌 보면 그 책임을 오랜 적국, 오스트리아 출신인 마리 앙투아네트가 한꺼번에 떠안은 셈이지요. 또, 프랑스혁명 전후의 시대 배경을 담은 일본의 만화영화 〈베르사유의 장미〉에서도 나왔듯 스웨덴의 무관, 페르센을 비롯한 여러 미남들과 염문을 뿌렸던 것도 그 외로움 탓인지 모르겠습니다.

어쨌든 1789년에 시작된 프랑스혁명은 그녀의 인생을 완전히 바꿔놓았습니다. 루이 16세와 그녀는 절대왕정을 상징하는 베르사유 궁전에서 쫓겨나 파리 왕궁으로 연행되었고 몇 년간 시민들의 감시 아래 불안한 생활을 해야만 했습니다. 결국 그녀는 탕플탑에 유폐되고 국고를 낭비한 죄와 반혁명을 시도했다는 죄명으로 1793년 단두대의 이슬로 사라지고 맙니다. 프랑스 국민들의 증오심이 얼마나 컸는지 감옥에서 나올 때 머리카락이 짧게 잘려 있었으며 양손이 묶인 채 더러운 거름통이 가득한 짐수레에 실려 처형장으로 끌려갔다고 전해집니다. 루이 16세는 먼저 처형되었고 두 자식은 이미 혁명 정부 세력들에게 빼앗긴 터라 마지막 순간을 위로해 주고 지켜봐 줄 가족 하나 없었던 그녀의 최후를 함께한 것은 바로 그녀가 가장 사랑했던 파피용, '디스비'였습니다. 처형장으로 끌려갈 때 마리 앙투아네트의 품속에는 디스비가 있었고 목이 잘리는 순간에도 주인 곁을 떠나지 않았다고 합니다. 디스비를 비롯해 그녀가 애

2003년 영국에서 가장 작은 개로 뽑힌 파피용 '딜런'이 크기 비교를 위해 작은 캔 사료 옆에 있습니다

토이 그룹

지중지했던 몇 마리의 파피용들은 죽을 때까지 관리인들에게 잘 돌봐졌다는 설도 있고, 화난 민중들에게 잔인하게 죽임을 당했다는 설도 있습니다. 훗날 그녀의 방에서 파피용 모양의 도자기 인형이 발견되기도 했는데, 화려한 보석과 파티로도 절대 채울 수 없었을 외로움을 이 작은 개들이 채워 줬던 것인지도 모르겠습니다.

엘리자베스 테일러
'내 개와 떨어져 지낼 순 없어요'
페키니즈

고집 세고 위엄 넘치는 개

그 룹	토이 그룹
혈 통	애완견
기 원 지	중국
기원시기	고대 시대
본래역할	애완
크 기	소형견

영화 〈마지막 황제〉의 초반부를 보면 1908년 이제 갓 세 살이 된 청나라 마지막 황제, 푸이溥儀, 1906-1967가 죽음을 목전에 둔 서태후의 부름을 받고 북경 자금성에 도착한 장면이 나옵니다. 엄마와 생이별하고 낯선 곳에 도착한 푸이가 으리으리한 의자에 거의 눕다시피 한 서태후의 발치까지 아장아장 걸어갑니다. 잔뜩 얼어 있는 꼬마 푸이를 제일 먼저 맞이한 것은 서태후의 품 안에 있던 작은 개입니다. "마음에 드느냐? 이 개의 이름은 피오니라." 그 작은 개는 여느 개들과는 달리 아주 점잖고 도도한 자태로 푸이에게 다가가 냄새를 맡고, 그제야 개를 어루만지는

푸이의 얼굴에 웃음이 떠오릅니다. 그 개가 바로 페키니즈입니다 서태후는 페키니즈, 시추 같은 '사자개'들을 아주 좋아했던 인물로 유명합니다.

　　개 특유의 뾰족한 주둥이가 완전히 사라져 버린 페키니즈의 얼굴을 보고 있으면 유리창 저편에서 얼굴 누르기 놀이를 하며 즐거워하던 꼬마 아이가 생각납니다. 묵직한 몸에 비해 짧은 다리 탓인지 살짝 뒤뚱대는 걸음걸이와 튀어나올 듯 동그란 눈이 특징입니다. 페키니즈의 정확한 기원 시기는 알 수 없지만 현재까지 알려진 것 중에 8세기 당나라 때 기록이 가장 오래된 것입니다. 이때는 페키니즈가 가장 큰 인기를 끌었던 시기로 수많은 문학 작품 속에서 왕족을 상징하는 존재로 묘사되어 있습니다. 기원 시기가 아주 오래되었지만 다른 개들과 섞이지 않고 순수한 혈통을 유지할 수 있었던 데는 이유가 있습니다. 중국은 고대 시대부터 사자를 아주 신성시했습니다. 덕분에 중국의 절이나 왕궁 입구에서는 사자를 닮은 '푸 라이언Foo lion' 석상을 볼 수 있지요. 푸 라이언은 악을 물리치는 역할을 하는 신성한 사자를 말합니다. 사람들이 사자와 꼭 닮은 몇몇 개들 특히 페키니즈를 푸 라이언이 부활한 것으로 믿기 시작하면서 이 개들은 사자와 더 비슷하게 만들어졌습니다. 곧 페키니즈는 '사자개 Lion Dogs'로 알려지기 시작했고 왕족들만 키울 수 있는 신성한 개였기에 다른 개들과 섞이지 않고 순수한 혈통을 유지할 수 있었습니다. 이 개를 훔치면 사형을 받을 정도였습니다. 페키니즈는 '소매개Sleeve dogs'라고도 불렸는데 넓은 소맷자락 안에 넣어서 데리고 다녔기 때문이었습니다. 왕궁 밖으로 멀리 도망가지 못하게 일부러 다리를 더 짧고 휘게 만들었다는 이야기도 있습니다.

　　중국 청나라 시대, 제2차 아편전쟁이 일어나 북경까지 도달한 영국과 프랑스군이 1860년 황제의 별궁, 원명원을 약탈하던 때였습니다. 황제는 이미 멀리 떨어진 여름 별장으로 피신해 있었지만 일부 왕족들은 그곳에 남아 있다가 영국 군대가 도착하기 전 자살을 택했는데, 자신의 신성한 개를 적의 손에 넘어가게 하느니 죽이는 게 낫다고 생각했는지 별궁 전체에서 수많은 페키니즈가 죽은 채 발견되었다고 합니다. 궁전에 불을 지르기 전 데리고 나온 다섯 마리가 군인들에 의해 영국으로 옮겨지면서 유럽에 처음 소개되었습니다. 그중 한 마리는 빅토리아 여왕에게 전리품으로 바쳐졌는데 '북경Peking의 개'라는 뜻에서 '페키니즈'라는 이름을 얻게 되었지요. 페키니즈는 여왕에게 큰 사랑을 받았고 애호가들의 관심을 끌면서 이 품종에 대한 수요가 증가하기 시작했습니다. 곧 미국에도 소개되었지만 희귀한 탓에 오랫동안 부자들만이 소유할 수 있는 품종이었다고 합니다. 시간이 지나면서 누구나 쉽게 접할 수 있는 반려견으로 완벽하게 정착했습니다.

페키니즈는 다리가 짧아 땅딸하고 몸이 묵직합니다. 걸음걸이는 위엄 있고 느긋하지만 크고 무거운 머리 때문에 약간 뒤뚱거리지요. 왕족의 개로 살았던 기질이 남아서인지 작은 체구에 비해 대담하며 자만심이 강합니다. 완고하고 고집 센 성격은 가히 전설적이라 할 만합니다. 낯선 사람에게 무관심하고 주변에 별로 관심도 없으며 애교를 떠는 면도 좀 떨어지지요. 가족에게는 헌신적이지만 독립심이 강하고 감정을 쉽게 드러내지 않는 것으로도 유명합니다. 털이 너무 빽빽해 더위를 많이 타고 코를 고는데 코 윗부분의 주름은 감염을 예방하기 위해 매일 닦아 줘야 합니다. 또 어깨 주변의 갈기를 비롯해 털이 엉기지 않게 하려면 매일 빗겨 줘야 합니다.

열 살 때부터 배우 활동을 시작했던 엘리자베스 테일러Elizabeth

Rosemond Taylor, 1932-2011는 지금까지도 세계 최고의 미녀라는 찬사를 받고 있습니다. 수많은 팬의 사랑을 받았고 아카데미 여우주연상도 두 차례 받으며 연기력까지 인정받았지요. 여덟 번의 결혼과 이혼, 수백 번의 스캔들. 그녀는 평생을 남자와 보석, 돈과 명예에 둘러싸여 보냈습니다.

"나는 평생 동안 화려한 보석에 둘러싸여 살아왔어요. 하지만 내가 정말 필요로 했던 건 누군가의 진실한 마음과 사랑, 그것뿐이었어요."

그래서였을까요? 그녀는 현시대의 빅토리아 여왕이라고 해도 좋을 만큼 정말 다양한 품종의 개들을 키웠습니다. 늘 개에게 둘러싸여 지내길 좋아했는데 가장 많이 그리고 오래 키운 개는 페키니즈였습니다. 특히 수많은 남편 중에서도 그녀가 가장 오랫동안 결혼생활을 유지했고 또 가장 사랑했던 사람으로 회자되는 배우 리처드 버튼과의 결혼 시절에도 페키니즈를 키웠습니다. 이 완벽한 부부는 영화 촬영차 영국에 가야 했을 때 검역법 때문에 개들을 6개월 동안 격리시켜야 한다는 이야기를 듣고는 고민에 빠졌습니다. 영화를 포기할 수도 없는 노릇이었지만 가족 같은 개와 떨어져 지낸다는 것은 더욱 있을 수 없는 일이었지요. 결국 그녀는 "내 개와 떨어져 지낼 수는 없다."며 요트를 한 척 구입해 템스 강에 띄워 놓고 촬영이 끝날 때까지 그 위에서 생활했습니다. 사랑하는 남편과 페키니즈, 또 라사 압소 이렇게 네 식구가 불편한 물 위 생활을 기꺼이 감수해 냈는데 그녀가 평생 원했던 '진실한 마음과 사랑'이 없었다면 불가능한 일이 아니었을까요? 오랫동안 많은 개를 키웠던 그녀는 개를 잘 다룰 줄 알아서 페키니즈 역시 예의 바르고 말을 잘 들었으며 특히 리처드 버튼을 대장처럼 모셨다고 합니다.

또 하나 재미있는 이야기가 있습니다. 너무 많은 신교도를 처형해 '피의 메리'라 불리는 영국 여왕, 메리 1세Mary I, 1516-1558의 초상화 속에는

토이그룹

스페인의 왕이자 자신의 남편인 펠리페 2세로부터 선물 받은 '라 페레그리나La Peregrina'라 불리는 커다란 진주 목걸이가 자주 등장합니다. 작은 새알 크기의 이 진주는 지금까지 발견된 것 중 가장 큰 천연 진주로 오랫동안 여러 국가의 여왕들 사이를 전전하다가 잠시 모습을 감춘 듯했습니다. 이 역사상 가장 유명한 진주이자 500년 이상의 역사를 가진 라 페레그리나가 다시

엘리자베스 테일러는 어린 시절부터 다양한 품종의 개를 끊임없이 키워 오고 있는데 특히 페키니즈를 가장 좋아했습니다.
애견 '오펠'과 함께. 1967년

모습을 드러낸 것은 1969년 리처드 버튼이 엘리자베스 테일러에게 발렌타인데이 선물로 이 목걸이를 주었다는 소식이 언론에 전해지면서였습니다. 그런데 소더비 경매에서 수천만 원에 낙찰받은 이 진주 목걸이가 어느 날 감쪽같이 사라지고 말았습니다. 며칠 뒤 그 목걸이가 발견된 곳은 어디였을까요? 바로 그녀의 페키니즈 입속이었습니다. 다행히 그녀는 한 인터뷰에서 전혀 스크래치가 나지 않았다고 밝혔는데, 과연 그랬을까요? 진실이 궁금해집니다. 심부전증으로 세상을 떠나기 전 그녀는 휠체어를 타고 언론에 모습을 드러내곤 했는데 그녀의 품 안에는 늘 몰티즈가 함께하고 있었습니다. 편히 쉬기를……

뉴턴의 '중력의법칙' 원고를 태우다
포메라니안

늘 바쁘게 돌아다니는 작지만 용감한 개

그 룹 토이 그룹
혈 통 스피츠, 북방견, 애완견
기 원 지 독일
기원시기 1800년대
본래역할 애완
크 기 소형견

　　화난 복어처럼 잔뜩 부풀어 오른 털이 매력 포인트인 포메라니안은 스피츠 타입의 개 중에서 가장 작은 종입니다. 부드럽고 두터운 속털이 길고 거친 겉털을 떠받치고 있어서 이런 독특한 모양을 갖는 독일산 스피츠 타입의 개들은 아주 먼 옛날부터 아이슬란드와 라플란드_{핀란드와 스칸디나비아반도 북부, 러시아의 콜라 반도를 포함하는 유럽 최북단}에 살고 있었던 북방견_{추운 지방에 살던 주둥이와 귀가 뾰족하고 쭉쭉 뻗은 털이 풍성한 개들. 흔히 스피츠를 말합니다}의 후손입니다. 학자들은 그 지역 약탈을 일삼았던 바이킹에 의해 외부로 퍼져 나가면서 크고 작은 다양한 스피츠 계열의 개들이 탄생한 것으로 보고 있지요.

포메라니안이 지금처럼 소형화된 시기나 장소는 정확하지 않습니다. 이름을 통해 오늘날 독일의 북동 지역에 있는 포메라니아Pomerania에서 다소 크기가 작아졌을 것이라 여겨지고 있을 뿐입니다. 오래전 포메라니안은 지금의 모습과는 매우 달랐습니다. 영국에 처음 알려졌을 때만 해도 일부는 저먼 울프스피츠 German Wolfspitz : 독일의 스피츠는 크기별로 여러 종으로 나뉘는 데 그중 중형견에 속하는 품종입니다와 닮았고 14킬로그램이나 나갔다는 이야기가 있습니다. 1510년 무렵 미켈란젤로가 바티칸의 시스티나 성당 천장에 벽화를 그릴 당시 그의 곁에 포메라니안이 앉아 있었다는 말도 전해집니다.

1888년 이탈리아 피렌체를 방문했던 빅토리아 여왕Queen Victoria, 1819-1901이 유난히 크기가 작은 포메라니안을 발견하고는 영국으로 데려왔는데 겨우 5.4킬로그램이었다고 합니다. 여왕이 애지중지했던 이 개는 곧 대중들의 관심을 불러일으켰고 브리더breeder : 사명감을 가지고 개를 키우고 번식시키는 전문가들은 여왕의 개처럼 작은 포메라니안을 만들기 위해 애썼습니다. 여왕도 직접 사육장을 만들어 포메라니안의 소형화에 기여했다고 전해집니다. 결국 빅토리아 여왕 때 포메라니안의 크기는 약 절반으로 줄어들었습니다.

유명한 애견가였던 빅토리아 여왕은 어린 공주 시절, 자신의 첫 번째 개, '대쉬 스패니얼 종'가 죽자 "그의 애정 속에는 이기적인 사심이라곤 없었다. 그의 악의 없는 장난기, 그의 거짓 없는 충성심을 기리며."라는 문구를 비문에 새겨 넣었다는 일화로도 유명합니다. 여왕으로 군림한 지 63년 뒤, 1901년 1월 22일 세상을 떠나던 그날 침대 위의 빅토리아 여왕은 그 당시 가장 예뻤던 포메라니안, '튜리'를 데려오라 했습니다. 튜리를 쓰다듬던 여왕은 "침대가 이렇게 크니 몇 마리 더 데려와도 되겠다."라는 말을 하고는 몇 시간 뒤 숨을 거두었습니다. 튜리는 다른 가족들과 함께 빅토리아 여왕의 마지막을 지켰는데, 여왕이 튜리가 죽으면 자신의 곁에 묻어 달라는 유언을 남겼다는 후문도 있습니다.

그 후로도 포메라니안은 계속해서 소형화되었고 또 지금 모습처럼 털을 한껏 부풀리는 '퍼프볼puff-ball'의 형태로 변했습니다. 아주 총명해 보이는 포메라니안은 에너지가 넘치는지 쉬지 않고 바쁘게 돌아다닙니다. 호기심도 많고 놀기 좋아해서 언제라도 게임이나 모험을 시작할 준비가 되어 있습니다. 여왕의 개답게 용감하고 자존심이 강합니다. 가족에게는 친절하지만 낯선 사람을 꺼리고 다른 개에게는 공격적이기도 합니다. 낯선 사람 입장에서 쬐그만 녀석이 앙앙 짖으며 앙탈을 부려 대는 모습은 참 어이없고 얄밉기도 하지만 바꿔 말하면 자기 주인만을 따른다는 말이기에 주인으로서는 무척 뿌듯할 법도 합니다. 잘 짖는 편이어서 어릴 때부터 훈련이 필요하며 털은 엉키지 않게 자주 빗겨 주고 털 사이에 이물질이 끼지는 않았는지 확인해 줘야 합니다.

영국의 물리학자이자 천문학자이자 수학자인, 그리고 무엇보다 '중력의 법칙'을 발견한 아이작 뉴턴Isaac Newton, 1643-1727은 냉정하고 배려심이 없어서 사람들과 잘 어울리지 못하는 성격이었다고 전해집니다. 유난히 허약하게 태어나 곧 죽을 것이라 여겨졌던 뉴턴은 불행한 어린 시절을 보냈습니다. 아버지는 태어나기 전에 세상을 떠났고 엄마도 곧 재혼하는 바람에 뉴턴은 두 살 때부터 할머니의 손에서 자랐습니다. 그의 어린 시절 노트에는 엄마와 양부에 대한 증오심이 가득 적혀 있었다고 합니다. 또 그는 자신의 업적에 대해 부정적인 견해를 보이는 사람들이 있으면 무조건 인신공격자로 취급, 때로는 매우 비겁한 방법을 동원해서라도 반드시 보복하려 했습니다. 전 생애를 통해 그의 삶 속에는 누군가를 사랑했던 흔적이 전혀 없는데 단 하나 예외가 있습니다. 바로 크림색 포메라니안, '다이아몬드'입니다 그 당시만 해도 포메라니안은 10킬로그램이 넘은 체구가 큰 개였습니다.

중력의 법칙에 관한 중요한 원고를 집필 중이었던 뉴턴은 손님이 찾아와 잠시 외출을 했습니다. 연구실에서 잠자고 있었던 다이아몬드는 문은 잠겨 있고 주인은 돌아오지 않으니 흥분해서 연구실 안을 마구 뛰어다녔던 모양입니다. 그 와중에 책상 위에 촛불이 쓰러지면서 소중한 원고가 모두 타 버렸습니다. 잠시 후 손님과 연구실로 돌아온 뉴턴은 그 광

작은 포메라니안이 아프간 하운드의 다리 사이에 들어가 비를 피하고 있습니다

경을 보고 어찌했을까요? 의외로 그는 전혀 화를 내지 않았습니다. 다만, "다이아몬드야, 네가 지금 무슨 짓을 했는지 아니?"라며 다이아몬드를 안아 올렸고, 곧 동료들에게 연락해 중력의 법칙에 관한 원고 작업이 늦어질 것 같으며 다이아몬드는 자기가 무슨 짓을 하고 있는지 전혀 몰랐기 때문에 벌 줄 마음이 없다고 말했습니다.

"갑자기 사라져 버린 나를 걱정하는 마음에서 저지른 일인 걸."

다이아몬드는 꽁꽁 얼어붙어 있던 그의 마음을 조금이나마 녹게 만든 유일한 생명이었던 것 같습니다. 다이아몬드는 그를 곤경에 빠뜨리고도 보복당하지 않은 유일한 대상으로 전해집니다.

처칠이 사랑했던 개 푸들

활발하고 똑똑한 사교적인 개

그 룹	토이 그룹
혈 통	워터도그, 애완견
기 원 지	중유럽
기원시기	1500년대
본래역할	애완
크 기	소형견

<분노의 포도>, <에덴의 동쪽>의 저자이자 노벨 문학상과 퓰리처 상 수상자인 존 스타인벡 John Ernst Steinbeck, 1902-1968은 평생 많은 개를 키웠는데, 특히 58세를 기념해 검은색 푸들, 찰리를 데리고 미국과 캐나다 횡단 여행을 떠났던 일화가 유명합니다. 여행에서 돌아온 그는 <찰리와의 여행>이란 책을 썼습니다. 그는 찰리가 여행의 동반자이기도 했지만 낯선 이방인들과의 사교에도 큰 도움이 됐다고 했습니다.

"찰리처럼 이국적인 개는 낯선 사람들과의 사이에 가교 역할을 해준다. 대개 '저건 대체 어떤 개죠?' 라는 질문과 함께 대화가 시작되기 때

문이다. 찰리는 대화의 물꼬를 트는 아주 중요한 수단이었고, 내 외교관 역할을 했다. 물론 어린아이들도 이런 역할을 하지만 개가 훨씬 더 잘한다."

개를 키우지 않는 사람이 봤다면 미친 사람이라고 생각했을 수도 있을 만큼 그는 찰리와 많은 대화를 나눴고 1인 2역 찰리 쪽 대답까지 자신이 해 가며, 찰리가 파리에서 태어나고 훈련받은 탓에 영어를 잘 못 알아들어서 통역이 필요하다고 말하고 다녔으며, 찰리가 우울해 보이는 날에는 케이크를 직접 구워 주었다는 일화도 전해집니다.

흔히 푸들 하면 프랑스가 먼저 떠오르지만 이들의 먼 조상은 아시아에서 가축을 몰던 털이 곱슬대는 개였고 다양한 경로를 통해 유럽으로 들어간 것으로 추정됩니다. 또 푸들의 조상 중에는 레트리버 총에 맞아 떨어진 물새들을 건져 오는 역할을 하는 개 종도 있습니다. 프랑스에서는 애완견이었을 뿐만 아니라 물에 뛰어들어 오리를 사냥하는 개, 혹은 유랑 서커스단에서 묘기를 부리는 개로도 유명했고 그 외에 가축을 몰거나 군견, 경비견, 안내견으로도 활동하는 다재다능한 개였습니다. 푸들은 유행에 민감한 프랑스 여성들의 패션을 완성시켜 주는 친구로 사랑받으면서 급기야 프랑스의 국견이 됩니다. 푸들 특유의 미용법은 원래 수영하기 좋도록 털을 짧게 자르되 추운 물속에서 체온을 유지시켜 주기 위해 몸통 부분의 털만을 남겨 두면서 시작된 것이라고 합니다. 꼬리 끝이나 발목 관절 부위에 풍성하게 털을 남기는 것은 사냥 시 몸을 보호해 주기 위한 것이란 설도 있고 애견전람회에서 돋보이기 위한 장식이라는 말도 있습니다.

푸들은 크기에 따라 스탠다드, 미니어처, 토이로 나뉘는데, 생김새, 지능, 학습 능력 등은 동일합니다. 가장 큰 스탠다드 푸들이 가장 오래되었고 나머지는 푸들에 대한 인지도가 오늘날과 거의 비슷해진 이후 비교적 단기간에 만들어졌습니다. 미니어처 푸들은 송로버섯을 찾는 일을 했습니다. 송로버섯은 유럽에서 땅속의 로또라고 불릴 만큼 최고급 요리 재료로 쓰이고 있는데, 땅속에서 자라는 탓에 찾기가 쉽지 않습니다. 오래전부터 개나 돼지의 후각을 이용해 찾았는데 워낙 약하고 섬세한 탓에 땅을 파는 과정에서 쉽게 상처가 나곤 했지요. 그러자 발도 작고 몸도 더 작은 개들이 인기를 끌기 시작했고 그 과정 중에 미니어처 푸들이 태어났습니다. 어쨌든 푸들은 냄새 맡기에도 천부적인 능력을 가졌다고 볼 수 있겠습니다. 미니어처 푸들은 공연도 많이 했는데 특히 영국의 앤 여왕Anne, 1665-1714이 거의 사람처럼 음악에 맞춰 춤을 추는 공연단의 푸들을 보고 무척 감탄했다고 합니다. 또 가장 작은 토이 푸들은 18세기 영국에서 만들어졌고 특별히 하는 일 없이 그저 품에 안고 다니는 애완견으로 사랑받았습니다.

푸들은 늘 자신감이 넘치고 통통 튀는 듯한 걸음걸이로 부지런히 돌아다닙니다. 곱슬대는 털은 강하고 촘촘해서 끈으로 만들어 써도 될 정도라고 하네요. 지능 높은 품종으로 늘 뽑힐 만큼 똑똑한 데다가 활기찬 성격을 가져서 훈련하기에 가장 좋은 품종이란 평가를 받습니다. 사람들과 함께 있는 것을 좋아하지만 경계심이 많아서 심하게 짖기도 합니다. 두세 달에 한 번씩은 털을 자르고 손질해 줘야 하고 특히 얼굴과 발 부분은 매달 손질해 줘야 '바야바 오래전 방영되었던 외화 《내 친구 바야바》의 주인공인데 '바야-바' 하는 외침과 함께 슬로모션으로 등장해 위기에 처한 친구들을 구해 주던 털북숭이 짐승입니다' 꼴을 면할 수 있습니다. 털을 자를 때마다 물고 뜯기는 혈전을 벌이지 않으려면 어릴 때부터 미용에 익숙해지도록 길들여야 합니다. 스탠다드의 경우는 일을 했던 대형견인 만큼 많은 운동을 필요로 하고 수영을 특히 좋아합니다. 지금도 사냥 습성이 남아 있어 달리길 좋아하고 사냥감을 물어 오기도 한다는군요. 귀부인들 옆에서 올록볼록 최신 헤어스타일을 하고 통통 걸어다니는 푸들이 거친 사냥을 즐긴다니 별로 상상이 안 되긴 하지만 말입니다. 아참, 푸들은 흰색뿐만 아니라 회색, 갈색, 황색, 살구색, 크림색 같은 다양한 색상이 있습니다.

집 앞에서 애견, '루퍼스'를 쓰다듬고 있는 영국 수상 처칠. 1950년

　　미국 대통령 프랭클린 루스벨트와 함께 제2차 세계대전을 승리로 이끈 주역이자 노벨문학상 수상자로도 알려져 있는 영국 수상, 윈스턴 처칠Winston L.S, Churchill, 1874-1965은 몇 해 전 '영국을 빛낸 위대한 100인' 중 뉴턴과 셰익스피어를 제치고 1위에 선정됐을 만큼 위대한 인물로 칭송받고 있습니다. 처칠 하면 왠지 고집스러운 불도그와 잘 어울릴 듯한데, 막상 그는 미니어처 푸들, '루퍼스'를 무척 사랑해 어디든 데리고 다녔고 항상 같은 침실에서 재웠다고 합니다. 프랭클린 루스벨트와 처칠은 둘 다 모두 개를 좋아했던 인물로 그 당시 이들은 제2차 세계대전 문제로 자주 만나고 있었는데 술자리에도 개를 동반할 정도였습니다. 루퍼스와 팔라스코티시 테리어에서 등장합니다는

무척 사이가 좋았고, 두 정상이 미군 함대에서 군사전략을 짜고 있는 동안에도 이 두 마리 개는 배 안을 뛰어다니며 신나게 놀았다고 전해집니다. 처칠은 루퍼스에게 늘 아이에게 말을 걸듯 다정하게 말했고, 함께 텔레비전을 보다 영화 〈올리버 트위스트〉에서 악당이 자기 개를 물에 빠뜨려 죽이려는 장면이 나오자 "이 장면은 보지 말아라. 내가 나중에 얘기해 줄게."라며 루퍼스의 눈을 가렸다는 일화도 있습니다. 처칠은 루퍼스가 세상을 뜨자 똑같은 푸들을 다시 입양했고 그에게 루퍼스 2세라는 이름을 붙여 주었습니다.

토
이
그
룹

왕관 대신 사랑을 택한 윈저 공의 애견
퍼그

작지만 속이 꽉 찬 응석꾸러기

그 룹 토이그룹
혈 통 애완견, 마스티프
기 원 지 중국
기원시기 고대 시대
본래역할 애완
크 기 소형견

크게 넘어진 적이라도 있는 건지 완전히 눌려 버린 얼굴에 짜리몽땅 휘어진 다리, 엉덩이를 흔들며 뒤뚱대는 걸음걸이, 간절히 애원하는 듯한 눈빛을 보면 한 번 더 안아 주게 되고 먹을 것 한 개라도 더 주게 됩니다. 퍼그는 무척 다양한 이름으로 알려져 있습니다. 일단, 퍼그Pug라는 이름은 라틴어로 주먹을 뜻하는 '퍼그누스pugnus'에서 나왔는데 얼굴 생김새를 보면 절로 고개가 끄덕여집니다. 퍼그의 역사는 기원전 수세기 전 극동아시아 지역에서 시작되었고 이 지역의 마스티프 종이 소형화된 것이라는 설이 있습니다. 오랫동안 '푸 도그Fu Dog'로 신성시되면서 티베트의 승려들과 중국 황실만이 소유할 수 있는 개였고, 특별한 경우 왕의 허락하에만 귀한 선물 자격으로서 해외로 나갈 수 있었습니다.

퍼그가 최초로 유럽에 소개된 것은 16~17세기경 네덜란드의 동인도회사에 의해서입니다. 그 당시 동양의 여러 특산물들을 독점적으로 유럽에 공급하고 있었던 동인도회사의 무역선에 실려 네덜란드로 건너간 퍼그는 그곳에서 큰 인기를 끌었습니다. 특히, 빌럼 1세 Willem Ⅰ , 1533-1584 : 네덜란드 초대 총독, 흔히 '오렌지 공 윌리엄'으로 더 유명합니다의 생명을 구하면서 오라녜가 Oranje : 네덜란드 왕실의 가계로 흔히 '오렌지가'로 통합니다. 그래서 네덜란드를 상징하는 색이 주황색이 되었지요를 상징하는 개가 되는데 사연은 이렇습니다. 네덜란드 독립전쟁이 한참이었던 1572년, 당시 빌럼 1세는 '폼페이'라는 퍼그를 키우고 있었는데, 폼페이가 고요한 새벽에 느닷없이 짖고 급기야 침대 위로 뛰어올라 와 얼굴을 핥아 대는 바람에 왕은 잠에서 깨고 말았습니다. 평소답지 않은 행동에 의아해진 왕이 알아보니 스페인 암살자들이 이미 궁에 침입해 있었습니다. 너무 은밀하게 진행되고 있었던 탓에 아군 보초병들은 아무도 알아차리지 못하고 있던 터였습니다. 덕분에 목숨을 건진 빌럼 1세는 "폼페이가 아니었다면 나는 스페인 포로가 되었을 것이다."라는 말을 늘 되뇌었고 그는 몇 해 뒤 네덜란드를 스페인으로부터 독립시켜 네덜란드연방공화국을 설립하고 초대 총독이 되었습니다. 그날 밤 퍼그가 짖어대지 않았다면 네덜란드 독립의 꿈도 물거품이 되었을지 모를 일입니다.

퍼그는 계속해서 네덜란드 왕가의 사랑을 받았고 훗날 빌럼 3세 Willem Ⅲ, 1650-1702, 영국명은 윌리엄 3세가 영국 왕위에 오르기 위해 영국에 도착했을 때 그 행렬 속에는 퍼그도 함께 있었는데 목에 오라녜가를 상징하는

토이 그룹

오렌지색 리본을 매고 있었다고 합니다. 영국에 소개된 퍼그는 찰스 2세 Charles II, 1630-1685 때부터 최고의 인기를 누리고 있던 킹 찰스 스패니얼King Charles Spaniel : 찰스 왕의 극진한 사랑을 받아 이런 이름을 얻게 되었는데 오늘날 잉글리시 토이 스패니얼과 카발리에 킹 찰스 스패니얼이 됩니다을 제치고 부유층의 사랑을 독차지하는 등 믿을 수 없는 인기를 얻게 됩니다. 퍼그는 그 당시 인기 있었던 스패니얼의 몸속에 자신의 '눌린 얼굴' 유전자를 심어 놓기도 했습니다.

퍼그는 프랑스 역사 속에서도 발견됩니다. 세계를 정복했던 나폴레옹Napoléon I, 1769-1821은 막상 그런 자신을 정복한 사람은 오직 한 사람, 조세핀이라고 말했을 만큼 그녀를 사랑했습니다. 조세핀은 퍼그를 키우고 있었는데, 결혼 첫날밤 천하의 나폴레옹이 침대로 들어가려다 그 작은 퍼그에게 물리는 굴욕을 당하기도 했습니다. 그래도 그 모습이 믿음직하긴 했던지 훗날 나폴레옹은 퍼그에게 조세핀에게 비밀 메시지 어쩌면 연애편지를 전달하는 전령 역할을 맡겼다고 합니다.

퍼그는 품위와 우스꽝스러움을 동시에 보여 주는 개입니다. 퍼그 자신은 자신감 넘치고 위엄도 부려 보지만, 생김새나 뒤뚱대며 움직이는 모습이 보는 이로 하여금 웃음을 터뜨리게 하니 말입니다. 장난치며 돌아다니거나 으스대는 것을 좋아하고 고집 센 면도 있지만 성격이 무난하고 늘 한결같습니다. 살이 찌기 쉬워서 매일 활동적인 게임이나 목줄을 한 채 적당히 산책을 시켜 줘야 합니다. 너무 덥거나 습한 곳에서는 힘들어하고 털이 제법 많이 빠지며 피부감염 예방차원에서 얼굴의 주름을 매일 닦고 말려 줘야 합니다. 얼굴이 납작한 단두종답게 늘 코를 색색거리고 잘 때는 심지어 코를 곱니다.

1936년 12월 10일은 왕이 된 지 겨우 10개월이었던 에드워드 8세

토이 그룹

세기의 연인으로 통하는 윈저 공과 심슨 부인이 애견과 함께 외출하며 즐거워하고 있습니다. 1950년대 후반

Edward VIII,1894-1972가 평범한 미국 이혼녀, 심슨 부인Wallis Simpson, 1896-1986과의 사랑을 위해 영국의 왕위를 포기한 날입니다. 당시 영국법이 이혼한 여인이 왕비가 되는 것을 금했기 때문입니다. 영국 왕에서 윈저 공the Duke of Windsor으로 바뀌던 그날, 라디오 방송을 통해 흘러나온 그의 성명은 지금까지도 많은 로맨티스트 사이에서 회자되고 있습니다.

"오랫동안 심사숙고한 결과 짐은 왕위를 버리기로 결정했다. 사랑하는 여인의 도움과 지지 없이는 왕으로서의 무거운 책임과 의무를 이행해 나가기가 불가능하다고 판단해 나는 사랑의 품을 선택하기로 한다."

그는 곧 영국을 떠나 프랑스에서 심슨 부인과 결혼식을 올렸고 죽을 때까지 조국을 등진 채 파리에서 살았습니다. 그 당시 심슨 부인은 〈타임〉지에서 선정한 '올해의 인물' 여성으로서 최초 이 되었을 만큼 이 사건은 세상을 떠들썩하게 했고 사람들은 이 일화를 '세기의 러브 스토리'로 기억하고 있습니다. 한편, 윈저 공은 '윈저 스타일'이라는 말을 탄생시켰을 만큼 놀라운 패션 감각의 소유자이기도 했습니다. 덕분에 20세기 남성 패션 최대의 공헌자로 불리기도 하는데, 멋진 중절모에 빛나는 가죽 구두와 정장을 입고 있는 그의 사진들은 멋진 패션 화보 그 자체였습니다. 그 사진 속에 빠지지 않고 등장하는 것이 바로 퍼그였습니다. 윈저 공과 심슨 부인은 한꺼번에 네 마리의 퍼그를 키웠습니다. 전용 관리사가 따라다니며 이들을 돌봤고 밥을 먹을 때는 크리스탈이나 은그릇에 고급 스테이크를 먹었다고 전해집니다. 휴가지, 파티, 비행장, 집, 산책 등 모든 순간 이들 부부의 사진 속에는 늘 퍼그가 등장합니다. 여러 마리의 퍼그를 꼭 끌어안고 찍은 가족 사진도 있습니다. 그들에게는 평생 자녀가 없었는데 퍼그가 그 역할을 대신했던 것이 아닌가 싶습니다.

서태후의 총애를 받다 **시추**

해맑은 순진함을 가진 애교스러운 개

그 룹	토이그룹
혈 통	애완견, 목축견
기 원 지	중국
기원시기	1800년대
본래역할	애완
크 기	소형견

머리털과 구분이 안 갈 정도로 긴 속눈썹을 가진 시추는 맑고 커다란 눈이 너무 매력적인 개입니다. 화려하고 세련된 느낌보다는 착하고 순진한 시골 소녀 같은 느낌을 풍깁니다. 시추를 보면서 개에게도 '털발'이 얼마나 중요한가 느끼게 되는데, 길고 풍성한 털을 어떻게 꾸미느냐에 따라 다양한 변신을 하기 때문입니다. 머리털을 길러 양 갈래로 땋으면 인형 같은 숙녀가 되고, 짧게 커트를 치면 더벅머리 시골소년처럼 변하기도 합니다. 자식 대신 개를 키우는 사람들에게는 딸아이의 머리를 묶어 주듯 색색의 헤어핀을 이용해 단장해 주는 즐거움을 주는 품종 중

토이그룹

하나입니다.

　　국내에서도 가장 많이 키우는 애견 중 하나로 자리 잡은 시추는 중국이 고향이고 더 거슬러 올라가면 티베트와도 연관이 있습니다. 티베트 불교 즉 라마교에서는 사자가 폭력 및 악을 막는 부처의 능력을 대신한다고 믿습니다. 부처가 사자를 충성스러운 개처럼 길들여 그의 발꿈치를 따르게 했다는 것이지요. 이 사자를 푸 라이언Fu Lion : 절을 지키는 신성한 사자로 Chinese guardian lion이라고도 부름이라고 하는데 실제 티베트에는 사자가 살지 않았습니다. 그러자 그 자리를 사자를 닮은 개들이 대신하게 되었고 이 개들은 '사자개' 또는 '작은 사자'로 불리며 특권을 누리고 라마승들의 사랑을 받았습니다. 티베트에서는 이 개들을 '기도하는 개Prayer Dog' 라고도 불렀고, 수도원을 돌며 양가죽을 입힌 기도문을 돌리도록 훈련받았다고도 전해집니다. 이 개들은 몇 백 년간 수도원에 살면서 승려들을 기쁘게 해 주는 애완견으로 또 수도원을 침입자로부터 지켜 주는 경비견 역할을 하며 살았습니다. 또 살을 에는 듯 추운 겨울철이 되면 승복 속에 이 작은 개를 넣어 체온을 유지하기도 했습니다. 신성한 존재인 탓에 외부 유출이 절대 금지되어 있었던 이 개들은 간혹 달라이 라마에 의해서만 중국 황실에 선물로 주어졌습니다.

　　17세기 중반 중국 황실에 소개된 티베트의 개아마도 라사 압소로 추정됩니다들이 페키니즈와 교배되면서 시추가 탄생되었다는 설이 지배적입니다. 혹은 티베트와 중국 간의 싸움이 잦았던 점을 미뤄 볼 때 어쩌면 억지로 중국이 전리품으로 훔쳐 온 개에서 비롯되었을 수도 있겠습니다. 사실 시추를 닮은 개의 모습은 당나라 때인 624년부터 여러 그림, 문서, 장식용 예술품 속에서 발견되고 있는데, 그 당시에는 시추, 페키니즈, 라사

토이 그룹

압소 등이 아주 비슷한 생김새를 가졌을 것으로 추정되기 때문에 혼란을 겪고 있습니다. 옛 중국인들도 티베트인들과 마찬가지로 사자를 악령을 내쫓는 존재로 여겨 신성시했던 터라 사자를 닮은 개도 똑같이 대접했습니다. 특히 시추는 중국어로 '사자Lion'를 뜻합니다.

오늘날 우리가 알고 있는 시추의 모습은 19세기 후반 청나라의 서태후西太后, 1835-1908에 의해 정립된 셈이나 마찬가지입니다. 오랫동안 섭정을 했던 서태후는 진보적 개혁에는 무조건 반대하는 국정을 펼쳤는데, 덕분에 개화 시기를 놓쳐 수천 년 역사의 황실을 몰락시키는 데 결정적 악역을 했다고 평가받고 있는 인물입니다. 그러나 아이러니하게도 서태후는 개의 품종 관리 및 유지에 대해서만큼은 서구 문명 못지않은 선견지명을 가지고 있었던 것 같습니다. 서태후는 사자개를 닮은 페키니즈, 퍼그, 시추를 몹시 총애해 왕궁 안에서 수많은 개를 키웠습니다. 하지만 개들이 서로 섞여 마구잡이로 번식되자, 환관들에게 이 세 종류가 섞이지 않도록 별도의 견사를 짓고 그 품종 고유의 특징을 유지시킬 것을 지시했다고 합니다. 안 그래도 충분히 신성시되고 있었던 이 개들은 막강한 파워를 가졌던 서태후를 등에 업고 더 큰 힘을 가진 존재로 대접받았습니다.

그러나 1908년 서태후가 죽은 뒤 다른 황실견들과 마찬가지로 마구 방치되어 있었던 시추는 곧 중국 공산혁명이 일어나면서 부의 상징으로 취급되어 몰살당하게 됩니다. 그 당시 중국에는 겨우 14마리의 시추가 남아 있었다고 합니다. 오늘날 시추의 조상이 된 것은 대부분 그 이전에 외국으로 빠져나간 개들입니다. 멸종 위기에 처한 시추를 되살리기 위한 노력이 계속되었고 중국에 유일하게 살아남아 있던 암컷 시추 한 마리가 영국으로 건너가 그 작업에 참가했습니다. 또 더 작은 시추를 만들기 위해 페키니즈와 많이 섞이면서 오늘날 모습을 갖추게 되었는데 덕분에 서태후 시대의 시추와는 모습이 많이 다릅니다. 크기도 작아졌고 털은 더 길고 부드러워졌으며 비교적 더 깔끔한 모습을 갖추게 되었지요.

1930년대 영국에 처음 소개됐을 때는 라사 압소 넌 스포팅 그룹에서 소개됩니다 와 구별이 잘 안 됐는지 그냥 압소라고 불리기도 했습니다. 곧 영국을 통해 유럽 전역과 호주로 퍼져 나갔고 제2차 세계대전 직후에는 미국에도 수출되었습니다. 1960년대부터 미국에서 큰 인기를 끌기 시작했고 지금은 세계적으로 가장 인기 있는 품종 중 하나가 되었습니다.

시추의 길고 화려한 털 속에는 다부진 몸이 감춰져 있습니다. 크고 맑은 눈망울을 보고 있으면 믿음, 우정, 순수함 같은 단어들이 마구 튀어나오는 것 같습니다. 시추도 오랫동안 애완견으로 살았던 만큼 활기차면서 온화하고 명랑합니다. 뛰어노는 것을 좋아하고 가족과 함께 지내는 것을 행복해합니다. 낯선 사람과도 제법 잘 친해집니다. 하지만 놀라울 정도로 거칠고 고집이 센 개체도 있습니다. 시추는 매일 운동을 시켜줘야 하지만 몸집이 작은 만큼 실내 게임이나 가까운 거리를 산책하는 정도면 충분합니다. 계속 자라나는 긴 털이 엉키지 않게 매일 빗질해 주고 두세 달에 한 번씩은 미용을 해 줘야 하는 등 늘 털 손질이 필요한 개입니다. 덕분에 어릴 때부터 털 손질에 익숙해질 수 있도록 잘 교육시켜야 커서도 문제가 없습니다.

토이 그룹

故 다이애나 황태자비와 해리 왕자가 스페인 마드리드에서 휴가를 보내고 있을 때의 한 장면. 오른쪽은 스페인 여왕, 소피아와 그녀의 시추. 1987년

오드리 햅번이 사랑한 **요크셔 테리어**

쥐를 퇴치하기 위해 태어난 명랑한 개

그　룹 토이그룹
혈　통 테리어
기 원 지 영국
기원시기 1800년대 중반
본래역할 쥐잡이
크　기 소형견

흔히 '요키'라는 애칭으로 불리는 요크셔 테리어는 영국인들의 자부심이기도 합니다. 테리어 계열의 개 중에서 가장 크기가 작은 요크셔 테리어는 푸른 느낌이 살짝 도는 길고 부드러운 은빛 털이 가장 큰 매력입니다. 작고 귀여운 겉모습만 봐서는 그저 예쁜 애완견 역할이 전부였을 것 같지만 사실은 쥐를 없애기 위해 만들어 낸 품종이었습니다.

요크셔 테리어의 본고장인 요크셔주는 잉글랜드 북동부에 있는 가장 큰 주로 산업혁명 당시 석탄과 면양 등의 풍부한 자원을 가지고 있었습니다. 산업혁명이 일어나면서 요크셔주는 공업도시로 번창하기 시

토
이
그
룹

작했고 석탄광산, 방직공장 등에서 일하기 위해 사람들이 각지에서 몰려들면서 대도시가 되었습니다. 한편, 산업혁명으로 현대식 공장이 생기면서 일자리를 잃은 스코틀랜드 직공들도 고향을 떠나 가족과 함께 이곳으로 이주해 오기 시작했는데 이때 주인을 따라온 테리어 종들이 요크셔 테리어의 뿌리가 되었습니다.

인구가 밀집되다 보니 요크셔주에는 쥐떼가 들끓기 시작했습니다. 농장에 살면서 쥐나 여우 같은 동물을 처치해 주던 테리어 종 개들의 위력을 잘 알고 있었던 스코틀랜드 직공들은 쥐잡이 전문 개를 만들기 위해 본격적인 번식에 들어갔습니다. 그렇게 태어난 품종이 바로 요크셔 테리어입니다. 우연히 만들어진 품종이 아니라 정확한 용도와 목적을 가지고 여러 종의 테리어들을 교배해 탄생시킨 품종이란 이야기지요. 1800년대 중반에야 탄생되어 그 역사도 짧지만 요크셔 테리어는 만들어진 지불과 몇 십 년 만에 세계적으로 폭발적인 인기를 끌기 시작했습니다. 쥐잡이보다는 애완견으로 엄청나게 팔려 나가기 시작하면서 상업적인 대성공을 거두자 요크셔 테리어를 만든 과정 및 노하우는 철저히 비밀에 부쳐졌고 덕분에 자세한 과정에 대해서는 지금까지도 알려진 바가 없습니다.

처음에는 스코틀랜드 테리어 Scotch Terrier란 이름으로 소개되었다가 1870년에 요크셔 테리어로 이름이 바뀌었습니다. 처음에 부유층들은 그리 대단한 혈통이 아니라는 이유로 무시했지만 대중들은 요크셔 테리어의 작은 크기와 아름다움에 매료되었고 곧 귀부인들도 그 매력을 깨닫기 시작하면서 순식간에 모든 계층 여인의 무릎 위를 차지하게 됩니다. 1900년대 영국과 미국의 애견가들이 더 작은 크기를 선호하게 되면서 크기가 작아지기 시작했고 결국 테리어다운 기질과 애완견다운 깜찍한 모습을 모두 지닌 개가 되었습니다.

요크셔 테리어는 작지만 예민한, 전형적인 테리어 기질을 가진 개입니다. 호기심이 넘쳐 늘 종종걸음으로 바쁘게 돌아다니고 고집도 셉니다. 낯선 개나 작은 동물에게 공격적인 경우도 있고 장난감을 물고 거칠게 흔드는 모습에서 쥐잡이 시절의 본능을 엿볼 수 있습니다. 경계심이 많아 많이 짖기도 하는데, 콧등에 주름을 잡고 앙칼지게 짖는 모습을 보면 크기가 작아서 다행이다 싶습니다. 오래전 해외 토픽에서 작은 요크셔 테리어가 자기보다 열 배쯤 큰 아키타에 맞서 싸우다가 아홉 바늘이나 꿰맸다는 소식을 들은 적이 있습니다. 할머니를 보호하기 위해서였다는 설명에서 테리어의 맹랑한 기질을 엿볼 수 있었지요. 체구가 작아서 실내에서도 충분히 운동이 되지만 정신적인 욕구를 채워 주기 위해 안전한 곳에서 산책을 시켜 주는 것이 필요합니다. 긴 털은 매일 빗겨 줘야 하는데 관리가 어렵다고 느끼는 주인님들은 짧게 잘라 주기도 합니다.

〈로마의 휴일〉, 〈티파니에서 아침을〉. 더 이상 설명이 필요 없는 오드리 햅번Audrey Hepburn, 1929-1993은 은퇴 이후 유니세프 친선대사이자 자선사업가로 활동하며 얼굴보다 내면이 더 아름다운 여성이란 찬사를 받았습니다. 그녀는 굶주림과 병으로 죽어 가는 어린이들이 있는 곳이라면 그 어떤 오지도 마다하지 않고 달려갔습니다.

"어린이 한 명을 구하는 것은 축복입니다. 어린이 백만 명을 구하는 것은 신이 주신 기회입니다."

세상을 떠나기 직전 아들에게 쓴 것이라는 그녀의 편지 역시 사람들에게 많은 것을 느끼게 합니다.

"아름다운 입술을 갖고 싶으면 친절한 말을 해라. 아름다운 머리카락을 갖고 싶으면 하루 한 번 어린이가 손가락으로 너의 머리를 쓰다듬게 해라……. 한 손은 네 자신을 돕는 것이고 다른 한 손은 다른 사람들을 돕기 위한 것이다."

그녀는 개를 무척 좋아해서 평생 여러 마리의 개를 키웠는데, 제일 처음 키운 것이 바로 요키, '미스터 페이머스Mr.famous'입니다. 그녀에게 미스터 페이머스

오드리 햅번과 그녀의 애견 '미스터 페이머스' 1959년

는 자식과 마찬가지 존재였다고 전해지는데 안타깝게도 미스터 페이머스는 오래 살지 못하고 교통사고로 세상을 떠납니다. 그를 잊지 못했던 그녀는 바로 또 다른 요키를 입양해 '아삼 오브 아삼Assam of Assam'이란 이름을 지어 주었습니다. 일을 할 때도 요키를 데리고 다녔고 넓은 영화 촬영장을 돌아다닐 때면 자전거 앞 바구니에 태우고 다니기도 했습니다. 남편과 함께 휴가를 가거나 쇼핑을 할 때도 그녀는 늘 요키를 안고 다녔는데 지금까지 남겨져 있는 그녀의 수많은 사진 속에서 그 모습을 찾아볼 수 있습니다. 얼굴보다 마음이 훨씬 더 아름다웠던 그녀가 요키를 안고 환하게 웃고 있는 모습이 오래도록 기억에 남을 것 같습니다.

토
이
그
룹

Non-Sporting Group

넌스포팅그룹

비숑 프리제	Bichon Frise
보스턴 테리어	Boston Terrier
불도그	Bulldog
차이니스 샤페이	Chinese Shar-pei
차우 차우	Chow Chow
달마티안	Dalmatian
재패니즈 스피츠	Japanese Spitz
라사 압소	Lhasa Apso

넌스포팅 그룹 | 딱히 다른 그룹에 포함되지 않는 개

1800년대까지만 해도 개는 딱 두 부류였습니다. '사냥개스포팅'와 '사냥개가 아닌 개넌스포팅'였지요. 그만큼 사냥은 오랫동안 개에게 가장 중요한 임무였습니다. 하지만 점차 미국과 영국을 중심으로 각국에 켄넬클럽kennel club : 애견협회이 생기고 등록되는 품종도 많아지면서 개를 역할이나 특성에 따라 분류할 수 있는 새로운 그룹들이 만들어지기 시작했는데, 그 어떤 그룹에도 속하지 않는 애매한 개들은 그대로 넌스포팅 그룹에 남게 되었습니다. 일부에서는 잡동사니를 모아 놓은 그룹이라는 악평을 하기도 하지만 최근에는 '반려견 그룹Companion Group'으로 부르는 사람들도 있고 '실용견 그룹 Utility Group'으로 분류하기도 합니다. 어쨌든 넌스포팅 그룹은 저마다 다양한 능력을 가지고 있긴 하지만 나머지 6개 그룹 중 뚜렷하게 해당되는 곳을 찾기 힘든 개들이 모여 있는 그룹이라 생각하면 됩니다.

모든 그룹 중에서도 가장 다양한 개들이 모여 있는 넌스포팅 그룹은 때로는 다른 특정 그룹으로 분류되기 전에 임시로 머무는 곳이기도 하고, 주 역할이 더 이상 특정 그룹의 성격과는 맞지 않을 때 다시 이 그룹으로 오기도 합니다. 덕분에 넌스포팅 그룹의 품종들은 생김새와 기질이 매우 다양해서 성향을 한 마디로 요약해 나타내기는 힘듭니다. 이 그룹의 개들은 그룹상의 특성을 따지기보다는 각각의 품종을 살펴보는 것이 중요합니다. 토이 그룹의 개처럼 집 안에서 함께 생활하기 좋은 '비숑 프리제', 더 이상 황소 괴롭히기 경기에는 이용되지 않고 있는 가정견 '불도그', 더 이상 마차를 따라다닐 필요가 없어진 '달마티안'처럼 현재로선 특징적인 능력이나 역할은 없지만 훌륭한 동반자 역할을 해 주는 개들이 모여 있습니다.

고야의 연인, 알바 공작부인의 개
비숑 프리제

놀기 좋아하는 애교 넘치는 개

그 룹 넌스포팅 그룹
혈 통 비숑, 애완견
기 원 지 지중해, 프랑스
기원시기 고대 시대
본래역할 애완, 공연
크 기 소형견

'아휴, 예뻐라.' 탄성이 절로 나오게 만드는 비숑 프리제는 정말 완벽하게 잘 만들어진 인형처럼 예쁘고 사랑스러운 외모를 가졌습니다. 비숑 프리제를 처음 보는 사람은 푸들 또는 푸들과 몰티즈 간의 잡종으로 오해할 만큼 이들은 꼭 닮았습니다. 사실 비숑 프리제의 기원은 푸들 및 몰티즈의 기원과 매우 밀접한 연관을 가지고 있습니다. 세 품종의 초기 사진을 보면 외모가 모두 비슷하지요. 아주 오래전, 바비숑 barbichon 이라는 개가 있었는데, 이 개는 푸들의 조상으로 여겨지는 털이 고불거리는 개와 작고 하얀 털을 가진 개 사이에서 태어났습니다. 후에 이름이 줄어들어 비숑 Bichon 이 된 것이지요. 당시만 해도 비숑은 모두 네 종류가 있었고 모두 지중해 지역에서 유래했습니다. 그중 하나인 비숑 프리제는 스페인령 카나리아 제도에서 가장 큰 섬인 테네리페에서 태어나 그곳 사람들에게 사랑받았던 개로 추정됩니다. 비숑의 네 종류 중 또 다른 하나가 오늘날의 몰티즈입니다.

고대 시대부터 개는 특유의 명랑한 기질 덕분에 선원들과 여행을 자주 갔습니다. 끝도 없이 계속되는 바다, 길고 지루한 항해 동안 개는 선원들의 즐거움이 되어 주었고 각국에서 모인 상인들을 만날 때면 특산물처럼 물물교환의 대상이 되기도 했습니다. 그러는 사이 대륙과 대륙을 오가면서 각 지역 특산의 개에게 영향을 주기도 했지요. 애교 넘치는 비숑 프리제도 항해자들의 개로 안성맞춤이었습니다. 배 위에서 이들의 역할은 어디까지나 반려견이었지 일하는 개는 아니었습니다.

비숑 프리제는 선원들을 따라다니면서 각국에 소개되기 시작합니다. 처음에는 스페인 선원들과 함께 항해하다가 카나리아 제도에 소개되었고, 14세기경에는 이탈리아 선원들을 따라다니다가 이탈리아 귀족들을 만나 큰 사랑을 받았습니다. 그리고 15세기 말엽, 이탈리아를 침략했던 프랑스인들이 비숑 프리제를 자국으로 데려가면서 드디어 프랑스 왕족의 마음까지 빼앗기 시작합니다. 프랑스 르네상스의 아버지라 불리는 프랑수아 1세 Francis I, 1494-1547, 당시 이탈리아를 중심으로 퍼져 있던 르네상스 운동에 영향을 받아 고대 학문과 예술에 심취, 휴머니즘의 발전에 힘을 기울였던 왕으로 유명합니다 는 왕이 되자마자 이탈리아로 쳐들어가 밀라노를 손에 넣었는데, 이때 이탈리아 귀족들이 키우고 있었던 비숑 프리제에 반해 열렬한 팬이 되었습니다. 바로 그 뒤를 이었던 앙리 3세 King Henry III, 1551-1589 역시 비숑 프리제를 무척 좋아했습니다. 개에게 엄청난 돈을 쏟아 부었던 그는 지나치게 외모에 치중하고 사치를 일삼아 궁 재정을 파탄 직전으로 몰고 간 왕으로 평

넌스포팅그룹

가받는데, 얼굴에는 하얀 분가루, 입술에는 붉은 연지를 발라 화장을 하고 머리카락에는 현대판 향수라고 할 수 있는 제비꽃 향 분말을 뿌린 채 파리 거리를 나다니길 좋아했다고 합니다. 예쁜 것을 너무 좋아했던 앙리 3세는 금목걸이를 한 비숑 프리제들을 고급스럽게 꾸며진 바구니에 넣어 손님을 만나거나 교회에 갈 때도 데려갔으며 잠잘 때면 자신의 침대 곁을 지키게 했습니다. 앙리 3세의 비숑 프리제 목에는 왕의 개라는 표시로 총천연색의 고급 리본이 매여 있었고 왕이 뿌리던 값비싼 향수까지 뿌려졌으며, 이런 행동은 왕족 사이에서 유행처럼 퍼져 나갔습니다. 비숑 프리제들은 주인의 서열에 따라 미용하고 파우더와 향수를 뿌렸습니다. 왕가의 개들은 철저히 혈통이 유지되었지요.

　　역대 모든 프랑스 왕과 귀족들에게 사랑받았던 비숑 프리제는 19세기 말부터 인기가 떨어지기 시작하더니 급기야 길거리의 개로 전락해 악사 및 이발사, 서커스 단원들과 함께 떠돌며 사람을 모으는 광대 역할을 하게 됩니다. 아마 활발하고 명랑한 성격이 아니었다면 지금쯤 멸종되고 없어졌을지도 모를 일입니다. 거의 멸종 위기에 처했었지만, 제1차 세계대전 후 소수 애호가들의 피나는 노력 끝에 그 명맥을 유지할 수 있었고 1950년대 미국에 소개된 후 광고 모델로 활약하면서 대중적인 인기를 얻기 시작했습니다.

　　비숑 프리제는 생김새와 어울리게 성격 역시 밝고 명랑하며 활기가 넘칩니다. 애교가 넘치고 놀기 좋아하는 비숑 프리제는 보고 있는 것만으로도 사람을 즐겁게 합니다. 낯선 사람이나 동물에게도 친절하고 아이들과도 잘 어울리는 사교적인 개이자 가족과 함께 놀거나 안기길 좋아하는 애정 넘치는 개입니다. 하지만 작은 크기의 개들이 다소 그렇듯 예민한 면도 있어 잘 짖기도 하고 별것 아닌 일에도 진정시켜 줘야 할 만큼 잘 들뜨기도 합니다. 작지만 활동적이므로 매일 적당한 활동을 할 수 있는 환경을 만들어 줘야 합니다. 하얗고 풍성한 털은 매일 빗질해 줘야하고 두세 달에 한 번 정도는 털을 잘라 줘야 합니다. 부스스한 털을 몽창 밀면 몰티즈와 구분하기 힘들 만큼 마르고 작은 몸매가 드러납니다. 개를 처음 키우는 사람에게도 적합한 품종으로 평가받습니다.

오래전 비숑 프리제는 다른 유럽 국가의 왕실 및 귀족 가문에서도 큰 인기를 끌었습니다. 덕분에 유명 예술가들이 그린 귀족들의 초상화에도 수없이 등장하는데 대표적으로 스페인 화가, 고야Francisco de Goya, 1746-1828의 〈알바 공작부인The Duchess of Alba, 1795〉의 초상화가 가장 유명합니다. 알바 공작부인13th The Duchess of Alba, 1762-1802은 작위가 무려 20개가 넘었으며 스페인 명문가인 알바 가문은 왕을 만날 때 모자를 벗지 않아도 될 만큼 최고의 권력을 가지고 있었습니다. 더군다나 알바 공작부인은 빼어난 외모와 화려한 패션 감각으로 마드리드 사교계의 아이콘으로 통했으며 '알바 공작부인보다 아름다운 것은 없다' 는 말이 떠돌았을 만큼 천하의 왕비조차도 그녀의 영향력을 따라잡지 못했다고 합니다.

알바 공작부인은 고야의 연인으로도 알려져 있습니다. 당시 왕의 초상화가였던 고야는 사교계에서 종종 알바 공작부인과 마주치곤 했습니다. 어느 날 알바 공작부인이 고야를 찾아와 얼굴에 화장을 해 달라는 부탁을 하면서 둘은 친해지기 시작했는데, 그 당시 알바 공작부인은 30대 중반이었고 고야는 50대 중반인 데다 병으로 귀머거리가 된 상태였습니다. 그는 곧 흰 옷을 입고 있는 알바 공작부인의 초상화를 그렸습니다. 초상화 속 공작부인의 손가락 끝이 가리키는 방향을 따라가 보면, '알바

프란시스코 고야의 <알바 공작부인>. 1795년. 알바 공작부인의 발치 아래 비숑 프리제가 있습니다. 마드리드 알바 컬렉션

에게 고야가 1795년' 이라고 희미하게 써 있는 글을 발견할 수 있습니다. 이듬해 알바 공작이 병으로 죽자 둘은 급속도로 가까워졌고, 이때 고야는 검은 상복을 입고 있는 알바 공작부인의 초상화를 한 점 더 그렸습니다. 이 그림에서 공작부인은 손가락에 반지 두 개를 끼고 있는데 하나에는 자기 이름이 또 하나에는 고야 이름이 새겨져 있습니다. 그리고 역시 땅을 가리키고 있는 손가락 끝을 따라가면 '고야 당신뿐' 이라는 글씨를 볼 수 있습니다. 특히 흰 옷을 입은 알바 공작부인의 초상화에는 그녀가 키우던 비숑 프리제도 함께 등장하는데, 그 개는 주인이 가슴에 매고 있는 붉은 리본과 똑같은 리본을 다리에 매고 있습니다 일부에서는 몰티즈 혹은 로챈 (löwchen : 프랑스가 원산지인 작은 애완견)이라고도 주장하지만, 비숑 프리제라 주장하는 전문가들이 더 많고, 그 당시만 해도 이들 모두가 매우 흡사한 생김새를 가졌을 것으로 추정됩니다.

또 하나 재미있는 뒷이야기는 고야의 대표작인 〈옷을 벗은 마하 The Nude Maja, 1800〉의 모델이 사실은 이 알바 공작부인이었다는 설입니다. 이 그림을 그리기 전 알바 공작부인은 고야의 곁을 떠나 다른 백작과 사랑에 빠졌는데, 그 백작이 고야에게 그녀의 나체 그림을 부탁했던 것이지요. 백작은 그 그림을 개인 서재에 비밀리에 숨겨 놓았는데, 이 그림을 보러 왔던 몇몇 친구들에 의해 입소문이 나기 시작하자 놀란 고야는 다시 〈옷을 입은 마하 The Clothed Maja, 약 1803〉를 그렸습니다. 하지만 일은 일파만파로 커졌고 가톨릭 사회에서 외설로 큰 문제를 일으켜 종교 재판까지 열렸는데, 고야는 죽는 순간까지 그 그림의 모델이 누구인지 밝히지 않았습니다. 덕분에 이 이야기의 진실은 여전히 미스터리로 남아 있습니다.

헬렌 켈러의 젊은 날을 함께하다
보스턴 테리어

턱시도를 입은 듯한 온화하고 점잖은 신사

그 룹 넌스포팅 그룹
혈 통 애완견, 테리어
기 원 지 미국
기원시기 1800년대
본래역할 쥐잡이, 애완
크 기 소형견

보스턴 테리어는 얼핏 보면 살 빠진 불도그를 떠올리게 되는 생김새를 가졌습니다. 툭 튀어나온 눈은 양쪽으로 멀리 벌어져 있고 주둥이는 납작합니다. 뭔가 모르게 어눌해 보이는 생김새와 표정 없는 얼굴이 매력적입니다. 보스턴 테리어는 미국인들이 몹시 자랑스러워하는 미국산 품종입니다. 1800년대 후반에 만들어진 보스턴 테리어의 기원은 비교적 정확히 알려져 있습니다. 미국 보스턴에 살던 한 부유한 신사가 마부를 시켜 새로운 개를 만들도록 지시했는데 당시 유행하던 투견을 만들기 위해서란 말도 있고 단순히 새로운 품종을 만들고자 했던 이유에서란 설도 있습니다. 이름만 테리어지 진짜 테리어 종은 아닙니다. 쥐 등의 설치류를 잡기 위해 번식되었던 다른 테리어 종들과는 달리 최고의 반려견을 만들기 위한 노력의 결과물입니다. 어쨌든 그 보스턴의 신사는 테리어 종과 잉글리시 불도그 사이에서 새로운 품종을 만들어 내는 데 성공했습니다. 초기에는 무게가 14킬로그램 정도 나갔을 만큼 크기가 컸고, 불도그 또는 복서 및 핏불 테리어 Pit bull terrier : 미국에서 투견용으로 만든 품종 등과 더 많이 닮은 모습이었다고 하는데 점차 작은 개와 교배시키길 계속해 현재의 모습을 갖추게 되었습니다.

이렇게 태어난 보스턴 테리어는 사람들에게 큰 인기를 끌었습니다. 곧 애호가들이 모여들기 시작했고 처음에는 '아메리칸 불 테리어' 라고 불렸는데, 불 테리어 애호가들이 이름이 비슷하다며 불만을 표하자 지금의 보스턴 테리어로 바뀌게 됩니다. 보스턴 테리어는 최초의 미국산 품종으로 만들어진 지 불과 20년 만에 미국켄넬클럽에 등록되면서 최단기간에 등록된 품종이란 기록을 갖게 되었습니다.

보스턴 테리어는 테리어 종들과는 성격이 좀 다릅니다. 보통의 테리어들이 다소 거친 면을 가지고 있는 데 비해 보스턴 테리어는 사냥을 하거나 짖기보다는 가족들과 어울려 있는 것을 좋아하는 애완견의 성향이 더 강합니다. 그래서 테리어 그룹이 아닌 넌스포팅 그룹으로 분류되어 있지요. 미국의 신사라는 애칭은 턱시도를 입은 듯 보이는 털의 배색 때문이기도 하지만 예의바르고 점잖은 기질 때문이기도 합니다. 보스턴 테리어는 주인에게 헌신적이고 주인의 감정에 민감하게 반응하는 개입니다. 실내에서는 점잖지만 밖에 나가면 주인과 함께 뛰어놀기를 좋아하고 쾌활합니다. 매일 운동을 시켜 줘야 하는데, 목줄을 묶어 짧은 시간 산책하는 것만으로 충분합니다. 다소 고집이 세지만 똑똑해서 훈련 성과도 좋습니다. 하지만 낯선 사람을 별로 좋아하지 않고 쉽게 친해지려 하지 않으며 낯선 개에게 공격적인 모습을 보이곤 합니다. 짧고 납작한 코를 가진 개들이 대부분 그렇듯 보스턴 테리어도 상당수가 코를 골며 더위나 추위를 잘 참지 못하고 털이 꽤 빠집니다.

"나는 눈과 귀와 혀를 빼앗겼지만, 내 영혼을 잃지 않았기에 모든 것을 가진 것이나 마찬가지입니다."

"세상에서 가장 아름답고 소중한 것은 보이거나 만져지지 않습니다. 오로지 가슴으로만 느낄 수 있습니다."

1999년 갤럽이 선정한 '20세기 가장 널리 존경받는 인물 18인' 중 한 명으로 선정된 헬렌 켈러Helen Adams Keller, 1880-1968도 개를 사랑했던 인물입니다. 그녀는 평생 여러 마리의 개를 키웠지만, 그중에서 래드클리프 대학을 다니던 20대 시절 친구들로부터 선물 받은 '토마스경'이란 이름의 보스턴 테리어를 가장 좋아했습니다. 그녀는 늘 "내가 이렇게까지 개를 좋아하게 될 줄은 몰랐다. 토마스경은 나의 기쁨이다."라고 말했으며 토마스경을 선물해 준 친구들을 초대해서 고맙다는 말을 수차례 반복하곤 했다고 합니다. 그녀는 환경이 허락하는 한 산책을 하거나 차를 타거나 배를 탈 때도 늘 토마스경을 데리고 다녔습니다. 무릎을 꿇고 다정하게 토마스경의 목을 끌어안고 있거나 한 손으로는 점자책을 읽고 한 손으로는 토마스경을 쓰다듬고 있는 흑백 사진이 여러 장 남겨져 있는데, 그 온화한 표정에서 그녀가 토마스경을 얼마나 아꼈는지 느낄 수 있습니다. 가끔 토마스경이 복서나 핏불 테리어라고 전해지기도 하는데, 1900년대 초반 보스턴 테리어는 지금보다 몇 배나 더 체구가 컸고 초기에 이름도 아메리칸 불 테리어로 불렸기에 생긴 오해인 듯합니다. 그 뒤로도 그녀는 수많은 개를 키웠고 개에 대한 칼럼을 직접 썼을 만큼 평생 개를 사랑했습니다. 특히 〈하치 이야기 죽은 주인을 잊지 못했던 일본의 아키타. '하치'가 평생 동안 기차역에 나가 주인을 기다렸다는 실화〉에 감동받은 후로는 아키타 akita : 진도개와 많이 닮은 일본 개를 미국에 알리는 데 열심이기도 했습니다. 그녀는 한 인터뷰에서 이렇게 말했습니다.

영화 〈플랜B〉의 한 장면. 극 중 제니퍼 로페즈의 애견으로 나왔던 보스턴 테리어. '누빈스'는 휠체어를 타는 연기를 완벽하게 해냈습니다. 2010년

"내가 키웠던 개들은 모두 내가 가진 장애를 잘 이해했고 내가 혼자 남겨질 때면 언제나 내 곁을 지켰다. 개들이 보여 준 애정에 나는 정말 행복했다."

넌스포팅그룹

'황소 괴롭히기'
잔혹 스포츠를 위해 태어나다
불도그

고집 세고 게으른 장난꾸러기

그 룹	넌스포팅 그룹
혈 통	마스티프
기 원 지	영국
기원시기	1200년대
본래역할	황소 괴롭히기
크 기	중형견

영화 〈셜록 홈즈〉에는 아주 잠깐씩이지만 불도그가 등장해 자신의 개성을 잘 드러내 주는 캐릭터를 완벽하게 소화해 냅니다. 이 영화에서 셜록 홈즈는 기행을 일삼는 인물로 묘사되는데 각종 연구에 심취해 있다가 새로운 마취약이나 독약을 개발하면 자기 개에게 먼저 실험을 해 봅니다. 대사 한 마디 없는 무명 배우 불도그는 실험실 구석에 특유의 무표정한 얼굴로 앉아 있다가 생체 실험을 당하고 모로 누워 기절하곤 하는데, 짧은 다리가 거대한 체구 때문에 허공에 들린 채 쓰러져 있는 모습이 무척 안쓰럽게 느껴집니다. 한때는 '한 번 물면 절대 놓지 않는 개'라는

무서운 이미지가 강했는데, 최근에는 우스꽝스러우면서도 친근한 이미지로 변한 듯합니다. 사실 불도그는 이름에서도 알 수 있듯 거대한 황소 bull와 싸우게끔 만들어진 사나운 개입니다. 다행히 지금은 순화되어 반려견으로 인기를 모으고 있지만 말입니다. 잉글리시 불도그라고도 하고 줄여서 그냥 불도그라고 합니다.

수많은 개의 품종 역사에 빠지지 않고 등장하는 개 중에 마스티프 Mastiff가 있습니다. 아주 오래된 품종인 마스티프는 얼굴은 불도그와 비슷하지만 긴 다리에 튼튼한 체구를 가진 초대형견으로 기원전부터 전투용, 맹수 사냥용으로 일하던 용맹하고 힘센 개였습니다. 이후로 수많은 개에게 유전적 영향을 미친 개이기도 하지요. 불도그의 몸에도 이 마스티프의 피가 흐르고 있습니다.

중세 시대 영국에서는 '황소 괴롭히기 bull-baiting : '황소의 미끼가 되다' 정도에 해당하는 뜻이지만 의미상 황소 괴롭히기로 옮깁니다'라는 잔혹하고 야만적인 스포츠가 성행하고 있었습니다. 개로 하여금 묶어 놓은 황소를 공격해 화나게 만드는 것이었는데 그 당시 사람들은 도살 전에 황소를 괴롭히면 고기 맛이 더 좋아진다고 믿었다고 합니다. 이 경기는 소를 괴롭히는 게 주목적이었지만 개들에게도 큰 수난이었습니다. 그 당시 그려진 그림들을 보면 뿔에 받힌 개들이 하늘을 날아다니고 피를 흘리는 개와 황소를 에워싼 채 환호성을 질러 대는 사람들의 모습을 볼 수 있습니다. 처음에 사람들은 이 경기에 마스티프 타입의 개 중 덩치가 좀 더 작고 민첩한 개, 즉 지금은 멸종되고 없지만 오늘날 불도그의 조상인 올드 잉글리시 불도그불도그에 비해 다리도 길고 훨씬 멀쩡하게 생겼습니다를 이용했는데 이들은 소의 귀나 코를 일단 한 번 물면 어떤 경우에도 놓지 않는 강한 투지와 끈기를 보였습

논스포팅그룹

니다. 처음에는 황소를 죽이는 것이 목적이었던 이 행사는 점차 인기 높은 스포츠로 자리잡아 갔고, 그러자 사람들은 이 개를 개량해 황소의 발길질을 잘 피할 수 있는 더 짧은 다리와 황소를 입에 물고도 장시간 숨 쉴 수 있는 더 납작한 코와 강한 턱을 가진 개를 만드는 데 성공했습니다. 결국 황소 괴롭히기에 최적화된 생김새와 용맹함을 가진 불도그가 탄생했지요. 불도그의 넓은 어깨와 무겁고 두꺼운 몸통은 무게중심을 낮춰 줘서 큰 동물과 싸울 때 유리하다고 합니다. 마치 목이 없는 듯 육중한 머리는 어깨 높이 정도에 위치하는데, 이 구조는 강하고 넓은 턱 근육이 위치할 충분한 공간을 만들어 줍니다. 또 아래턱이 더 튀어나와서 단단하게 물 수 있었기 때문에 불도그는 애초의 목적에 걸맞게 황소 괴롭히기 개로 큰 인기를 얻었습니다.

　　1835년 영국의 빅토리아 여왕이 잔인한 황소 괴롭히기 경기를 금지시키자 이제 불도그는 투견장에 투입되기 시작했습니다. 투견 역시 불법이긴 마찬가지였지만 도시에서는 불법 투견의 인기가 식을 줄을 몰랐습니다. 그러나 투견장을 휩쓸던 불도그는 곧 혜성처럼 등장한 불 테리어에게 밀려나 아무도 찾지 않는 품종이 되고 맙니다. 물론 덕분에 수세기 동안 이어져 온 투견의 이미지는 벗어던질 수 있었지만 말입니다. 한편 1860년대에 들어서면서 투견장의 인기가 시들해지자 우수한 개를 뽐내는 애견전람회가 유행하기 시작했습니다. 애견전람회는 부유층의 건전한 스포츠로 빠르게 자리매김했고, 불도그의 멸종을 걱정한 몇몇 애호가들의 개량 작업으로 공격 성향이 줄고 장난을 좋아하며 우스꽝스러운 외모를 지닌 오늘날의 가정견으로 새롭게 태어나게 됩니다. 불도그는 영국을 대표하는 품종으로 이제는 험상궂은 인상에도 불구하고 가장 유순한 품종 중의 하나라는 평을 듣고 있습니다.

많은 스포츠 팀이 불도그를 마스코트로 삼고 있지만, 정작 불도그가 가장 좋아하는 것은 푹신한 소파 위에서 잠자기입니다. 하루 중 깨어 있는 시간이 겨우 4~5시간 안팎일 정도로 잠자는 것을 좋아하지요. 불도그는 친절하면서도 단호하고 용감합니다. 주인에게 장난 걸 때 특유의 익

특이하게도 '타이슨'은 스케이트보드 타는 것을 너무 좋아해 매일 로스엔젤레스 거리를 신나게 달린다고 합니다. 땅을 차다가 속도가 빨라지면 재빨리 그 위에 올라타는 모습이 사람과 똑같습니다. 실컷 타고 나면 보드를 입에 물고 집으로 돌아갑니다. 2005년

살스런 표정과 움직임들은 절로 웃음이 나게 합니다. 그러나 옛날 황소와 싸우던 불굴의 투지가 완전히 사라진 것은 아닙니다. 단지 조금 다른 쪽으로 옮겨졌을 뿐이지요. 예를 들어 불도그는 주인이 책을 읽거나, 컴퓨터를 하거나, 설거지를 할 때, 그리고 식사 중일 때도 아주 끈질기게 달라붙어 방해를 하곤 합니다. 반대로 주인이 불도그에게 무언가를 하게 만들기는 무척 어렵습니다. 특유의 느긋하고 움직이기 싫어하는 성격과 고집 때문입니다.

안타깝게도 불도그는 인간의 욕심에 의해 극단적으로 개량된 기형적인 외모 때문에 각별한 관리 없이는 스스로 건강한 삶을 유지하기 힘든 품종이 되었습니다. 얼굴과 몸에 주름이 많은 경우가 더 인기 있는데,

넌스포팅그룹

주름 사이 살이 접힌 부분은 매일 닦아 주어야 피부병을 예방할 수 있습니다. 또, 머리가 커서 혼자 힘으로 새끼를 낳을 수 없습니다. 자연분만이 어려워 90퍼센트 이상이 제왕절개로 분만해야 하지요. 매일 밖에 나가는 것을 좋아하는데, 덥고 습기가 많은 날씨를 견디기 힘들어 하기 때문에 가급적 아침, 저녁의 선선한 시간대를 이용해 운동을 시켜 주어야 합니다. 먼 거리를 뛰거나 산책하기에는 무리라는 점도 명심해야 합니다.

넌스포팅 그룹

주름살 덕에 투견이 되다
차이니스 샤페이

주변에 별로 관심없는 독립적이고 차분한 개

그 룹 넌스포팅 그룹
혈 통 마스티프, 북방견
기 원 지 중국
기원시기 고대 시대
본래역할 개싸움 경기, 가축몰이, 사냥, 경호
크 기 중형견

수건을 마구 구겨 놓은 듯한 강아지 사진이 처음 인터넷 상에 떠돌 았을 때만 해도 조작이라는 논란이 있었을 만큼 차이니스 샤페이는 세상 에서 가장 특이한 생김새를 가진 품종 중 하나입니다. 제 몸에 안 맞는 커 다란 옷이라도 입은 듯 발목, 다리, 몸통, 얼굴 할 것 없이 온통 주글주글 한 주름살이 가득하고, 그 주름 덕에 안 그래도 작은 눈은 전날 밤 먹은 음식을 짐작하게 해 줄 만큼 통통 부어 떴는지 감았는지 구분이 안 갑니 다. 두꺼운 주름살은 늘 불만에 가득 찬 표정을 만들기도 하지요. 중국인 들은 주름 잡힌 얼굴 외에도 조개껍질처럼 생긴 귀, 하마 같은 주둥이,

메론 모양의 머리 등 독특한 비유를 해 가며 샤페이의 생김생김을 강조하길 즐깁니다.

줄여서 그냥 샤페이라고도 부르는데, 이들은 어쩌다 이런 주름살을 갖게 되었을까요? 샤페이는 농가에서 일하던 개로 농장 주변을 감시하거나 가축을 돌보고 가족을 지키던 만능 일꾼이었습니다. 족제비과 동물이나 멧돼지 사냥에도 참가했지요. 워낙 다양한 일을 했기 때문에 지능도 높고 강한 힘을 가진 품종이 될 수 있었습니다. 하지만 나중에는 식용으로도 쓰였다고 합니다. 무엇보다 투견으로도 인기를 끌었는데, 상대에게 물리더라도 주름 덕에 피부가 늘어나니 몸을 비틀면 바로 빠져나올 수도 있었고 물려 있는 상태에서도 몸을 움직일 수 있으니 상대방을 계속 공격할 수 있었지요. 주름이 먼저인지 투견이 된 것이 먼저인지는 확인할 수 없지만 서로 영향을 미친 것은 분명한 사실인 것 같습니다. 게다가 다른 개들에 비해 굉장히 독특한 털을 가졌는데, '샤페이Shar-Pei'는 중국어로 '모래 피부sha-pi'란 뜻으로 사포를 만지는 것 같은 느낌을 주는 거친 털 때문에 붙여진 이름입니다. 이 따끔한 털은 물론 납작 붙어 있는 유난히 작은 귀와 눈을 덮고 있는 주름도 투견 시 몸을 보호하는 데 한몫했을 것입니다.

샤페이는 중국산 개로 구체적인 기원에 대한 기록들은 중국 공산화와 함께 사라지고 없습니다. 한나라 시대의 것으로 추정되는 샤페이를 꼭 닮은 조각상이 발견되는 것으로 보아 기원전 200년부터 중국 남부의 광둥지방에 살았던 것으로 추측되고 있을 뿐입니다. 최근 DNA 연구 결과에서는 샤페이가 매우 오래전부터 존재했던 고대 품종임이 드러났습니다. 또 샤페이는 차우 차우와도 관련 있는 것으로 보이는데, 세상에서

검푸른빛 혀를 가진 개는 딱 이 두 종류뿐입니다.

중국이 공산화된 이후 일부러 개를 양육하는 데 높은 세금을 부과하자 개의 수는 확연히 줄기 시작했습니다. 샤페이도 마찬가지였고 아주적은 수만이 도시 밖에 살아남게 되었지요. 다행히 극히 일부가 홍콩과대만, 마카오 등으로 건너가 보존되었는데 1973년 이 품종의 수가 얼마남지 않았다는 사실이 일반인들에게 알려지면서 오히려 큰 전환기를 맞게 됩니다. 게다가 1978년 기네스북에 세계에서 가장 진귀한 개로 등록되자 너도나도 샤페이를 구입하길 원했던 것이지요. 그때부터 인기 절정기를 맞게 된 샤페이는 한때 미국에서 가장 인기 있는 품종 중 하나가 되기도 했습니다.

샤페이는 농장에서 일하며 다양한 업무를 수행했던 개였던 만큼매일 정신적, 신체적인 자극을 주어야 하는 품종입니다. 활동적인 게임이나 산책 정도면 충분하고 보통 실외에서 혼자 사는 것을 힘들어하기 때문에 가족과 함께 실내에서 생활하는 것이 좋습니다. 털은 매주 빗질 정도만 해 주면 되지만 주름은 사이사이를 자주 닦아 주어야 합니다. 독특한 주름살 때문에 샤페이를 선택했던 많은 사육자가 결국 주름으로 인한피부질환이 없어지질 않아 양육을 포기하곤 합니다. 강아지 때에는 온몸에 주름이 많고 헐렁헐렁 남아돌지만 성견이 된 후에는 얼굴, 목, 어깨등에만 주름이 남습니다.

맹수를 사냥하던 본능이 남아서일까요? 샤페이는 자신감 넘치고독립심이 강한 품종입니다. 고집도 세고 소유욕도 강하지요. 그래서 어릴 때부터 훈련을 잘 시키는 것이 중요합니다. 특별히 기분을 드러내지않는 무뚝뚝한 편이어서 애교 많은 개를 원하는 사람에게는 맞지 않습니다. 가족에게는 매우 헌신적이고 보호 본능도 뛰어나지만, 낯선 사람은 꺼리며 다른 개들에게 공격적이고 다른 동물들을 쫓아내는 습성도 남아 있습니다. 얼마 전에는 아르헨티나 축구 대표팀의 디에고 마라도나 감독이 자신이 기르던 네 살배기 샤페이에게 입술을 물려 응급실 신세를 지기도 했습니다.

낮잠 삼매경인 차이니즈 샤페이 강아지들. 어릴 때엔 주름이 더 많습니다

프로이트와 함께 환자를 치료하다
차우차우

애교없이 무뚝뚝하고 독립적인 개

그 룹 넌스포팅 그룹
혈 통 마스티프, 스피츠
기 원 지 중국
기원시기 고대 시대
본래역할 경비, 수레 끌기
크 기 중형견

사자개라는 별명이 말해 주듯 차우 차우의 얼굴 주변에는 사자의 갈기같이 유난히 긴 털들이 빙 둘러져 있습니다. 통통 부은 눈두덩이때 문에 앞이 잘 보일지 걱정이 되기도 하고 한껏 부풀어 오른 털은 장난감 을 빼앗겨 심통난 아기 볼 같아 보이기도 합니다. 중국 북부에서 기원한 고대 품종인 차우 차우는 사냥, 목축, 경비, 수레 끌기 등 다양한 일을 도 맡았던 만능 사역견이었습니다. 마스티프 계통이냐 스피츠 계통이냐 하 는 논란이 계속되고 있는데, 차우 차우의 정확한 기원도 알려진 것이 없 고 그저 확실한 것은 최근 DNA 분석 결과 이들이 아주 오래된 품종 중 하나라는 사실뿐입니다. 적어도 2천 년 전부터 존재한 아주 원시적인 품종 중 하나인 차우 차우는 그만큼 파란만장한 삶을 살기도 했습니다.

　차우 차우는 고대 시대부터 중국에서 집 지키는 역할을 했던 개로 사람들은 이 개를 아주 가치 있는 재산으로 여겼다고 합니다. 한편, 시추, 페키니즈, 라사 압소 등과 함께 왕가의 개이기도 했는데 극히 일부만이 대중들이 사냥을 하는 데 제한적으로 이용되었습니다. 총이 만들어지기 전 중국인들은 차우 차우를 데리고 사냥을 나갔는데, 차우 차우는 동물을 추적하고 물어오는 것은 물론 집으로 돌아갈 때면 사냥감을 잔뜩 실은 수레를 끌기까지 했습니다. 뛰어난 사냥 실력이 알려지면서 황제들도 사냥에 차우 차우를 데리고 다녔는데, 7세기 당나라 시대의 한 황제는 2,500쌍이 넘는 차우 차우를 소유했다고도 전해집니다. 황궁 안에서 차우 차우를 뛰놀게 하면서 전용 황실 하인들을 배치해 돌보게 하고 최고의 쌀과 고기를 주게 했습니다. 또 군사들로 하여금 이 개들을 지키게 했고 호사스러운 융단 위에서 잠자게 했으며 높은 신분을 상징하는 호칭을 하사하기도 했습니다.

　그러나 당나라 말기, 나라 전체가 극도로 빈곤해지기 시작하면서 차우 차우의 좋은 시절도 끝나고 맙니다. 특히 만주와 몽골 지방 사람들은 차우 차우의 털과 가죽으로 옷이나 다양한 물건을 만들고 주린 배를 채우기 위해 차우 차우를 잡아먹기 시작했습니다. 흠집없는 완벽한 가죽을 얻기 위해 어린 개들을 목 졸라 죽인 뒤 사용했다고도 전해집니다. 덕분에 개체수가 급감했고 겨우 몇 마리의 순수 혈통이 고립된 수도원이나 부유한 가문에서 경비견으로 살아남았을 뿐이었습니다. 황제의 개에서 식용견이 되기까지 이렇게 극과 극의 삶을 산 품종은 차우 차우가 유일하지 싶습니다.

　　차우 차우는 중국의 쇄국정책으로 오랫동안 외부 세계에 알려지지 않았습니다. 1700년대 말에야 다른 중국산 물품과 함께 영국으로 반출되었고 그때부터 차우 차우라는 이름으로 불리게 되었는데 장신구나 골동품 꾸러미 등에 적혀 있던 메모를 보고 개의 이름도 그렇게 불렸던 것이 그대로 정착한 것으로 보입니다 골동품처럼 귀한 대접을 받았다고 합니다. 1880년대 후반 본격적으로 영국과 미국으로 수출되기 시작하면서 독특한 외모와 기분 상태를 알기 힘든 무뚝뚝한 태도 덕분에 인기를 끌었고 특히 1920년대 부유층과 유명 인사들이 많이 키우기 시작하면서 더 빨리 알려졌습니다.

　　차우 차우는 흔히 위엄 넘치는 귀족적인 개라고 묘사됩니다. 경계심이 많고 행동도 아주 조심스러워서 심지어 가족에게조차도 감정을 거의 드러내지 않습니다. 덕분에 차우 차우를 처음 접한 사람들은 개에게 무시당하는 듯한 느낌도 받습니다. 가족에게 헌신적이지만 주인을 기쁘게 해 주는 행동은 하지 않는 무뚝뚝한 개입니다. 낯선 사람이 영역 내에 들어오는 것을 싫어하고 다른 개에게 공격적일 수도 있습니다. 독립심이 강해서 때로는 고집 센 면모를 보이기도 하지요. 지금은 주로 반려견으로 키워지고 있지만 잔뜩 부푼 털 속에 숨겨진 튼튼한 골격과 근육은 차우 차우가 원래는 일하는 개였다는 사실을 잘 말해 줍니다. 격렬하지는 않아도 규칙적인 실외 운동이 필요하지요. 털을 매일 빗겨 줘야 엉키지 않고 특히 털갈이 시기가 되면 털이 많이 빠집니다. 샤페이와 마찬가지로 검푸른색 혀를 가지고 있고, 눈두덩이 속에 깊숙이 파묻힌 덕분에 차우 차우의 시야는 아주 제한적이라고 합니다. 또 눈 관련 질환도 자주 발생하기 때문에 주의깊게 살펴봐야 합니다.

정신분석학의 창시자, 프로이트가 서재에서 '조피'를 쓰다듬고 있습니다. 1926년

정신분석학의 창시자인 지그문트 프로이트Sigmund Freud, 1856-1939는 '조피'라는 이름의 차우 차우를 키웠습니다. 그 당시 서재에서 일하고 있는 프로이트의 사진 속에는 늘 조피가 함께 등장합니다. 그는 환자를 치료할 때 조피와 함께 일했는데, 워낙 느긋한 성격의 조피가 낯선 곳에 도착한 환자들의 마음을 편안하게 해 준다는 사실을 알았기 때문이었습니다. 특히 어린이나 사춘기 청소년들의 경우는 더 효과가 높았습니다. 어색할 수도 있는 첫 만남이 조피로 인해 화기애애해진 덕분에 환자들은 좀더 쉽게 자신의 이야기를 털어놓았고 프로이트는 치료 과정을 좀 더 수월하게 진행할 수 있었습니다. 어쩌면 프로이트는 최근 들어 급부상하고 있는 반려동물매개치료Pet Assisted Therapy : 반려동물을 매개로 환자들의 심리, 정신뿐만

아니라 신체적 질환도 치료하는 대체의학 중 하나의 기본 원리를 그때부터 이해하고 있었나 봅니다. 실제로 그는 훗날, 환자의 정신 상태를 파악할 때 조피의 의견을 많이 참작했다고 고백했습니다. 조피는 스트레스 수준이 높은 환자일 경우 환자에게서 멀리 떨어져 있으려고 했는데, 조피와 환자 사이의 물리적 거리나 상호작용하는 모습을 통해 환자의 심리 상태를 파악했던 것이지요. 게다가 조피는 놀랄 만큼 정확한 시간 감각을 가지고 있어서 치료 시간인 50분이 지나면 어김없이 하품을 하고 손님을 배웅하려는 듯 문 쪽으로 걸어갔다고 합니다. 평생 프로이트의 사랑을 받았던 조피는 주인이 세상을 떠나던 마지막 밤에도 그의 곁을 지켰고 그 후로는 그의 딸과 함께 살았습니다. 인간의 마음 속 무의식 세계, 보이지 않는 정신세계를 연구했던 프로이트는 이런 말을 남겼습니다.

"개와 인간 사이에는 반박의 여지가 없는 친밀한 유대감이 존재한다."

유진 오닐의 유일한 자식 달마티안

지칠 줄 모르는 에너지, 집시와 함께한 삶

그 룹 넌스포팅 그룹
혈 통 후각 하운드
기 원 지 발칸반도 크로아티아 달마티아
기원시기 중세 시대
본래역할 마차 호위, 사냥, 경비
크 기 대형견

하얀 바탕에 검은 얼룩무늬 털이 너무 매력적이었던 탓에 하마터면 '크루엘라'의 털 코트가 될 뻔했던 달마티안. 달마티안은 1996년 영화 〈101마리의 달마티안〉이 대히트를 치면서 상상을 초월할 만큼 큰 인기를 얻었던 품종입니다. 모든 아이가 크리스마스 선물, 생일 선물로 달마티안을 원했고 부모들은 기꺼이 자식을 위해 달마티안을 사들였습니다. 하지만 불과 1~2년 후, 미국을 비롯한 전 세계 길거리에는 버려진 달마티안이 넘쳐나기 시작했습니다. 영화 속 이미지와 판이한 모습에 실망한 사람들이 내다 버리기 시작했던 것이지요. 그 당시 버려진 달마티

넌스포팅그룹

안들은 대부분 안락사를 당해야 했습니다 버려진 개들은 새 주인을 만나지 못하면 안락사 당합니다. 그 덕분에 영화사는 후속작을 제작할 때 동물보호단체의 지침에 따라 엔딩 크레디트에 "달마티안은 영화 속 이미지와 달리 사납고 그다지 똑똑하지도 않으며 털이 많이 빠지는 등 애완견으로는 적합하지 않다."라는 경고문을 내보내야 했습니다.

유럽 발칸 반도에 있는 크로아티아의 아드리아해 연안에는 달마티아Dalmatia라는 아름다운 도시가 있습니다. 아주 오래전 이곳에서 달마티안의 이름이 유래되었다고 하지만 정확한 원산지나 독특한 털 무늬의 유래에 대해서는 알려져 있지 않습니다. 이곳에서 달마티안은 경비, 양치기, 수레 끌기, 사냥 등 다양한 역할을 했던 것 같습니다. 달마티안이 달마티아 바깥세상에 알려진 것은 집시와 함께 생활하면서부터입니다. 유랑 민족인 집시는 오래전 인도 카스트 제도의 최하위 신분계급인 수드라 층이 떠돌이 생활을 시작한 것이 그 기원이라는 설이 있는데 어쨌든 집시는 점차 늘어나 14~15세기 무렵에는 유럽 각지로까지 퍼져 나갔습니다.

어딜 가나 이방인 신세였던 집시들은 가는 곳마다 차별과 박해를 받았습니다. 유럽에서는 집시들이 우물에 독을 타서 마을 사람들을 죽인다더라 혹은 아이를 유괴해 잡아먹는다더라 등의 근거없는 소문들이 퍼져 있어 늘 돌팔매질을 당하기 일쑤였고 심지어 마녀로 몰려 화형당하기도 했습니다. 거의 천 년 넘게 박해를 받으며 떠돌이 생활을 해야 했던 집시는 이동 마차를 집이자 교통수단으로 삼기 시작했는데 이 마차 곁을 지킨 것이 바로 달마티안이었습니다. 한적한 시골 도시에 살고 있던 달마티안은 집시와 함께 유랑하면서 유럽 각지로 퍼져 나가기 시작했습니다. 낮에는 말을 놀라게 하는 사람이나 동물들의 접근을 막아 주고, 밤에는

넌스포팅그룹

자신들을 적대시하는 사람들의 침입을 미리 알려 주니 항상 불안에 떨어야 했던 집시들에게 달마티안은 더할 나위 없이 든든한 친구였습니다.

18세기 영국에서는 집시들의 이동 마차 옆을 지치지 않고 따라다니는 달마티안의 지구력과 속도에 놀란 귀족들이 자신의 호사스런 마차를 호위하는 마차견coach dog으로 이용하기 시작했습니다. 마차견이 하는 일은 마차 앞에서 달리며 다른 개나 동물로부터 말을 보호하거나 노상 강도로부터 주인을 지키는 것이었는데, 달마티안의 화려한 외모를 뽐내고 싶어 했던 귀부인들의 의도가 더 강했던 것 같기도 합니다. 영국에서 워낙 큰 인기를 끌었기 때문에 지금도 많은 사람이 달마티안을 영국산 개로 오해하곤 합니다. 아무튼 달마티안은 곧 자동차가 생겨나면서 상류층 전용 마차견이라는 소중한 직업을 잃게 됩니다. 극히 일부만이 말이 끄는 소방 마차의 마차견 역할을 지속할 수 있었는데 그래서 지금도 소방서의 마스코트가 달마티안인 경우가 많습니다. 달마티안은 훌륭한 사냥꾼이기도 해서 소방서나 마구간에 살면서 말을 놀라게 하는 쥐나 작은 동물을 잡는 역할을 하기도 했습니다. 오래전 기억이 유전인자 속에 남아 있는 것일까요. 달마티안은 지금까지도 대체적으로 말과 사이좋게 잘 지낸다고 합니다.

달마티안은 균형 잡힌 멋진 체형을 가진 아주 활동적인 품종입니다. 건강한 달마티안은 지치지 않고 몇 시간 이상을 뛸 수 있을 정도라고 합니다. 충분한 운동만 시켜 준다면 항상 즐겁고 애정 많은 개입니다. 하지만 잠시도 가만있지 않고 놀거나 끊임없이 달리는 것을 좋아해서 실내에만 있을 경우 스트레스로 인해 많은 말썽을 일으키기도 합니다. 안전한 곳에서 매일 운동을 시켜 주어야 하는데 심지어 어떤 전문가는 하루에

논

스

포

팅

그

룹

257

도 4회씩, 회마다 각각 30분씩 강도 높은 운동을 시켜 줘야 한다고 권장하기도 합니다. 에너지가 넘치고 조깅 등의 운동을 즐기는 사람이 아니라면 달마티안과는 맞지 않습니다. 혼자 있는 것을 싫어하고 가족과 함께 있을 때 행복해합니다. 영화 〈101마리 달마티안〉에 등장하는 막내는 자기만 얼룩무늬가 없다며 의기소침해하는데, 대부분의 달마티안은 새하얗게 태어나서 생후 2주 정도가 지나야 반점이 나타나기 시작합니다. 한편 달마티안은 90년대 후반 급작스러운 인기로 너무 무분별하게 번식된 탓에 청각장애 같은 유전적 결함을 가진 개들이 많이 태어났습니다. 청각장애가 있는 달마티안은 쉽게 놀라고 신경질적이며 사납게 달려들기도 해서 입양 전에 반드시 주의해야 합니다. 추위에 약하고 털 빠짐도 만만치 않습니다.

〈지평선 너머〉, 〈밤으로의 긴 여로〉, '현대 미국 극작의 아버지'로 알려진 노벨문학상 수상자이자 퓰리처상을 네 번이나 수상한 극작가, 유진 오닐Eugene Gladstone O'Nell, 1888 -1953은 '블레미'라는 이름의 달마티안을 자식처럼 키운 것으로 아주 유명합니다. 유진 오닐에게는 세 명의 자식이 있었는데 자살했거나 심각한 약물 중독자였으며, 딸은 18세에 54세의 찰리 채플린과 결혼하면서 의절했습니다 찰리 채플린은 평생 네 번 결혼했고 총 11명의 자녀를 두었는데 어린 10대만 골라 가며 염문을 뿌렸던 바람둥이로 유명했다 합니다. 그의 곁에는 자식이 없는 셈이나 마찬가지였지요. 그는 공공연하게 블레미를 유일하게 성공적으로 키운 자식이라고 말하고 다녔습니다. 주변 사람들이 걱정할 만큼 블레미에 대한 그의 애착은 대단했다고 합니다. 거대한 최고급 전용 침대를 사고, 프랑스 명품 에르메스에서 전용 목걸이와 목줄, 비옷, 코트 등을 맞춰 주었으며, 여행을 할 때도 작품 공연을 위해 극장에 갈 때

넌 스 포 팅 그 룹

도 함께 데리고 다녔습니다. 블레미가 나이를 먹어 앞도 못 보고 귀머거리에 절름발이, 후각까지 마비되자, 직접 블레미가 쓴 것처럼 유언장을 작성해 자기 자신을 위로하기도 했습니다. 그 유언장에는 '내가 아버지로부터 얼마나 큰 사랑을 받았던 자식인지'가 잘 묘사되어 있고 무척 감동적이기까지 해서 많은 사람의 눈물을 자아냈다고 합니다. 희대의 극작가 자식(?)답게 말입니다. 하지만 제아무리 주인을 향한 애정과 충성심이 뛰어난 개라 한들 진짜 자식보다 사랑스러울 수가 있을까요? 자식에게 주고 싶었던 사랑을 개에게 쏟으며 속으로는 피눈물을 흘렸을 아버지의 마음을 떠올리니 가슴이 먹먹해집니다.

만화 <101마리 달마티안>의 작가 도디 스미스와 그녀의 애견. 1950년대

넌
스
포
팅
그
룹

박정희 대통령과 방울이
재퍼니스 스피츠

똑똑하고 재롱 많은 애교꾼

그 룹 넌스포팅 그룹
혈 통 스피츠, 북방견
기 원 지 일본
기원시기 1900년대
본래역할 애완, 서커스 공연
크 기 소형견

흔히 스피츠로 불리는 재퍼니스 스피츠는 새하얀 털과 초롱초롱
한 검은 눈동자, 해맑은 미소가 매력적인 개입니다. 얼핏 보면 새하얀 북
극 여우를 닮기도 했습니다. 또, 강아지 때는 포메라니안, 커서는 작은
사모예드로 오해받기도 하는데 이들 모두가 같은 스피츠 종이기 때문입
니다. 먼저 스피츠 계열의 종에 대해 짚고 넘어가야 할 것 같습니다. 보
통 얼굴이 뾰족하고 곧은 털이 풍성한 개들을 스피츠 종이라 통칭하는데
추운 지방에서 그 역사가 시작된 탓에 북방견이라고도 부릅니다. 스피츠
종은 사모예드, 알래스칸 맬러뮤트, 포메라니안 등 그 종류가 무척 많습

니다. 재퍼니스 스피츠는 포메라니안과 함께 스피츠 종 중에서 가장 작은 품종입니다.

애초에 반려견 역할을 하기 위해 작게 만들어진 재퍼니스 스피츠의 역사는 다른 품종에 비해 무척 짧습니다. 1920년대에 독일, 캐나다 등에서 들여온 스피츠 종, 특히 사모예드를 일본인의 취향에 맞게 작게 개량한 품종이라 전해집니다 실제로 크기만 다를 뿐 사모예드와 아주 꼭 닮았습니다. 만들어지자마자 불과 30년 만인 1950년대에는 일본에서 가장 인기 있는 품종이 되기도 했습니다. 원래 스피츠라는 명칭은 '날카롭다'는 뜻의 독일어에서 유래했는데 작고 뾰족한 주둥이와 귀 때문에 붙여진 이름입니다. 독일에도 이들과 무척 닮은 저먼 스피츠German Spitz가 있는데, 우리가 누렁이, 발바리라고 생김새에서 연상되는 것을 이름으로 지어 부르듯 독일 사람들은 뾰족이쯤으로 불렀던 것 같습니다. 재퍼니스 스피츠는 정작 일본에서는 인기가 떨어졌지만 오히려 한국을 비롯해 서양에서 꾸준히 인기를 누리고 있는 품종입니다.

재퍼니스 스피츠는 영리하고 주인에 대한 충성심이 강해서 가족과 함께 생활하고 노는 것을 좋아합니다. 가족에게는 애교가 많지만 낯선 사람에게는 낯을 가리고 방어적이기도 하지요. 학습 능력이 뛰어나서 지금도 일본에서는 다양한 묘기를 가르쳐 서커스견으로 활동하는 경우가 많습니다. 또, 예민하고 잘 짖는 것으로도 유명합니다. 작지만 건강하고 항상 바쁘게 돌아다니는 활동적인 개인데, 운동량이 부족하면 신경질적인 개가 될 수 있으므로 자주 야외로 데리고 나가 새로운 환경을 접하게 해 주는 것이 좋습니다. 털이 엉키지 않도록 매일 빗겨 줘야 하고 털도 제법 빠집니다. 갓 태어났을 때엔 스피츠 특유의 뾰족함이 없어서 많은 사람이 잘 알아보지 못하는데 특히 포메라니안과 많이 닮았습니다.

국내에 재퍼니스 스피츠가 전해진 것은 1970년대입니다. 그 당시 박정희 대통령1917-1979이 일본을 방문했다가 선물로 받은 재퍼니스 스피츠, '방울이'를 키우기 시작면서 국내에서도 급속도로 인기를 얻었습니다. 그는 워낙 개를 좋아해서 방울이 외에도 요크셔 테리어, 진도개 등 여러 마리의 개를 키웠고, 미국의 린든 B. 존슨 대통령의 초청으로 이뤄진 워싱턴 정상 회담1965년 때는 이 소문을 들은 미국측에서 부드러운 분위기 조성을 위해 일부러 공식 행사 전에 백악관의 개들을 소개하는 시간을 마련했다는 후문도 있었습니다. 실제 그 당시 회담 때 사진을 보면 백악관 뜰에서 개와 함께 어울리고 있는 양국 대통령의 모습을 볼 수 있습니다.

방울이는 아주 어릴 때부터 청와대에 살면서 박 대통령의 곁을 졸졸 따라다녔습니다. 그는 방울이가 여름날 더위를 참지 못해 헥헥거리면 부채질을 해 주기도 했고, 방울이가 의자에 앉아 있으면 쫓지 않고 다른 의자에 앉았으며 휴가차 바닷가에 갈 때는 방울이를 데려가기도 했습니다. 언론에 공개된 가족 사진 속에서도 방울이의 모습을 종종 찾아볼 수 있습니다. 평소 그림 그리기를 좋아했던 그는 여러 점의 그림을 남겼는데 그중에는 방울이가 뒷발로 몸을 긁고 있는 스케치도 있습니다.

특히 육영수 여사 서거 이후 그 쓸쓸함을 방울이가 많이 채워 줬을 것이라 추측됩니다. 당시 나이 든 박 대통령은 거실에서 혼자 텔레비전을 보다 의자에 앉은 채 잠이 들기도 했는데 그 옆에는 늘 방울이가 앉아 있었다고 합니다 그의 삶이 소개되었던 한 드라마(MBC 제4공화국, 1995-1996)에서도 침실에 걸린 아내의 사진을 바라본 뒤 하얀 개를 껴안는 장면이 나옵니다. 동서고금을 막론하고 고

독하고 외로운 삶을 살아야 하는 지도자들의 옆에는 항상 개가 있었던 것 같습니다. 한편, 1979년 박 대통령 서거 이후 방울이는 침실과 거실을 오가며 주인을 찾아다녔고, 침실 문이 열리면 꼬리치며 달려갔다가 이내 시무룩해져서는 주인의 슬리퍼가 있는 곳을 찾아가 그 위에 엎드리곤 했다 합니다. 가끔씩 개들도 죽음이란 것을 이해하는지 무척 궁금해집니다.

© 박정희 대통령기념사업회

박정희 대통령이 직접 그린 방울이의 스케치와 진해 휴양지에서 방울이와 함께한 사진. 1978년

달라이 라마의 개 **라사 압소**

자기주장이 강한 자신감 넘치는 개

그 룹 넌스포팅 그룹
혈 통 애완견
기 원 지 티베트
기원시기 고대 시대
본래역할 애완. 경비
크 기 소형견

퍼그, 페키니즈, 시추, 다른 듯하면서도 무척이나 닮은 이 개들은
모두 중국 황실의 애견이라는 공통점을 가지고 있습니다. 이들과 무척
닮은 개가 하나 더 있는데 바로 라사 압소입니다. 길고 긴 머리털을 어깨
아래까지 늘어뜨리고 있는 모습은 그 옛날 신령님을 떠올리게 합니다.
라사 압소는 기원전 800년쯤부터 티베트에 살았으리라 추정되는 아주 역
사 깊은 품종입니다. 티베트는 중앙아시아 중국 남서부에 있는 티베트족
의 자치구로 라사가 주도입니다. 히말라야 산맥을 비롯한 여러 산맥이
만나는 고원지대로 평균 고도가 거의 5천 미터나 되는 티베트는 지구에

서 가장 높은 지대여서 '세계의 지붕'이라고도 불립니다. 라사 압소는 티베트의 성도, 라사에서 키워졌던 개로 이런 지리적 여건 덕분에 아주 오랫동안 외부와 단절된 채 다른 개들과 섞이지 않고 2천 년 이상을 한결같은 모습으로 남아 있을 수 있었습니다.

티베트와 중국 황실의 개를 살펴보다 보면 독특한 공통점을 발견하게 됩니다. 모두들 '사자개'라 불리며 신성시되었다는 점입니다. 불교에서 사자는 지혜를 상징하는 동물로 악귀를 물리치는 신성한 동물입니다. 중국 황실, 사찰, 각종 유적지는 물론 세계 전역의 중국 문화를 상징하는 건축물 주변에는 항상 이 사자상이 있습니다. 사자를 신성시했던 중국인과 티베트인들은 사자와 닮은 개도 신성시했습니다. 이 사자와 닮은 개들은 '사자개Lion Dog', 즉 '푸 도그Foo Dog 또는 Fu Dog'라고 불렸는데 라사 압소 역시 풍성한 털 때문인지 오랫동안 사자개로 신성시되었습니다. 라사 압소의 티베트 이름인 '압소 셍 케Abso Seng Kye' 역시 '사자를 닮은 파수견'이라는 의미라고 합니다. 티베트 왕가의 왕실견으로 살다가 7세기경 불교가 들어오면서는 수많은 사원에서도 키워지기 시작했습니다. 이 품종은 특히 불교의 환생에 대한 믿음과 밀접한 관련이 있습니다. 티베트 사원에서는 라마승가 죽으면 그 영혼이 라사 압소의 몸속으로 들어간다고 믿었는데, 이 믿음은 이 품종을 신성한 개로 숭배하도록 만들었습니다. 라사 압소는 사원에 살면서 라마승들에게 기쁨을 주는 애견인 동시에 경비견 역할도 했습니다. 스승의 환생과 관련 있다는 믿음은 물론, 주인에게 행운을 가져다주는 개로도 통했던 탓에 외국으로 유출하는 것은 물론 티베트 내의 일반인들조차 접하기 힘들었다고 합니다.

라사 압소는 오랫동안 티베트와 중국 황실 외에서는 전혀 볼 수 없었

넌 스 포 팅 그 룹

던 개입니다. 티베트는 오랫동안 정치와 종교의 최고 지도자인 달라이 라마에 의해 통치되어 왔는데 역대 달라이 라마들이 라사 압소를 중국 황실을 비롯한 외부인에게 선물로 주면서 티베트 바깥세상에 알려지기 시작했습니다. 라사 압소를 티베트 밖으로 보낼 수 있었던 것은 오직 한 사람 달라이 라마뿐이었는데 중국 황실에 선물로 보낸 수캐가 근원이 되어 시추와 페키니즈가 만들어졌다는 설이 있습니다. 한편 영국과 미국 등에 소개된 계기는 1900년대 초반 멀고 먼 티베트까지 여행 온 사람들이 달라이 라마에게서 선물 받으면서부터였고 대중들에게 알려진 것은 그리 오래되지 않았습니다.

한편, 평온했던 영혼의 나라 티베트는 중국 인민 해방군이 진격해 오면서 모든 것이 변하게 됩니다. 1951년 중국 정부는 수도원을 해체시키기 위해 수많은 라사 압소를 죽였습니다. 낯선 사람을 향해 끊임없이 짖어대며 수도원을 보호하려는 모습도 일하는 데 방해가 됐겠지만 무엇보다 자본주의의 사치품이라 여겼기 때문이었습니다. 다행히 이때 살아남았거나 미리 해외로 빠져나간 라사 압소들이 겨우 혈통을 이어나가게 되었습니다.

외부 침입자가 거의 없는 조용한 티베트에서의 오랜 삶 때문인지 라사 압소는 낯선 사람을 보고 첫눈에 우호적인지 아닌지를 구분할 만큼 직감이 뛰어난 개라고 합니다. 쾌활하지만 낯선 사람에게는 매우 신중하며 확실한 믿음이 가기까지는 친해지지 않습니다. 평소엔 조용하지만 경비견으로 사랑받았던 만큼 낯선 사람을 보면 많이 짖어 댑니다. 반대로 주인에 대한 애정이 커서 늘 주인과 함께 어울리며 노는 것을 좋아합니다. 외모는 귀여운 애견의 모습이지만 독립적이고 고집도 세며 아주 용감합니다. 지능이 높고 자신감이 넘쳐서 주인이 마냥 온순하게 대해 주면 제멋대로인 개가 될 수 있기 때문에 어릴 때부터 훈련이 필요합니다.

2천 년이 넘는 역사를 가진 라사 압소는 티베트의 성도 라사가 고향입니다.
라사 압소 강아지들이 작은 과일 젤리를 먹고 있습니다

실내에서 키워야 하고 길고 거친 털은 매일 빗겨 줘야 엉키지 않습니다. 눈을 가리지 않도록 머리털을 묶어 주거나 주인님 취향에 따라 짧게 자르는 경우도 있습니다.

　　티베트인에 대한 중국의 박해는 끊이질 않았는데, 수십만 명의 티베트인들이 학살당하고 6천여 개가 넘는 사원이 파괴되자 1959년 결국 라사에서 대규모 반란이 일어났습니다. 하지만 반란은 실패로 끝나고 14대 달라이 라마는 국제적 지원을 요청하기 위해 인도로 망명했습니다. 현재 인도 다람살라에서 티베트 망명정부를 이끌고 있는 달라이 라마는 비폭력 노선을 유지하면서 지속적으로 티베트의 독립 운동을 전개하고 있는데, 마하트마 간디의 뒤를 이은 비폭력주의자로 1989년에 노벨 평화상을 수상하면서 티베트의 지도자를 넘어선 세계인의 정신적 지도자로 추앙받고 있습니다. 아주 오랫동안 고요한 영혼의 땅, 티베트에서 라사 압소는 역대 달라이 라마들에게 기쁨을 주는 최고의 친구였을 것이고 여전히 티베트의 향수를 느끼게 해 주는 존재일지도 모릅니다. 티베트 항쟁 50주년이 지났습니다. 언제쯤 그들은 라사 압소와 함께 평화로웠던 그 시절로 돌아갈 수 있을까요.

허딩 그룹

허딩 그룹 | 가축이 흩어지지 않게 몰고 다니는 개

허딩 그룹의 개들은 가축이 흩어지지 않게 모으거나 일정 방향으로 움직이게 하는 데 탁월한 능력을 지닌 개들로 다재다능하고 영리해서 최근에는 경찰견, 탐지견, 구조견 등으로도 활약하고 있습니다. '양치기개' 또는 '목양견', '목축견' 등으로 불립니다.

원시시대는 수렵 생활이 위주였지만, 점차 사람들은 동물을 길들여 고기나 젖, 가죽을 이용하는 것이 더 편하다는 것을 알게 되었습니다. 특히 야생의 양은 무리지어 살면서 늘 다니는 길로 다니는 습성이 있는데 이를 간파한 사람들은 돌아오는 양 떼를 기다렸다가 사냥하기 시작했습니다. 시간이 지나면서 차라리 양 떼를 따라다니며 필요할 때마다 양을 잡아 이용하는 것이 더 편하다는 것도 알게 되었지요. 이때 사람들은 함께 살고 있던 개들이 양 떼를 교묘하게 유인해 막다른 골목으로 몰아넣은 뒤 잡아먹는 습성이 있다는 것을 깨닫고는 개의 힘을 빌려 아예 양을 가축으로 길들이기 시작했습니다. 이렇게 해서 야생의 양은 사람에게 길들여진 동물이 되었고 양을 따라 떠돌아다니는 유목민도 탄생했습니다. 양을 가축화하는 데 성공할 수 있었던 데는 개들의 역할이 지대했던 것이지요. 게다가 개는 양을 공격하려는 야생동물의 침입을 미리 알려 주는 경비견 역할도 해 줬으니 완벽한 친구가 되기에 충분했습니다.

양이 가축화된 시기는 약 8천 년~1만 년 전으로 알려져 있습니다. 곧이어 염소와 소도 가축화되었지요. 그만큼 허딩 그룹의 개들은 인류가 초기 유목 생활을 할 때부터 존재했던 오랜 역사를 가진 품종들입니다. 아마도 그 당시에는 늑대나 곰 같은 야생동물로부터 가축을 보호하는 역할도 했어야 했기 때문에, 짖는 능력은 물론 유사시 그들과 싸울 수 있는 커다란 덩치와 용맹함 등도 필수였을 것입니다. 또 자신보다 더 큰 가축을 통제하기 위해서 일반적인 개들보다는 다소 공격적인 성향도 있어야 했습니다. 허딩 그룹에 속한 개들의 이런 성향은 경비견 역할을 수행하기에도 아주 적합했기 때문에 저먼 셰퍼드 도그 같은 일부 품종들은 이제는 아예 경비견으로 더 잘 알려져 있기도 합니다.

한편 경비견으로서의 능력뿐만 아니라 동물의 행동을 제어하는 능력도 중요시되기 시작하면서, 사람들은 좀 더 크기가 작아서 가축 사이를 뛰어다니기 쉬운 개, 그리고 물거나 해서 가축에 피해를 입히지 않는 더 순한 개, 또 언제 어떤 일이 일어날지 모르는 상황에 대비해 임기응변도 뛰어난 영리한 개 등을 골라내 번식시키기 시작했고 점점 더 다양한 품종이 탄생하기 시작했습니다.

특히 세계적으로 유명한 허딩 그룹의 개 중에는 영국산이 많습니다. 영국은 이미 8세기부터 양모 산업이 자리를 잡았고 12세기경에는 해외로 수출했을 만큼 수많은 인구가 양과 관련된 일을 하고 있었습니다. 게다가 16세기에는 영국의 모직물이 세계적인 인기를 끌면서 튜더 왕조의 헨리 8세 Henry VIII, 1491-1547 : 영화 <천일의 스캔들>에서 왕으로 나왔던 '에릭 바나'를 기억하시나요는 '가장 중요한 국가 산업', '세상에서 가장 가치 있는 제조업'이라며 모직물 공업을 각별히 보호하는 정책을 썼습니다. 그러자 지주들은 농사를 짓고 있던 농민들을 강제로 내쫓고 모든 농지를 양 목장으로 바꾸기 시작했습니다. 이를 인클로저 운동 Enclosure : 울타리 등의 경계선을 친다는 의미 이라고 하는데, 이로 인해 갑자기 일을 잃은 수많은 농민이 도시로 몰려와 매우 값싼 임금으로 노동력을 제공하게 되면서 훗날 산업혁명을 일으키는 데 결정적인 역할을 합니다. 어쨌든 왕의 한마디로 토지 소유자들은 너나 할 것 없이 목양업에 뛰어들었고 농경지는 물론 황무지, 공동 경작지에까지 양들의 땅이란 뜻의 울타리가 세워졌습니다. 당연히 더 많은 양이 키워졌지요. 토머스 모어Thomas More, 1478-1535는 그 유명한 정치적 공상소설, <유토피아1516>를 통해 "유순한 양이 사람을 잡아먹는다. 많은 사람이 살고 있던 곳에 이제는 한 사람의 양치기와 그의 개가 있을 뿐이다."라며 인클로저운동을 비난하기도 했습니다 그는 헨리 8세가 궁녀 앤 불린과 결혼하기 위해 캐서린 여왕과 이혼하려는 것을 반대했다가 결국 사형을 당했습니다. 어쨌든 그만큼 오랫동안 영국에서는 양들이 중요한 자리를 차지했고, 그 수많은 양 떼를 다루기 위해서는 뛰어난 개들이 반드시 필요했습니다. 그 덕분에 훌륭한 개가 많이 배출될 수 있었지요. 하지만 시간이 흘러 철도나 트럭이 생기면서 양이나 소 떼를 몰고 먼 길을 걸어갈 필요도 없어지고, 또 가축에게 해를 입히는 사나운 야생동물이 줄면서 경비를 설 필요도 없어지자 양치기개의 종류가 많이 줄어들게 됩니다.

허딩 그룹의 개들은 사람 대신 사방팔방을 뛰어다니며 양이나 소 떼가 흩어지지 않게 막고 양치기가 지시하는 방향대로 그들을 몹니다. 말을 듣지 않으면 가축의 발꿈치를 물기도 하면서 말입니다. 짖어 대기도 하고, 때로는 그저 가만히 응시하는 것만으로 가축들을 꼼짝 못하게 만들거나 일정 방향으로 움직이게 하는 위력도 가지고 있습니다. 이 그룹의 품종들은 본능적으로 주위에 있는 다른 동물들을 몰고 다니려는 기질을 가지고 있기 때문에 활동량이 많고 정열적입니다. 하루 종일 일을 하고도 지치지 않는 에너지와 항상 일하고 싶어 하는 적극성 때문에 초보자들이 애견으로 기르기에는 다소 부담스럽기도 합니다. 작은 체구에도 불구하고 자신의 수십 배에 달하는 덩치 큰 소 떼를 몰고 다녔던 '웰시 코기'는 이제 평범한 애견으로 사랑받고 있고, 가축몰이는 물론 애견레포츠 개와 주인이 함께 즐기는 여가 활동으로 어질리티, 플라이볼, 프리스비 등 다양한 종류가 있습니다 세계에서도 최고의 기량을 선보이는 '보더 콜리', 영리하고 온화한 성품으로 연예견으로 더 잘 알려진 '콜리', 세계 최고의 경비견으로 인정받는 '저먼 셰퍼드 도그' 등 더 이상 가축을 몰 일이 없어진 허딩 그룹의 개들은 자신의 정열적인 체력과 높은 집중력을 다른 분야에 발휘하며 사랑받고 있습니다.

250개 사물 이름을 구분하다

보더 콜리

**일할 때 행복해하는 높은 에너지와
지능을 가진 개**

그　룹　허딩 그룹
혈　통　목축견, 목양견
기 원 지　영국 스코틀랜드
기원시기　1800년대
본래역할　양치기
크　기　중형견

　　영화 〈꼬마 돼지, 베이브〉를 기억하시나요. 양치기개가 되는 게 꿈이었던 돼지 베이브는 결국 양치기 대회에서 우승을 거두면서 사람들을 놀라게 하지요. 한편, 돼지가 양을 몬다는 것을 양치기개의 수치로 여겨 늘 못마땅해하던 또 다른 주인공이 있었는데 이 개가 바로 보더 콜리입니다.

　　보더 콜리는 수세기에 걸쳐 모든 양몰이 환경에 적합하도록 개량된 품종으로 그야말로 완벽한 양치기개입니다. 영국은 이미 8세기부터 양모 산업이 자리를 잡았고 12세기경에는 양모 수출 국가로 위상을 떨쳤을 만큼 수많은 인구가 양과 함께하는 삶을 살고 있었습니다. 이들에겐 개가 너무나 당연한 존재였습니다. 사람 대신 드넓고 울퉁불퉁한 산악지대의 풀밭을 뛰어다니며 열심히 일해 주는 개가 없었더라면 양 떼를 키운다는 것 자체가 불가능했겠지요. 더 뛰어난 양치기개를 가지고 있다는 것은 더 효율적으로 손쉽게 일할 수 있다는 의미였기 때문에 영국에는 오래전부터 양치기개들의 종류도 많았고 더 훌륭한 개를 만들기 위한 노력도 끊이질 않았습니다. 특히 영국은 스코틀랜드와 잉글랜드가 있는 그레이트 브리튼 섬과 아일랜드 섬의 일부를 차지하는 북아일랜드로 이뤄져 있는데 그중에서도 스코틀랜드에서 훌륭한 양치기 개가 많이 배출되었습니다.

1800년대 영국에서는 다양한 종류의 양치기개들이 다양한 방법으로 양을 몰았습니다. 그중 일부는 '불러 모으는' 방법을 사용했는데 말 그대로 가축 주변을 뛰어다니면서 한곳으로 모았지요. 정말 열심히 일하는 훌륭한 개들었지만 대부분이 상당히 시끄럽게 짖고 심지어 동물을 무는 등 그 방법이 매우 거칠었습니다. 고집이 세서 사람들이 다루기도 힘들었지요.

그런데 1873년 최고의 양치기개를 뽑는 대회가 열렸을 때 아주 독특한 능력을 가진 개가 혜성처럼 나타나 1등을 차지했습니다. '올드 헴프Old Hemp'라는 이름을 가진 개였는데 헴프는 놀랍게도 짖거나 물지 않고 조용히 양을 응시하면서 겁을 주는 방법으로만 양을 몰았습니다. 그저 몸을 낮추고 쳐다보는 것만으로도 양들은 너무나 순순히 헴프의 말을 따랐습니다. 유례없던 전혀 새로운 양치기 스타일에 놀란 사람들은 너도나도 헴프 같은 개를 키우길 원했고, 덕분에 헴프는 양치는 일뿐만 아니라 후손을 퍼뜨리는 일에도 힘을 쏟아야 했습니다. 보더 콜리냐 아니냐를 따지는 기준은 헴프 같은 생김새가 아니라 헴프 같은 '작업 능력'을 가졌느냐 아니냐에 있었지요. 사람들은 헴프의 새끼들 중 똑같은 능력을 가진 개들만을 골라 번식시키기를 계속했고 결국 헴프는 오늘날 모든 보더 콜리의 조상이 되었습니다. 보더 콜리라는 이름은 헴프와 그의 후손들이 주로 스코틀랜드와 잉글랜드의 '경계border' 지역에서 활동했기 때문에 붙은 이름입니다.

보더 콜리의 또 다른 가장 큰 능력은 명령 소리가 전혀 들리지 않을 만큼 주인과 멀리 떨어져 있어도 훌륭히 양치기개 역할을 해낸다는 것입니다. 학자들은 보더 콜리가 사람들의 신체 움직임을 읽고 본능적으로 양을 어디로 몰아야 하는지 판단하는 것으로 이해하고 있습니다. 예를 들어 주인의 몸과 발이 향하는 위치걸어가는 방향를 보고 양들을 어디로 데리고 가야 하는지 안다는 것이지요. 미국에 소개된 보더 콜리는 순식간에 유명세를 탔습니다. 양치기 능력은 물론이고, 가장 순종적인 개를 뽑는 대회에서 우수한 성적을 거두면서 새로운 명성까지 얻었습니다.

게다가 보더 콜리는 많은 전문가가 가장 지능이 높은 개 1위로 뽑는 품종이기도 합니다. 보더 콜리의 지능을 연구한 한 학자는 '리코'라는 이름의 보더 콜리가 무려 250개의 사물 이름을 구분했다고 발표하기도 했지요. 똑똑한 탓에 양치기견 대신 애견으로도 큰 인기를 끌기 시작했는데, 2004년 평범한 신분의 여인, 매리 도널드슨과 결혼해 세계적인 화제가 되었던 덴마크의 프레데리크 왕세자의 결혼 선물 목록 중에도 '지기'라는 이름의 보더 콜리가 있었습니다. 지기는 그들의 데이트 장면을 담은 사진 속에 자주 등장해 인기를 끌었습니다.

양 떼를 몰고 있는 보더 콜리를 보면 혀를 내두를 만큼 날쌥니다. 정말 순식간에 속도를 올렸다 내렸다 하고 전속력으로 달리다가도 번개 같이 방향을 바꿉니다. 하루 종일 양몰이를 하고도 믿을 수 없을 만큼 에너지가 넘치지요. 늘 일이 하고 싶어서 세상 밖으로 자유롭게 풀려 나갈 기회만을 노리고 있는 정신적, 육체적 에너지의 소유자입니다. 게다가 매우 똑똑하기까지 해서 보더 콜리는 일을 시키지 않고 집에만 두면 매우 불행해집니다. 뛰어난 지능을 발휘할 수 있는 정신적인 활동도 매일 시켜 주어야 합니다. 충분한 훈련, 운동, 놀이를 시켜 줘야만 주인에게 의지하는 충직한 개가 될 수 있습니다. 아무리 똑똑한 개라 해도 이런 능력을 발휘할 수 없는 환경에서 지내게 되면 스트레스가 쌓여 말썽을 부리고 심하면 사나운 면모를 보일 수도 있습니다. 또, 다른 동물을 쫓아다니는 것을 좋아하기 때문에 산책을 나갈 때엔 항상 조심해야 합니다. 쏜살같이 사라질 수도 있고 사고의 위험도 있기 때문입니다. 낯선 사람을 꺼리고 자기 가족을 보호하려는 본능을 지니고 있는데 이런 면이 훌륭한 경비견으로 만들어 주기도 합니다. 어릴 때부터 단호한 훈련이 반드시 필요한 품종입니다.

보더 콜리는 여전히 세계 최고의 양치기개지만, 다양한 애견레포츠 대회에서도 항상 상위 성적을 거두고 있습니다. 애견레포츠란 사냥이나 양치기 대신 개와 함께 즐길 수 있는 새로운 활동을 만들기 위해 1970년대부터 애견가들이 개발한 스포츠를 말합니다. 대표적으로는 다양한 장애물을 가장 빠른 시간 내에 통과하는 게임인 어질리티Agility, 날아가는 원반을 잡는 프리스비frisbee, 멀리 던진 공을 잡아 오는 플라이볼Flyball 등이 있는데, 개의 민첩성과 지능은 물론 개와 주인 간의 완벽한 교감이 있어야만 가능한 기술들이기 때문에 많은 애견가의 사랑을 받고 있습니다. 또 손에 땀을 쥐게 하는 긴장감도 있고 개들의 화려한 묘기도 근사해서 관중들에게도 큰 인기입니다. 보더 콜리는 냄새 추적에도 능해서 수색,

구출견으로도 활동하고 있으며 일부는 애정 넘치는 성격을 바탕으로 치료견으로도 활동 중입니다. 또 공항에서 안전 비행에 방해가 되는 새 떼를 쫓거나, 골프장에서 공을 훔쳐 가는 동물을 쫓아내는 독특한 직업도 갖고 있습니다.

양 떼를 배경으로 보더 콜리가 날아가는 프리스비를 잡기 위해 점프하고 있습니다. 매트릭스가 따로 없습니다

영화 '래시'의 주인공 **콜리**

일하고 싶어 하는 똑똑한 모범생

그 룹 허딩 그룹
혈 통 목축견
기 원 지 스코틀랜드
기원시기 1800년대
본래역할 양치기
크 기 대형견

〈래시Lassie〉는 온 세상을 눈물 바다로 만들었던 감동적인 애견 영화입니다. 그 영화 속 주인공이 바로 콜리였지요. 아마도 대부분의 사람들이 이 영화를 통해 콜리라는 품종이 있단 사실을 처음 알게 되었으리라 생각됩니다. 1940년에 출판된 〈래시 컴 홈Rassie Come Home〉이란 소설이 인기를 끌자 제작된 영화였는데, 아카데미상 후보까지 오르고 흥행 면에서도 대히트를 치자 또다시 열한 살의 엘리자베스 테일러를 주인공으로 한 후속작이 만들어졌습니다. 어찌나 인기가 좋았던지 TV 시리즈물로도 제작 방영되었는데 무려 20년 동안 600개의 에피소드가 이어질 정도였습

니다 라디오 방송으로도 제작되었는데, 〈래시〉가 방송될 시간이면 거리가 한산할 정도였다고 합니다. 그래도 인기가 식을 줄 모르자 몇 년 만에 또다시 TV 시리즈물로 제작되어 90년대까지 계속 방송되었습니다. 그리고 가장 최근인 2005년에 다시 영화로 리메이크되었지요. 〈래시〉는 국내에서도 방송되어 매주 시청자들의 눈두덩이를 부풀어 오르게 했습니다.

　　잘 기억나지 않는 분들을 위해 줄거리를 살펴볼까요? 영국 요크셔 지방에 살던 가난하지만 단란했던 한 가족에게는 '래시'라는 개가 있었습니다. 꼬마 주인공 '조'와 유달리 가까운 사이였던 래시는 조가 수업을 마칠 때면 항상 멀리까지 마중을 나오곤 했습니다. 어느 날 학교 앞에 래시가 보이지 않아 집으로 달려와 보니 이미 아버지가 아주 먼 곳에 사는 백작에게 래시를 팔아 버린 후였는데 가난 때문이었습니다. 조는 래시가 그리워 하루하루 울며 지내고, 한편 백작과 함께 풍요로운 생활을 시작한 래시 또한 조가 너무 그리워 탈출을 시도합니다. 〈래시〉의 주요 내용은 스코틀랜드에서 고향인 요크셔까지 무려 1,500킬로미터가 넘는 긴 여정 동안 래시가 겪는 각종 모험담들입니다. 우여곡절 끝에 조와 래시는 결국 만나게 되는데 아무리 딴청을 해 봐야 터져 나오는 눈물을 감출 수 없었던 장면이지요. 래시는 할리우드에 있는 명예의 거리Walk of Fame에 '손' 자국을 남긴 유일한 개이기도 합니다. 래시 시리즈가 대히트를 치면서 어떤 현상이 일어났을까요? 네, 동시에 스코틀랜드 출신 목장견 콜리도 인기 견종 대열에 끼면서 미국에선 집집마다 콜리를 키우는 것이 대유행이 됐습니다. 얼마 전에는 미국 대중문화지 〈버라이어티〉가 뽑은 '지난 100년간 가장 큰 영향력을 끼친 스타 톱 100'에 그 이름이 당당히 올랐을 정도로 래시가 끼친 사회문화적 영향력은 엄청났습니다.

사실 콜리의 기원은 정확히 알려져 있지 않습니다. 그저 아주 오래전부터 스코틀랜드의 주요 산업이 '양'과 관련된 일들이었던 만큼 그 지역에는 아주 다양한 양치기개들이 살았고, 그중 일부가 콜리의 조상이라는 정도만 알려져 있을 뿐입니다. 콜리도 다른 양치기개들과 마찬가지로 낯선 사람이나 동물로부터 양이나 소를 지키는 역할을 했고, 주인이 원하는 방향으로 동물들을 이동시키는 재주를 가지고 있었습니다.

오랫동안 스코틀랜드의 시골에서만 살았던 콜리는, 1800년대 후반 영국 왕들의 여름 별장으로 이용되었던 스코틀랜드의 발모럴 성에 들를 때마다 콜리의 아름다움과 영특함에 반했던 빅토리아 여왕에 의해 영국 왕실까지 진출하게 됩니다. 여왕은 이들을 궁전의 안락한 응접실 안에서 놀게 했습니다. 그중에서도 가장 예뻤던 '노블'은 여왕과 함께 식탁에 앉아 밥을 먹었고 여왕은 직접 음식을 덜어 노블의 접시에 올려 주곤 했다고 합니다. 영국 혈통답게 그 옆에는 따뜻하게 데운 차도 준비되어 있었다지요. 여왕의 애정 덕분에 콜리는 상류층을 중심으로 큰 인기를 끌게 되었습니다. 한편, 목축견의 역할이 매우 중요했던 그 당시, 이주민들은 수많은 콜리를 데리고 신대륙을 찾았고, 게다가 1878년 빅토리아 여왕이 미국의 웨스트민스터 켄넬클럽 애견전람회Westminster Kennel Club Dog Show : 세계 2대 애견전람회 중 하나에 콜리를 데려간 이후로는 미국의 상류층에게도 인기를 끌었습니다.

콜리는 성격이 온화하고 헌신적이어서 모든 사람의 친구가 될 수 있습니다. 몸으로나 머리로나 활동적인 일을 했던 개인 만큼 매일 정신적, 육체적인 훈련을 해 주지 않으면 혼란스러워하며 신경질적으로 변해 많이 짖는 개가 되기도 합니다. 적당한 산책이나 달리기 혹은 정신적 에너지를 발산할 수 있는 재미있는 게임을 매일 해 줘야 합니다. 예민하고 지적이지만 때때로 고집을 부리기도 하고 항상 일을 하고 있다는 성취감을 느끼고 싶어 합니다. 칭찬해 주면 우쭐해져서 칭찬받은 일을 몇 번이고 반복하는 귀여운 모습을 보이기도 하지요. 반대로 혼이 나면 잔뜩 주눅이 드는 감수성이 예민한 개이기 때문에 칭찬을 통해 훈련시키는 것이 좋습니다. 콜리는 양치기개답게 행동 반경이 매우 넓어서 일단 목줄에서 해방되고 나면 멀리 사라져 버리는 경우가 있다는 것을 기억해야 합니다. 게다가 자기 세력권 내에서는 타인을 경계하지만 일단 밖으로 나가면 아무나 잘 따르기 때문에 낯선 집에 들어가 아예 눌러 앉는 경우도 있다고 합니다. 겉털뿐만 아니라 피부 근처의 엉켜 있는 속털까지도 잘 빗겨 줘야 하고 특히 털갈이 시기가 되면 솜털 모양의 속털이 아주 심하게 빠져서 집 안이 엉망이 되기도 합니다. 두 종류가 있는데 보통 콜리라고 하면 래시처럼 긴 털을 가진 러프 콜리Rough Collie를 가리키는 경우가 많고, 털이 짧고 부드러운 스무드 콜리Smooth Collie는 영국 이외의 나라에서는 잘 알려져 있지 않습니다.

엘리자베스 테일러가 꼬마 주인공으로 출연했던 영화 <래시>의 한 장면. 어쩌면 이 영화가 계기가 되어 그녀가 평생 개를
사랑하게 된 것인지도 모르겠습니다. 1946년

히틀러와 함께 죽다
저먼 셰퍼드 도그

못하는 일이 없는 만능 사역견

그 룹 허딩 그룹
혈 통 목축견
기 원 지 독일
기원시기 1800년대
본래역할 양몰이, 경호
크 기 대형견

뉴스나 영화를 보면 저먼 셰퍼드 도그가 경찰 혹은 군인들과 함께 몸에 'K-9 Police 개를 뜻하는 canine을 발음대로 K-9이라고 표현한 것' 라고 써 있는 조끼를 입고 활동하는 모습을 볼 수 있습니다. 흔히 줄여서 '셰퍼드' 라 부르고 '알사티안 Alsatian : 프랑스와 독일이 접해 있는 지역 알사스alsace에서 나온 이름' 이라는 이름으로도 불리는데 지금은 군견이나 경비견으로 알려져 있지만, 사실 그 이름에서도 알 수 있듯 저먼 셰퍼드 도그는 양치기개로 태어났습니다. 목축업과 낙농업이 세계적으로 매우 중요한 위치를 차지하고 있던 1800년대 후반, 독일 전역에는 그 지역 여건에 맞춰 적응해 온 다양한 양몰이 개들이 살고 있었습니다. 양치기개들은 경찰처럼 양을 훔치는 사람을 막아 냈고, 군인처럼 늑대의 공격에 대항했으며, 양이 무리를 이탈하지 않도록 지키는 훌륭한 경비견이 되어 주었습니다.

독일인들은 독일을 대표할 완벽한 개, 즉 표준화된 '저먼 셰퍼드 도그'를 만들기 위해 아예 전문 기관을 설립한 후 독일 각지에 퍼져 있었던 토착 양몰이 개들을 모아 체계적인 개량을 시도했습니다. 이 작업을 이끈 사람은 '셰퍼드의 아버지'라고 불리는 '막스 폰 스테파니츠Max von Stephanitz, 1864-1936'였습니다. 개는 일을 잘하는 것이 가장 중요하다는 그의 지론에 따라 전문가들은 양몰이뿐만 아니라 모든 일에 적합한 최고의 품종을 만들어 냈습니다. 저먼 셰퍼드 도그는 우연히 만들어진 개가 아니라 철저한 계획과 목표하에 만들어진 개라는 점에서 최고의 찬사를 받는 품종입니다. 양치기는 물론이고 다양한 일을 쉽게 배우고 주어진 임무를 훌륭하게 완수하자 독일은 제1차 세계대전 때부터 셰퍼드를 전문적으로 훈련시켜 군견으로 활동시켰습니다. 셰퍼드는 이때부터 독일군의 보초견, 정찰견, 수송견으로 완벽한 역할을 수행하면서 세상에 알려지기 시작했습니다. 1950년 6 25전쟁 때도 1,500마리의 군견이 아군으로 참전했고, 그 당시 정찰견이었던 '요크'라는 개는 약 150회의 정찰 임무를 성공적으로 마친 가장 훌륭한 군견으로 기록되어 있습니다. 베트남전에도 4천 마리의 군견이 참전했는데 최소 만 명의 미군 생명을 구한 것으로 전해집니다 하지만, 패전하자 급히 철수하면서 열대전염병 감염 우려 등의 이유로 개들은 현지에 남겨졌고 안락사 당하거나 식용으로 이용되었다고 합니다. 그 외에도 셰퍼드는 안내견, 구조견, 탐지견, 전람회견 그리고 가정견으로서 역할을 모두 훌륭히 해내고 있고, 역사는 겨우 100년 남짓하지만 빠른 시간 내에 세계적인 품종으로 자리 잡았습니다.

셰퍼드는 양치기개의 혈통답게 가족에게는 충직하지만 외부 침입자에겐 분명하게 대항하는 아주 분별력 있는 태도를 보입니다. 사람에게 적대적이지는 않지만 아무에게나 무조건 호의적이지는 않으며 약간 거리를 둔다는 느낌을 받게 됩니다. 평소에는 평온하게 있다가도 위급 상황이 발생하면 의욕적으로 문제를 해결하기 위해 나서며 일을 할 때는 매우 민첩하고 예리해집니다. 지능이 높아서 빨리 배우고 운동은 물론 교육과 훈련을 좋아합니다. 흔히 기질 면에서 볼 때 개가 가질 수 있는 모든 장점을 가지고 있는 품종으로 평가받는데 상황에 따른 적응력과 판단력이 뛰어나기 때문인 것으로 알려져 있습니다. 셰퍼드는 매일 육체적 도전을 할 수 있을 정도로 운동시켜 줘야 합니다. 지능이 높은 점을 감안해 정신적인 훈련도 매일 해 주어야 하지요. 셰퍼드가 서 있는 모습을 보면 살짝 앉을까 말까 고민이라도 하듯 등에서 뒷다리 쪽으로 내려가는 부분이 부드러운 곡선을 이루고 있는데, 이런 신체 구조 덕분에 오랫동안 빠르게 걸을 수 있다고 합니다. 털이 많이 빠지고 또 양치기개의 본능이 남아 빠르게 움직이는 대상을 쫓기 좋아하기 때문에 외출 시엔 항상 목줄을 착용해야 합니다.

전 세계를 전쟁터로 만든 독재자, 아돌프 히틀러 Adolf Hitler, 1889-1945
는 저먼 셰퍼드 도그를 굉장히 사랑한 인물이자 자신의 애견, '블론디'와 함께 자살한 것으로도 유명합니다. 언젠가 히틀러가 자신의 집에서 키우던 셰퍼드를 다른 사람에게 보낸 적이 있는데 그 개가 탈출해서 되돌아오자 그 충성심과 복종심에 반해 셰퍼드를 좋아하게 됐다는 말이 전해집니다. 또 혹자는 히틀러가 대중들을 선도하기 위해 즉, 자신이 비스마르크에 이어 독일을 대제국으로 만들 게르만 혈통임을 강조하기 위해 순수 독일 혈통의 셰퍼드를 상징으로 내세웠다는 말도 있습니다. 특히 1941년 부관으로부터 선물 받은 블론디를 총애했는데, 군견 관리인을 따로 배치해 블론디를 완벽하게 훈련시키게 했습니다. 하지만 블론디는 전쟁터에 나간 적은 한 번도 없었고 하루 종일 히틀러를 그림자처럼 따라다니고 잠잘 때마저 그의 발치를 지켰습니다. 블론디는 히틀러의 50세 생일 선물로 만들어졌다는 1,800미터 산꼭대기의 별장, 독수리 요새에서도 함께 생활했습니다. 히틀러는 지인에게 셰퍼드 품종 서적을 직접 전해 주며 블론디에게 최고의 신랑감을 구해 주란 명령을 내리기도 했습니다. 얼마 후 블론디는 다섯 마리의 새끼를 낳았는데 그중 하나에게는 직접 '울프 Adolf라는 자신의 이름을 딴 것'라는 이름을 지어 주기도 했습니다. 또 어린 시절부터 그림 그리기를 즐겼던 그는 블론디의 스케치를 몇 점 남기기도 했습니다. 인터넷을 검색해 보면 블론디와 함께 즐겁게 놀거나 산책하고 있는 히틀러의 영상 기록들을 볼 수 있는데, 영상에서 그는 다정한 목소리로 블론디의 이름을 부르거나 상체를 한껏 숙인 채 얼굴을 쓰다듬어 주고, 심지어 얼굴을 부비며 뽀뽀를 하기도 합니다. 또 3~4개월령쯤 되어 보이는 블론디의 새끼들이 천진난만하게 뛰어노는 모습을 행복한 표정으로 바라보는 모습도 있습니다. 적어도 그 순간만큼은 다정하고 사랑 넘치는 평범한 아저씨로 비칠 뿐입니다.

1945년 1월부터 히틀러는 점점 목을 죄어 오는 소련군의 포격을 피해 베를린 지하 10여 미터 아래 있던 지하 벙커에서 블론디와 함께 생활했습니다. 4월 30일, 무전 도청을 통해 연합군이 들이닥쳐 곧 최후의 순간을 맞이하게 될 것을 짐작한 그는 자살을 결심하고 아끼던 애견을 먼저 떠나보냅니다. 자신이 자살할 때 사용할 독약 캡슐을 블론디에게 강제로 삼키게 한 것이지요. 그리고 곧 자신도 같은 약을 먹은 뒤 머리에 총을 쏘아 자살합니다 히틀러의 최후를 다룬 독일 영화 〈몰락 Downfall, 2004〉에서도 개와 함께 자살하는 충격

적인 장면이 등장합니다 그리고
바로 다음날 베를린은 함락
되었습니다. 연합군이 지
하 벙커를 점령했을 때는
이미 많은 사람이 죽어 있
었고, 또 다른 셰퍼블론디의
새끼로 추정되는들도 모두 총살
혹은 독살 당해 있었다고
합니다.

히틀러가 '블론디'와 함께 독수리 요새에서 걸어 나오고 있습니다.
1988년에 미국에서 제작된 드라마, <전쟁과 추억 (War and
Remembrance)>의 한 장면

비틀즈 폴매카트니, 개를 위해 노래하다
올드 잉글리시 시프도그

**툭 치는 방법으로 동물을 모는
순하고 활발한 개**

그 룹 허딩 그룹
혈 통 목축견
기 원 지 영국 잉글랜드
기원시기 1800년대
본래역할 양 또는 소몰이, 가축 경비
크 기 대형견

우리나라 삽살개처럼 눈이 어디 있는지 찾기 힘든 독특한 '헤어' 스타일과 백곰처럼 두루뭉술해 보이는 몸매가 특징인 올드 잉글리시 시프도그는 국내에는 비교적 최근에야 알려진 품종입니다. 올드 잉글리시 시프도그는 덩치에 맞지 않는 사랑스러운 생김새로 사랑받고 있습니다. 앞머리처럼 내려온 긴 털을 올려 보면 동그랗고 깜찍한 눈이 맑게 빛나고, 있는 듯 없는 듯한 꼬리, 하얀 셔츠에 회색 '배 바지'를 겨드랑이까지 끌어올려 입은 듯 선명하게 갈라지는 털의 배색도 아주 개성 있습니다.

정확한 기록은 없지만 올드 잉글리시 시프도그는 아주 오래전부터 잉글랜드 서부 지역에 살고 있었던 양과 소 떼를 몰던 가축몰이견의 혈통에 기원을 두고 있는 것으로 추정됩니다. 이곳은 평지가 거의 없는 높은 고지대로 오래전부터 목축업이 발달해 있었습니다. 강한 근육은 험한 지형의 땅을 뛰어다녀도 지치지 않는 체력을 주었고 빽빽한 털은 춥고 우중충한 날씨에 안성맞춤이었습니다. 소 떼뿐만 아니라 순록 떼를 몰았다는 이야기도 있습니다. 침입해 오는 동물은 사납게 공격하지만 지능이 발달하고 자기 조절 능력도 있어서 가축을 대할 때는 항상 부드럽고 친절합니다. 보더 콜리나 콜리의 그늘에 가려 빛을 못 보고 있을 뿐 올드 잉글리시 시프도그 역시 완벽한 가축몰이개로 동물을 몰고 여우나 늑대로부터 가축을 보호했습니다. 다른 양치기개들과 차이점이 있다면 다른 양치기개들이 주로 발을 깨물거나 응시하는 것으로 동물의 움직임을 조종하는 데 비해 잉글리시 시프도그는 주로 몸을 부딪치거나 코로 툭 치는 방법을 이용합니다. 만약 양 한 마리가 낙오되면 우선은 툭 쳐서 방향을 조절하고 그래도 말을 듣지 않으면 입을 사용하긴 하겠지만 분명한 것은 온순해서 아플 정도로 물지는 않는다는 점입니다.

19세기 중반 이들은 주인과 함께 시장까지 소 떼나 양 떼를 몰고 가는 일을 했는데, 도둑이나 다른 짐승의 접근을 막거나 동물을 일정 방향으로 움직이게 하는 것이 주 역할이었습니다. 그 당시는 양이나 소는 물론 개에게도 세금이 부과되었는데 일을 하는 개들은 세금을 면해 주었고 그 증표로 꼬리를 잘라 주었습니다. 꼬리를 자르는 관습은 근대까지도 지속되었는데 일부 국가에서는 잔인하다는 이유로 꼬리를 자르는 것이 금지되었습니다 덕분에 '밥테일 Bobtail : 짧게 꼬리를 자른 동물 혹은 짧게 자른 꼬리를 뜻함' 이라는 애칭을 가지고 있습니다.

덩치에 걸맞게 큰 동물들을 몰고 다니는 역할을 했던 만큼 활동량이 많은 품종입니다. 다른 양치기개들이 그렇듯 이들도 사람의 명령을 잘 이해하고 똑똑해서 스스로 복잡한 임무를 갖길 원합니다. 매일 육체적, 정신적 운동을 시켜 주어야 하는데 적당한 거리를 산책하거나 활발한 게임을 하는 것이 좋습니다. 매일 운동시켜 줄 시간 여유가 없다거나 원래 움직이는 것을 싫어하는 사람이라면 이 개와는 맞지 않습니다. 한편, 집 안에 있는 동안은 '카우치 포테이토 Couch potato : 오랫동안 소파에 앉아 감자칩을 먹으며 텔레비전만 보는 사람을 일컫는 말'로 통할 만큼 마냥 늘어져 있기도 합니다. 올드 잉글리시 시프도그의 가장 큰 매력이기도 한 길고 곱슬대는 털은 매일 빗겨 줘야 엉키지 않습니다. 외모에 반해 개를 입양했다가 털 관리가 힘들어 온몸을 삭발해 버리는 경우가 많은데 어깨부터 뒷다리까지 이어지는 회색 털 아래 피부도 회색이란 점이 재미있습니다. 주인의 말을 잘 따르고 체구답게 쩌렁쩌렁 울릴 만큼 짖는 소리가 큰 것으로도 유명합니다. 낯선 사람에게도 명랑하고 상냥하며 집 안에서는 예의 바르면서도 애교 넘치는 행동으로 가족들을 즐겁게 해 줍니다. 가족과 함께 있는 것을 좋아하고 어린아이들을 마치 가축처럼 보호하려는 본능이 있어서 멀리 떨어진 아이를 이리저리 몰아서 부모에게로 데려오는 개들도 있습니다. 아이들을 위험한 곳으로 가지 못하게 막고 툭툭 쳐서, 재미있게 놀아 주기도 합니다. 아주 완벽하게 유모 노릇을 하는 셈입니다.

비틀즈 멤버이자 가장 성공한 작곡가로 통하는 폴 매카트니James Paul McCartney, 1942-현재가 1968년에 발표했던 곡 중에 〈내 사랑, 마사 Martha My Dear〉라는 노래가 있습니다. '우리는 천생연분이었어. 그런데 대체 넌

무슨 짓을 한 거니, 마사 너는 언제나 나의 영감이었어. 나를 잊지 말고 기억해.'쯤의 내용을 담고 있는데 이 노래 속 주인공, '마사Martha'는 그가 애지중지했던 올드 잉글리시 시프도그의 이름입니다. 그는 한 라디오 방송에서 "내 개, 마사를 보고 영감을 받아 만든 노래이며 마사를 생각하며 불렀다."라고 했습니다. 얼마나 사랑했길래 개

LE & PUAL McCARTNY DEMONSTRATES TO BAND WHILST HIS SHEEPDOG MARTHA LOOKS ON IN AMAZEMENT.

폴 매카트니가 트럼펫을 불자 놀란 '마사'가 그를 올려다 봅니다. 1968년

를 위한 노래까지 만들었을까 싶은데, 아쉽게도 많은 사람이 사실 이 곡은 폴 매카트니가 그 당시 헤어졌던 연인, 제인 애셔를 그리워하며 만든 노래이며 그 사실을 들키기 싫어 그저 이름만 마사로 바꾸었을 뿐이라고 이야기합니다 그러고 보니 제법 수상쩍었던 가사 내용이 이해가 됩니다. 어쨌든 마사는 폴 매카트니의 그 당시 사진 속에 늘 등장했던 것으로 봐서 무척 사랑받았던 것이 틀림없습니다. 부인 린다와 한 해변가로 휴가를 갔을 때도 마사를 데리고 갔는데, 바닷물에 홀딱 젖은 채 신나게 놀고 있는 모습이나 또 승마 중인 주인님을 따라 정신없이 달리고 있는 홀딱 젖은 데다 모래투성이 몰골로 귀여운 모습들이 기록으로 남아 있습니다. 다른 비틀즈 멤버들도 자주 마사와 함께 어울리며 사진을 찍었고 심지어 존 레논은 그 큰 마사를

어깨에 올려놓고 있기도 했습니다. 비틀즈를 탈퇴한 이후 그가 발표했던 라이브 앨범 〈Paul Is Live 1993〉의 표지 사진은 횡단보도를 건너는 폴이 올드 잉글리시 시프도그에게 끌려가고 있는 모습입니다. 오래전 세상을 떠난 마사를 떠올리며 이런 앨범 사진을 찍었던 것은 아닐까요?

몸속 암세포를 찾아내다
셔틀랜드 시프도그

영리하고 순종적인 양치기개

그 룹 허딩 그룹
혈 통 목축견
기 원 지 스코틀랜드의 셔틀랜드 제도
기원시기 1800년대
본래역할 양몰이
크 기 중형견

스코틀랜드의 셔틀랜드 제도에서 태어난 양몰이개, 셔틀랜드 시프도그는 '셸티Sheltie'라는 애칭으로 불립니다. 멀리서 보면 구분하지 못할 만큼 영화 〈래시〉의 콜리와 생김새가 꼭 닮았지만 크기가 훨씬 작고 몸에 비해 다리가 살짝 짧습니다. 콜리와 마찬가지로 얼굴 표정이 온화하고 지적이며 호기심 가득한 눈빛이 매력적인 개입니다. 생김새가 비슷한 개일 경우 큰 개를 소형화시켜 작게 만드는 것이 일반적인 방법이지만, 셸티는 콜리를 인위적으로 교배시켜 작게 만든 품종이 아닙니다. 원래 셔틀랜드 제도에 있었던 토종 양치기개들이 후에 이 섬에 들어온 콜리의 영향을 받아 자연스럽게 만들어졌다는 설이 유력합니다. 또 외부로부터 고립된 섬이라는 지역 특성 덕분에 비교적 짧은 시기에 품종이 만들어지고 혈통이 유지되었을 것입니다. 아이러니하게도 지금 셔틀랜드 제도에는 원래의 토종 양치기개들은 사라지고 없습니다. 현재는 보더 콜리가 그 자리를 대신하고 있지요.

스코틀랜드 최북단에는 양·소·말 사육을 주요 산업으로 하는 셔틀랜드 제도가 있습니다. 이곳은 바위가 많고 풀이 적어 땅이 척박한 데다 거친 바닷바람과 폭풍우가 끊이질 않는 곳입니다. 그런 지형적, 기후적 특성 때문인지 가장 작은 조랑말로 통하는 '셔틀랜드 포니'에서도 알수 있듯 이 섬에 사는 소와 양들은 유난히 크기가 작았고, 어쩌면 같은 이유에서 그리고 작은 동물과 어울리기 위해서 셸티 역시 몸집이 작아진 것인지도 모르겠습니다. 셸티는 분명히 양치기개지만 다른 양치기개들과는 달리 그저 농가 근처에서 지내면서 풀을 뜯는 것이 허락되지 않는 장소에 양들이 들어가지 못하게 하는 정도의 역할만을 했습니다. 작은 양은 물론 망아지나 닭을 몰기도 했다고 합니다. 19세기 말 군사 작전상 이섬에 들어왔던 영국 해군 혹은 지나가던 뱃사람들이 본토로 데리고 돌아가면서 바깥세상에 알려지기 시작했는데 한때 셔틀랜드 콜리Shetland Collie라고 불렸지만, 콜리 애호가들의 반대가 심해서 현재 이름인 셔틀랜드 시프도그로 바뀌었습니다.

원래는 목축견이지만 작은 크기 덕분에 지금은 실내에서 사랑받는 품종으로 자리 잡았습니다. 성격도 밝고 눈치도 빨라서 사람들을 즐겁게 해 주고, 온화하고 순종적인 데다 놀기 좋아하고 애교도 많아서 누구와도 쉽게 친구가 됩니다. 가족과의 교감이 매우 강한데 가족과 떨어져 혼자 있을 경우 심하게 짖어서 주변에 피해를 주기도 합니다. 하루 종일 농장 동물들을 돌봤던 만큼 셸티는 매일매일 운동이 필요한 개입니다. 적당한 산책이나 짧은 조깅 혹은 활동적인 게임이나 훈련을 해 줘야 합니다. 지능 높은 개 10위 안에 들 만큼 학습 능력이 뛰어나서 무엇이든 빨리 배웁니다. 하지만 일부는 경계심이 강해서 낯선 사람을 꺼리고 심지어 무서워하기도 하며 그래서 많이 짖기도 합니다. 또 셸티는 특히 어릴 때 사람 뒤꿈치를 무는 경향이 있습니다. 아주 오래전 양들이 적당한 곳을 벗어나지 못하게 할 때 써먹던 습성이 남아 있어서지요. 이런 경우 일찌감치 단호하게 훈련시켜 버릇을 없애야 합니다. 두터운 털은 매일 손질해 줘야 엉키지 않습니다.

타고난 개코로 주인의 몸속 암세포를 찾아낸 셸티의 실화를 소개해 볼까 합니다. 불과 십여 년 전 미국에서 있었던 일입니다. 마릴린이라는 여자는 '트리샤' 라는 이름의 셸티를 키우고 있었는데, 트리샤에게는 이상한 버릇이 하나 있었습니다. 틈만 나면 마릴린의 등에 코를 처박고 미친 듯 냄새를 맡거나 코끝을 문질러 대는 것이었습니다. 마릴린의 등에는 작고 까만 사마귀가 하나 있었는데 아무런 통증도 없고 가렵지도 않아서 매번 대수롭지 않게 넘겨 버리곤 했습니다. 그런데 어느 날은 트리샤가 마릴린의 등을 물더니 아예 사마귀를 뜯어내려 했습니다. 상처도 아팠지만 자기 개에게 물렸다는 사실에 크게 마음이 상해 있었던 마릴린은 치료를 위해 병원을 찾았다가 깜짝 놀라고 말았습니다. 그 검은 사마귀는 피부암의 일종인 흑색종으로 '빨리 발견되지 않았다면 생명이 위험할 수도 있었다' 는 진단을 받았기 때문이었습니다.

80년대 후반 이후 비슷한 사례들이 계속해서 학계에 보고되었는데 개들이 피부암뿐만 아니라, 가슴이나 폐, 방광 등과 같은 내부 장기에 생긴 암세포 조직을 발견한 경우도 있었습니다. 그러자 코넬 의학 센터를 비롯한 세계 각국에서 개의 뛰어난 후각을 이용해 암세포를 발견하는 방법을 연구하기 시작했습니다. 실제 많지는 않지만 소변을 통해 방광암 환자를 식별해 내는 방광암 탐지견과 피부암 탐지견이 활동하고 있고, 2009년에는 국내에서도 냄새로 암세포 배양액을 찾아내는 데 성공한 개가 뉴스에 소개되기도 했습니다. 어쩌면 십 년쯤 후 건강 검진 센터에 가면 하얀 가운을 입은 암세포 탐지견들이 환자들을 맞이해 줄지도 모르겠습니다. 시대의 요구에 따라 다양한 역할을 해내고 있는 개코의 위력은 아무리 들어 봐도 놀랍습니다.

영국의 한 초등학생 어린이가 셸티에게 책을 읽어 주고 있습니다. 영국에서는 많은 개가 전문 훈련을 받은 뒤 독서도우미견으로 활동하고 있는데, 아이들의 독서 습관 및 자신감을 향상시켜 준다고 합니다

엘리자베스 여왕 2세가 사랑하는 개
펨브록 웰시 코기

작지만 용감하고 에너지 넘치는 개

그 룹   허딩 그룹
혈 통   목축견
기 원 지   영국, 웨일스의 펨브록
기원시기   1100년대
본래역할   소몰이
크 기   중형견

　　웰시 코기도 닥스훈트만큼이나 다리가 짧습니다. 닥스훈트는 얼굴도 작고 날씬하기라도 하지만, 웰시 코기는 체격도 좋고 머리까지 아주 커서 더 재미있는 생김새를 보여 줍니다. 토실토실해 보이는 엉덩이를 흔들며 걷는 걸음걸이도 사랑스럽습니다. 웰시 코기는 허딩 그룹 중에서 가장 작은 개지만 가장 큰 동물인 소 떼를 몰았습니다. 두 종류가 있는데, 좀 더 많이 키워지고 있는 펨브록 웰시 코기에 대해 이야기해 보겠습니다.

　　10세기경, 펨브록 웰시 코기는 영국 남서부 웨일스 지방의 농장에

허딩그룹

서 빼놓을 수 없이 중요한 존재였습니다. 초기에는 농장을 보호하고 작은 동물을 사냥하는 데 도움을 주는 정도였지만, 대농장을 운영하는 귀족들이 키우기 시작하면서 가축몰이견 역할도 하게 되었습니다. 소와 양, 망아지를 모는 가축몰이견으로 특화될 수 있었던 것은 바로 그 짧은 다리 덕분이었습니다. 말을 듣지 않는 소의 발이나 뒤꿈치를 물기에 딱 좋은 높이인 데다 화난 소가 휘두르는 발굽을 피하기에도 적합했습니다. 큰 동물들 다리 사이를 자유롭게 돌아다닐 정도로 크기가 작았던 점이 유리하게 작용한 셈이지요. 일부 학자들은 개들이 원하는 것을 얻기 위해 사람의 발이나 발목을 쪼아 대는 것도 이런 가축몰이개 시절 가지고 있던 습성이 남아서라고 말합니다. 어쨌든 10세기경 웨일스 지방의 법령 중에는 모든 가축을 종류별로 나누고 그 가치를 산정한 항목이 있는데, 그 법에 따르면 소몰이 개 한 마리가 수송아지 한 마리와 맞먹는 가치를 지녔었다고 하니 그 당시 웰시 코기가 얼마나 큰 활약을 했는지 짐작해 볼 수 있습니다.

　　펨브록 웰시 코기는 영국 왕 조지 6세George VI, 1895-1952와 그녀의 딸이자 현재 여왕인 엘리자베스 2세Elizabeth Alexandra Mary, 1926-현재로부터 사랑받으며 세상에 알려진 탓에 영국 황실의 개로 통합니다. 조지 6세는 형, 에드워드 8세Edward VIII, 1894-1972가 심슨 부인과의 로맨스로 왕위를 떠나면서 생각지도 못했던 왕이 되었습니다. 내성적이었던 그는 왕이 되기 싫어 눈물을 흘리며 왕좌에 올랐지만 왕으로서 책임감 있는 삶을 살았고, 어릴 때부터 동물복지에 관심이 많았던 만큼 딸에게 왕위를 넘겨준 이후에는 영국동물보호협회RSPCA의 후원자로 여생을 보냈습니다. 그리고 일곱 살이었던 어린 딸에게 웰시 코기를 처음 소개해 준 자상한 아버지이기도 했습니다.

한편 조지 6세에게는 아들이 없었으므로 엘리자베스는 차기 왕위 계승자가 되었고 그녀 역시 느닷없이 왕이 되기 위한 공부를 해야만 했습니다. 숨 쉴 틈 없이 짜인 교육 일정 속에서 그녀의 유일한 취미는 말을 타고 시골길을 달리는 것이었습니다. 그녀는 측근들에게 이렇게 말하곤 했습니다.

영국 여왕 엘리자베스 2세가 그녀의 펨브록 웰시 코기와 함께 있습니다. 버킹검 궁전에서 1969년

"내가 여왕이 되지 않았더라면 시골에서 말과 개들을 많이 키우면서 지냈을 것이다."

동물을 무척 좋아하는 엘리자베스 여왕 2세는 한꺼번에 대여섯 마리의 암컷 펨브록 웰시 코기를 키워 왔는데 공식 석상에도 자주 데리고 다녔습니다 다이애나 황태자비의 죽음 이후 영국 황실의 실제 이야기를 담은 영화 〈더 퀸 The Queen, 2006〉속의 엘리자베스 여왕 2세도 늘 웰시 코기를 데리고 다니는 인물로 묘사됩니다. 다른 사람에게 맡기지 않고 한사코 직접 개들을 돌보며 개들의 취향에 따라 모두 다른 음식을 해 주고 손수 개들이 밥 먹은 접시를 닦는다고 합니다. 늘 개껌이나 간식을 준비해 다니다가 필요할 때마다 주고 크리스마스 때면 간식을 가득 넣은 양말을 웰시 코기들에게 선물한다고도 합니다. 버킹엄 궁전 정원 한쪽에는 그녀가 키웠던 개들의 묘지가 있는데 지금도 종종 그

곳에 들러 말없이 서 있거나 비석을 쓰다듬는다고 전해집니다.

이제 웰시 코기는 양몰이개 대회 및 애견레포츠 대회에서 활약하거나 반려견으로 더 인기를 끌고 있습니다. 움직임이 민첩해서 하루 종일 양몰이를 하고 나서도 양 떼의 발길질을 피할 수 있습니다. 매일 양몰이를 하게 해 주면 가장 이상적인 운동이 되겠지만 그럴 수 없다면 반드시 대체할 만한 다른 활동을 찾아 줘야 합니다. 육체적·정신적 에너지가 높기 때문에 매일 그런 욕구를 채워 주어야 실내 생활에도 스트레스를 받지 않습니다. 가족과 항상 함께 있고 싶어 하고 사람을 즐겁게 해 주는 애교스러운 개입니다. 하지만 신나게 노는 중이거나 낯선 사람을 쫓아내려 할 때는 한창 때 버릇이 나와 뒤꿈치를 물 수도 있으므로 주의해야 합니다. 엘리자베스 여왕 역시 웰시 코기에게 물려 심하게 다친 적이 있다고 전해집니다. 일반적으로 낯선 사람을 꺼리고 많이 짖는 것으로 알려져 있습니다. 작지만 소를 몰았던 개답게 용감하고 고집 센 면도 있습니다.

웰시 코기는 카디건Cardigan과 펨브룩Pembroke 두 가지 종류가 있지만 1930대 초반까지는 같은 품종으로 여겨져 서로 간의 교배도 일반적으로 행해졌다 합니다. 1934년 영국켄넬클럽에 의해 각각 독립된 품종으로 인정되었습니다. 두 종류를 구분하는 방법은 펨브룩이 카디건에 비해 크기가 좀 작고 결정적으로 꼬리가 짧습니다. 카디건의 꼬리는 땅에 끌릴 듯 낮게 드리워진 여우 꼬리 모양입니다.

에필로그

모든 개는 다르다, 어떤 개들은 유난히 더 다르다

늑대의 습성을 이어받은 개들은 품종이란 이름으로 세분화되어 저마다 독특한 기질을 가지게 되었습니다. 게다가 같은 품종의 개라 해도 다시 개체마다 독특한 특성을 보입니다. 사람들은 인간을 제외한 동물은 마치 타고난 본능에 의해서만 즉, 선천적으로 획일화된 패턴대로만 행동하는 존재인 것처럼 여깁니다. 하지만 뉴스나 해외토픽을 보면, 담뱃불만 보면 온몸을 던져 불을 끄는 개, 고양이나 오리, 작은 쥐와 친구가 되어 살아가는 개, 주인조차도 물어 대는 개, 다른 개와는 좀처럼 어울리려 하지 않는 개, 집 밖으로는 한 발자국도 안 나가려 하는 개 등 유난히 더 독특한 성격이나 행동을 보이는 개 이야기들을 심심치 않게 접하게 됩니다. 왜일까요?

점점 더 많은 과학자가 동물도 깊은 사고 능력과 다양한 감정 체계를 가지고 있으며, 개체마다 능력과 개성이 다양하다는 사실을 밝혀내고 있습니다. 〈당신의 몸짓은 개에게 무엇을 말하는가〉의 저자이자 동물행동학 박사인 패트리샤 멕코넬은 인간을 포함해 동물이 가지고 있는 저마다의 특별한 성격, 행동, 능력은 '유전인자 본능'와 '생활환경 경험 및 교육' 간의 독특한 배합의 결과물이라고 합니다. 인간이라는 똑같은 유전인자를 가지고 태어났지만 어떤 시대와 환경 속에서 어떤 경험들을 겪으며 사느냐에 따라 독특한 개성을 가진 '나'가 됩니다. 그래서 이 세상엔 비슷한 사람은 존재할지언정 나와 똑같은 사람은 단 한 명도 없습니다. 심지어 같은 부모 아래 자란 일란성 쌍둥이조차도 성격이 확연히 다르지요. 비슷비슷한 환경에서 자랐음에도 불구하고 이런 차이를 보이는 이유는 우리가 유전과 환경의 영향을 동시에 받는 '생명체'이기 때문입니다.

아프간 하운드가 두 발로 일어선 순간을 포착한 사진. 스타워즈의 털북숭이 추바카가 생각납니다

개 역시 마찬가지입니다. 품종, 성별, 연령대에 따라 다른 것은 물론이요, 사는 동안 겪게 되는 다양한 경험들도 그 개의 성격이나 특징에 큰 영향을 미칩니다. 그들도 우리처럼 지능과 감정을 가진 '살아 있는 생명'이기 때문입니다. 이런 '개성'은 전 생애에 걸쳐 만들어지는 것이지만 특히 어렸을 때의 경험이 가장 큰 영향을 미치고, 그중에서도 '사회화 시기'가 아주 결정적인 역할을 합니다. 사회화란 단어 그대로 속해 있는 집단 및 사회의 일원이 되기 위해 그 사회가 허용하는 지식, 행동 양식 등을 습득해 나가는 과정을 뜻하는데, 개의 경우는 생후 3~12주가 여기에 해당됩니다. 이 기간 동안 어떤 환경에서 어떤 경험을 하며 성장했느냐에 따라 개는 저마다 독특한 습성 및 성격을 가지

게 됩니다. 예를 들어 이 시기에 다른 개들과는 전혀 어울리지 못한 채 사람만 접하고 산 개들은 올바른 정체성 확립에 실패하게 됩니다. 자신이 개인지 사람인지 혹은 사람을 개라고 생각하거나 혼란스러워하는 '정신적 잡종 mental hybrids'이 되어 버린 것이지요.

생후 3~12주 동안 사람때로는 고양이를 비롯한 다른 동물과 친밀한 관계를 성립한 개들은 나머지 여생 동안에도 사람때로는 고양이를 비롯한 다른 동물과 아주 사이좋게 지낼 수 있습니다. 개가 쥐나 새와 사이좋게 지내는 것원칙적으로는 사냥 본능이 튀어나올 법하지만도, 바로 이 사회화 시기에 쥐는 '사냥감'이 아니라 '친구'라고 배웠기 때문입니다. 많은 학자가 이 시기를 잘못 보내면 훗날 아무리 노력해도 고쳐지지 않는 '영구적인 정신적 손상'을 입게 되기 때문에 '결정적 시기'라고 부르기도 합니다. 앞에서 언급했던 독특한 사례들도 사회화 시기의 경험 및 교육으로 설명될 수 있습니다.

치명적이라고 할 수 있는 이 사회화 시기는 동물뿐만 아니라 인간에게도 있습니다. '카말라'와 '아말라'는 〈정글북〉의 '모글리'처럼 늑대에게 키워진 아이들입니다. 인도의 한 동굴에서 늑대들과 살고 있었던 이 여자아이들은 1920년 우연히 발견되어 인간 세상에 오게 되는데 네 발로 걷고 늑대처럼 하울링howling:울부짖는 소리을 통해 의사소통했으며, 무엇이든 코를 들이대 냄새부터 맡고 겁이 나면 이빨을 드러낸 채 으르렁댔습니다. 흙바닥에서 자는 것을 더 편안해하고 아무리 사람다운 행동을 가르쳐 주어도 소용이 없었습니다. 또, 아프리카의 침팬지 무리 속에서 발견된 '벨로'라는 남자아이도 침팬지 울음소리를 내고 침팬지처럼 걸었으며 결국 인간의 말을 배우지 못했습니다 이런 아이들을 '야생아 feral child' 라고 부르는데 한결같이 인간 사회 적응에 실패했습니다.

1970년 미국의 '제니 사건'은 더 처참합니다. 발견 당시 열세 살이었던 제니는 정신 나간 친아빠에 의해 적어도 10년 이상을 방 안에 갇힌 채 유아용 변기 의자에 묶여 살다가 구출되었는데, 그 나이가 되도록 딱딱한 음식도 씹지 못하고, 제대로 걷지도 못하며, 대소변을 가릴 줄도 모르고, 세상의 모든 자극에 무관심했습니다. 수많은 전문가의 노력 끝에 그녀는 많은 것을 배우긴 했지만 결국 정상인이 되는 데는 실패했습니다. 또, 사랑받기는커녕 매만 맞고 살았던 아이들이 성인이 된 후 범죄자가 될 확률이 높다는 연구 결과도 있듯 인간에게도 어린 시기의 경험은 돌이킬 수 없을 만큼 중요합니다.

중요한 사회화 시기에 '사람은 공포스러운 존재'라는 경험을 하게 된 개는 평생 사람을 두려워하며 두려운 나머지 공격성을 보이기도 합니다. 천둥소리에 너무 놀란 경험이 있는 강아지는 평생 비가 오면 밤새 짖으며 부들부들 떨고, 작은 동물을 죽이거나 도망치는 사람을 공격하는 일을 했을 때 칭찬받았던 개들은 평생 그런 일을 하고 싶어 합니다 개도 사람처럼 칭찬받은 일은 계속하려는 본능을 가지고 있습니다. 또 어릴 때 단 한 번도 집 밖에 나가 본 적이 없는 개는 훗날 산책을 나갔다가 패닉 상태에 빠져 주인 뒤에 숨거나 겁이 난 나머지 아무나 보고 짖어 댈 수 있습니다. 그렇게 '배웠고', '경험했기' 때문에 그런 시선으로만 세상을 보게 되는 셈이지요. 몇 배 더 강한 자극 혹은 노력이 없다면 이런 초기에 겪은 경험의 충

격은 지우기가 무척 힘듭니다. 이런 '본능 + 경험 = 독특한 개성' 때문에
이 세상엔 물에 들어가기 싫어하는 레트리버, 사냥감을 무서워하는 테리
어, 너무 얌전한 슈나우저들이 넘쳐납니다. 개답지 못한 혹은 그 품종답
지 못한 행동을 하는 개들이 너무 많다는 이야기는 환경 혹은 교육이 얼
마나 중요한지를 잘 알려 줍니다.

개도 공부시켜야 한다

마음껏 뛰놀고 짖을 수 있는 곳에서 살 수 있다면 더할 나위 없이
좋겠지만 현대 사회의 개들은 어쩔 수 없이 인간과 함께 콘크리트 밀림 속
에서 살아야 합니다. 이렇게 좁은 곳에서 함께 살아가고 있는 타인들에게
지극히 '개다운 행동'들로 피해를 주지 않으려면 개들도 공부가 필요합
니다. 다행히도 이런 문제 행동이라 여겨지는 많은 습성은 어릴 때부터,
특히 사회화 시기 때부터 잘 가르치고 훈련시키면 상당 부분 혹은 완벽하
게 해결될 수 있습니다. 유사한 점도 공유하고 있지만 개와 인간은 너무
다른 동물입니다. 전혀 다른 이종異種과의 원만한 동거생활을 위해서는
당연히 좀 더 지적인 인간 쪽에서 능동적으로 대처해야 할 필요가 있습니
다. 그러기 위해서는 주인님부터도 개에 대해 공부해야 하고 개도 공부
시켜야 합니다. 어릴 때부터 잘 사회화시키고 잘 훈련시켜야 개 스스로
도 평생 스트레스 없이 행복하게 살 수 있고, 주인도 반려동물과의 행복
한 유대감을 만끽할 수 있으며, 주변 이웃에게도 피해를 주지 않습니다.
결과적으로 중간에 양육을 포기하는 일 없이 평생 함께 살 수 있지요.

애견 문화가 가장 발달한 것으로 꼽히는 영국은 켄넬클럽 주관하

요크서 테리어가 자기 덩치보다 훨씬 큰 뼈다귀 인형을 입에 문 채 날고 있습니다

에 'GCDSGood Citizen Dog Scheme' 라는 애견 예절 교육 프로그램을 보급하고 있습니다. 개와 주인이 갖추어야 할 예절을 익히게 해서 애견인들의 책임감을 향상시키고 올바른 애견 문화를 확산시키기 위해 시행되고 있는 프로그램인데 큰 효과를 거두고 있습니다. 현재 영국에서는 수만 마리의 개들이 이 예절 교육 테스트를 통과했고, 그 개들은 통과한 프로그램 레벨에 따라 식당이나 공원 같은 공공장소에 당당히 출입할 수 있습니다. 훈련 내용은 주인과 보폭을 나란히 하며 걷는 것, 목줄 없이도 주인의 옆에 머무는 것, 특정 행동을 하다가도 멀리 떨어진 주인의 명령에 따라 즉각 그 행동을 멈추는 것 등이 있습니다. 주인은 어떤 상황에서도 개를 통제할 능력이 있고 개 역시 주인의 통제를 따를 수 있다는 것을 증명했기 때문에, 최종 테스트를 통과한 개와 주인은 수많은 공공장소를 자유롭게

출입할 수 있습니다. 이 얼마나 멋진 일인지요?

아직 우리나라에는 이런 프로그램이 정착되지 않았지만, 개와 함께 행복하게 살기 위해서는 반드시 기본 에티켓을 가르쳐야 합니다. '안돼, 앉아, 이리 와, 조용히, 기다려' 등 언제 어디서든지 개의 행동을 통제할 수 있도록 기본적인 명령어를 가르치고, 또 세상에 대한 믿음을 주어 모든 사람에게 친절한 개가 될 수 있도록 해야 하고, 어렸을 때부터 다양한 경험을 하게 해 줘서 놀라거나 지나치게 흥분해서 일어날 수 있는 돌발 행동들을 사전에 막아 줄 수 있어야 합니다.

다시 한 번 더 우리가 기억해야 할 점은 동물도 특히 개도 우리처럼 즐거워하고 슬퍼하는 '느끼는 존재' 라는 사실과, 그들을 도울 수 있는 무한한 지성과 힘을 가진 유일한 존재는 우리뿐이라는 사실입니다. 반려동물과 함께 정말 행복한 유대감을 맛볼 수 있으시길, 그래서 사람도 개도 모두 행복한 삶을 사는 세상이 되길 기대해 봅니다.

늑대, 개가 되다

늑대, 개가 되다.
그 파란만장한 이야기 I

1만 2천 년 전, 늑대와 개 그 운명이 갈리다

병원, 훈련소, 미용실, 호텔, 쇼핑몰, 패션용품, 전용사료까지. 인간과 더불어 살기 시작하면서 오늘날 지구상에서 가장 성공한 동물 인간의 뒤를 이어 이 된 '카니스 루푸스 파밀리아리스*Canis lupus familiaris*'. 바로, 오늘날 길들여진 개 domestic dog, 애견의 학명입니다. '카니스 루푸스'는 늑대의 학명이고 그 끝에 가족을 뜻하는 '파밀리아'가 더해져 개의 학명이 만들어진 것이지요. 이 세상 모든 동물 중에 인간의 가족이란 호칭이 수여된 동물은 오로지 개뿐입니다. 애견이 인간의 삶에 어떤 의미로 자리 잡고 있는지 충분히 짐작해 볼 수 있는 이름입니다.

개는 수많은 가축 중에서도 가장 먼저 인간에게 길들여진 동물입니다. 학자에 따라 조금씩 다르긴 하지만, 늑대와 개의 운명이 갈라진 시점은 대략 1만 2천 년 전에서 1만 4천 년 전 무렵입니다. 뛰어난 사냥꾼인 동시에 자연계의 사체처리반 역할도 담당하고 있었던 늑대들은 음식물 찌꺼기를 노리며 인간의 정착지 주변으로 접근하기 시작했습니다. 그만큼 인간에게 사로잡힐 기회도 높아졌지요. 인간의 입장에서는 늑대 역시 수많은 사냥감 중 일부였을 것이고 손쉽게 잡을 수 있었던 새끼들을 미끼로 삼기 시작하면서 두 이종異種간의 첫 만남이 이루어졌습니다.

세계적으로 개를 가까이 두었던 민족들은 정착 생활을 했던 비율이 높고 개가 없던 지역의 민족들은 자주 이동하며 살았습니다. 전자의 경우 악

쥐나 벌레가 꼬이는 음식 찌꺼기를 개들이 모조리 먹어 치워 줬기 때문에 굳이 이동할 필요성을 느끼지 못했을 수도 있습니다. 안 그랬다면 꼬여 드는 벌레나 세균으로 질병에 시달릴 확률이 컸겠지요. 반대로 후자는 원래 유목민이었을 수도 있지만 그 과정에서는 청결한 환경에 대한 요구도 조금은 작용했을 것입니다. 게다가 늑대는 무서운 맹수나 침입자의 접근을 미리 경고해 주는 훌

굴 밖 세상이 궁금한 아기 늑대가 조심스럽게 입구까지 나왔습니다

륭한 파수꾼 역할도 했기 때문에 정착 생활에 큰 도움이 되었지요.

어떻게 사나운 야생동물인 늑대가 오늘날의 유순한 개가 되었는지를 설명하는 진화론적 학설은 크게 두 가지로 나뉩니다. 첫 번째는 인위선택설artificial selection입니다. 인간이 가까이 접근해 오는 늑대들 중 다루기 쉬운, 좀 더 유순한 개체들만을 인위적으로 선별해서 번식시킴으로써 오늘날의 개가 되었다는 설이지요. 두 번째는 자연선택설natural selection로 더 짧은 도주 거리flight distance를 가진 개들이 음식물 찌꺼기를 찾아 인간의 정착지 주변으로 모여드는 과정 속에 자연스레 길들여지기 쉬운 유순함이 발달했다는 설입니다. 여기서 도주 거리란 낯선 대상이 접근해 올 때

도망가지 않고 버틸 수 있는 거리를 말하는 것으로 두려움이 없을수록 도주 거리가 짧아집니다. 인간을 덜 무서워하고 덜 공격적인 성향을 가진 개체들, 즉 더 유순한 개체들만이 자연스럽게 인간과 함께 생활을 시작할 수 있게 되면서 오늘날 개가 되었다는 설입니다.

닮은꼴 영혼을 가진 늑대와 인간

이렇듯 서로의 필요에 의해 시작되었던 늑대와 인간의 만남을 계속해서 유지시키는 데 크게 공헌한 것은 바로 늑대와 인간이 가지고 있는 '사회성'입니다.

늑대는 우두머리를 중심으로 무리를 이루어 생활하는 사회적 동물로, '리더'에게 절대적인 복종심을 보입니다. 또 무리 구성원들 간의 협동심 및 애정도 도탑고 의사소통 체계도 잘 발달되어 있습니다. 늑대 사회를 들여다보면 우두머리 수컷과 암컷 부부을 중심으로 모든 구성원 간에 상대적인 서열이 정해져 있는데, 이렇게 사회를 이루고 사는 동물에게는 높은 수준의 의사소통 체계가 발달하기 마련입니다. 그렇지 않다면 매번 마주칠 때마다 '네가 강하다, 내가 강하다'를 놓고 피 터지는 싸움을 벌여야 하는데, 그런 비효율적인 일을 막기 위해 의사소통 체계가 발달하게 된 것이지요.

새끼 늑대들은 어릴 때부터 놀이와 학습을 통해 사회성을 갖추게 됩니다. 무리 친구들과 놀면서 혹은 어른들의 행동을 보면서 누가 친구이고 적인지, 어떻게 힘 조절을 해야 적당한 수준의 장난이 되는지 혹은 싸움을 피할 수 있는지, 강자에겐 어떻게 행동해야 유리한지, 좋아한다는 표현은 어떻게 해야 하는지 등 한 마디로 사회생활을 잘 하는 법을 배우게 되지요. 이때 결정적인 역할을 하는 시기가 바로 '사회화 시기 socialization period'입니다. 보통 생후 3~12주를 사회화 시기라고 하는데, 개는 물론이고 야생 늑대들도 이 시기에 인간의 손에서 길러질 경우 성장 후에도 인간을 두려움의 대상이 아닌 애착의 대상으로 여기는 것으로 밝혀졌습니다. 반대로 이 시기에 인간은 공포의 대상이란 경험을 한 개 혹은 늑대는 성장 후에도 사람을 믿지 못할 확률이 큽니다.특히, 항상 묶여서 혹은 갇혀서만 지냈거나 매만 맞고 자란 개들. 얼마 전 사람을 물어 죽여 사살된 맹견도 개고기용으로 태어나 단 한 번도 좁은 철창 밖으로 나가 본 적 없는 개였습니다.

이런 사회성 덕분에 그 옛날 인간에게 사로잡힌 새끼 늑대들은 자

오스트레일리아 대륙에 살고 있는 야생개, 딩고의 새끼들. 진도개와 꼭 닮았지만 이들은 '길들여진 개'가 아닌 야생동물입니다

연스레 인간을 자신의 무리 구성원 혹은 우두머리로 인식하면서 인간 사회의 구성원이 될 수 있었습니다. 더군다나, 주인을 섬기고, 동료들을 아끼며, 인간과 음식을 나눠 먹고, 같이 신나게 놀고, 같은 영역을 공유하고, 함께 주변 지역을 순찰산책하는 등의 모든 생활이 늑대의 생활과 흡사했기 때문에 서로는 더욱 돈독한 유대감을 형성할 수 있었습니다.

또, 오랜 무리 생활 속에서 발달한 다양한 감정 및 의사 표현 능력은 늑대를 인간의 생활에 보다 쉽게 동화될 수 있게 해 주었습니다. 이런 표현 능력들은 인간과 함께 지내는 동안 안면 근육의 발달을 가져왔고 점점 더 다양한 감정 표현이 가능하게 되었습니다. 우리가 가끔 개의 얼굴이나 행동을 보고 사람처럼 웃는다거나 시무룩하다고 느끼게 되는 것도 이와 무관하지 않습니다.

늑대와 인간, 그 최초의 만남에서 또 한 가지 중요하게 작용한 것은 오늘날 심리학자들이 소위 '어머나 현상aw phenomenon'이라고 부르는 것으로 바로 어린 늑대들의 생김새입니다. 해부학적으로 인간의 갓난아이를 비롯한 모든 포유동물의 새끼들은 전체 몸에 비례해 더 큰 머리와 눈을 가지고 있으며, 이마도 넓고 '손발'도 더 크고, 눈과 눈 사이는 더 많이 떨어져 있습니다. 이런 귀여운 생김새와 어눌한 움직임, 낑낑대는 울음소리는 보는 이로 하여금 '어머나, 예뻐라'라는 감탄사가 쏟아져 나오게 하는 동시에 그 대상을 보살펴 주고 싶다는 양육 및 애정의 감정을 느끼게 만듭니다. 바로 이 반응으로 인해 무력하게 태어난 어린 동물들은 성숙할 때까지 어른들로부터 보살핌을 받을 수 있고, 동시에 성숙한 개체들은 새끼들을 무사히 길러냄으로써 성공적으로 자신의 유전인자를 후세에 남길 수 있습니다. 어눌한 생김새와 행동을 보이는 새끼 늑대를 처음 본 인간들은 저도 모르게 보호 본능과 예뻐해 주고 싶다는 욕구를 느꼈을 것이고, 그로 인해 이들을 집 안에 데리고 들어갔을 가능성이 높습니다. 오늘날 우리가 길거리에서 귀여운 강아지를 보고는 충동구매의 욕구를 이겨 내기 힘들어 하는 것처럼 말이지요.

길들여진 최초의 동물, '개' 탄생하다

뛰어난 후각 및 청각 능력을 지닌 늑대는 사냥 시엔 훌륭한 조력자로, 다른 육식동물이 접근할 시엔 사전에 알려 주는 경계병 역할을 수행하면서 인간에게 아주 실용적인 가치를 가진 동반자로 인정받게 됩니다. 이런 동반자적인 역할은 먹고 먹히는 살벌한 선사시대 인간의 삶에 더 없는 신뢰와 애정을 키우기에 충분했을 것입니다. 기본적으로 먹이를 제공해 주는 인간에 대한 충성심은 야생에서 우두머리를 섬기는 것과 다르지 않았고 늑대들이 무리 내에서 사용하던 의사소통법 역시 인간의 그것에 익숙해지면서 보다 다양하게 발달하기 시작했습니다.

인간 사회의 일원으로 받아들여진 늑대는 야생의 선조들과는 전혀 다른 진화 과정을 겪을 수밖에 없었습니다. 인간이 먹다 남긴 것을 주로 먹게 되면서 이빨은 점점 무뎌지고 작아졌으며, 더 이상 자신의 영역과 먹이, 지위를 지키기 위해 하루 종일 긴장 상태를 유지할 필요도 없어졌습니다. 그 덕분에 공격성이 줄어든 것은 물론이고 장난 죽는 순간까지 '놀이'에 열광하는 동물은 인간과 개밖에 없습니다 과 애교도 늘어났습니다. 게다가 경계병 역할을 하기 위해 또 인간에게 의사를 전달하기 위해 시끄럽게 짖어대는 능력도 점점 발달했지요 야생 늑대는 거의 짖지 않습니다. '우우' 하고 울기는 하지만 말입니다. 사람들이 더 크게 많이 짖는 개체들만을 골라서 번식시키기 시작하면서 '짖기'라는 새로운 습성이 생겨난 것이지요. 늑대에 비해 풍요롭고 안정적인 환경에서 살게 되면서 성 성숙 시기도 빨라졌고 번식 횟수도 연간 1회에서 2회로 늘었습니다.

이리하여 마침내 인간에게 길들여진 최초의 동물이자, '개'라는 이름의 가장 절친한 동물이 생겨났습니다. 오늘날 인간과 개

©animalpark

늑대는 짖지 않습니다. 다만 하울링을 할 뿐

간의 유대감은 그 어느 때보다도 돈독합니다. 개를 자식 삼아 키우는 사람들도 늘어나는 추세이고 개는 앞으로 점점 더 우리 삶에서 큰 의미를 차지하는 동물이 될 것 같습니다.

1만 2천 년 전, 음식 찌꺼기를 찾아 인간의 삶 속으로 잠입했던 늑대. 그 순간 한 배 형제였던 늑대와 개는 너무도 상반된 운명의 길에 접어들게 되었습니다. 인간을 선택한 개는 오늘날 반려동물로 칭송 받으며 안정적인 삶을 살고 있지만 야생 늑대는 자신의 형제뻘인 개에게 쫓기는 신세로 전락한 채 멸종의 위기에 처한 비운의 주인공이 되었으니 말입니다.

신에서 반려동물이 되기까지,
그 파란만장한 이야기 II

고대 문명 | 신으로 숭배되다
Ancient Civilization

기원전 8000~6000년 무렵, 농경 생활과 함께 고대 문명이 꽃피기 시작한 메소포타미아, 아시아, 이집트 지역을 중심으로 인간과 개의 관계는 더욱 다양해지기 시작했습니다. 고대 세계에서의 개는 현실 세계에서 뿐만 아니라 영혼 세계에서도 충실한 안내자이자 친구 역할을 했던 것 같습니다. 아마도 개들이 가진 초능력에 가까운 후각 및 청각 때문이 아니었을까 싶습니다.

특히 고대 이집트인들은 다양한 동물을 신으로 섬겼는데, 그중에도 개는 인간의 영혼을 사후 세계로 안내하는 죽음의 신, 아누비스Anubis를 상징하는 동물이었습니다. 아누비스는 '들개의 모습을 가진 자'라는 뜻으로, 검은색의 커다란 들개 형상을 하고 있거나 인간의 몸에 긴 귀와 끝이 뾰족한 주둥이를 가진 모습으로 묘사됩니다. 가장 숭배 받았던 이집트신 중 하나인 아누비스는 장례 의식을 주재하고 죽은 자들을 오시리스 죽은 자들의 신으로 이집트신 중에서 최고의 신의 왕좌까지 안내하는 역할을 하는 죽음의 신으로 이 신에 대한 숭배는 훗날 그리스·로마 시대까지도 이어졌습니다. 파라오의 무덤 등 여러 유적지에서 아누비스의 모습을 찾아볼 수 있습니다.

예로부터 죽었을 때 어떤 예우를 받았느냐를 살펴보는 것으로 죽은 자의 신분을 짐작해 볼 수 있는데, 고대 이집트에서는 개를 위한 격식을 갖춘 장례 의식이 보편적이었던 것 같습니다. 어떤 파라오는 '애뷰티우'라는 이름의 개가 죽자 슬픔에 잠겨 이 개를 위한 석관을 만들고 매우 고급스러운 옷과 향기 나는 값진 오일을 사용해 미라로 만들게 했으며 왕실 전용 석공들에 의해 건축된 전용 묘지에 안치할 것을 명했습니다. 이것은 애뷰티우가 파라오처럼 신

1922년 발굴된 왕가의 계곡. 투탕카멘의 무덤에서 발견된 아누비스 상. 수천 년 동안 투탕카멘의 보물을 지키고 있었을 이 거대한 죽음의 신. 아누비스 역시 각종 보석으로 치장되어 있었습니다

의 은총을 받은 위대한 존재였음을 의미하는 것입니다. 또, 기원전 1000년경의 것으로 추정되는 나일강 주변의 지하 묘지 속에서는 개를 비롯한 다양한 동물들이 주인 옆에 함께 묻혀 있는 모습이 발견되었는데 그 당시 사람들은 자신의 애완동물을 위해 장례 비용을 아끼지 않았던 것 같습니다. 또 개를 학대한 자에게 벌을 내리고 개를 죽인 자는 사형에 처했다는 기록도 남아 있습니다.

그 외에도 일본의 아이누족은 개에게 귀신을 식별하는 능력이 있다고 믿었고, 북아메리카 인디언인 이로쿼이족은 특히 하얀 개를 신의 중재

자로 여기며 신성시했습니다. 특히 이 시대의 개들은 부장품 속에 자주 모습을 드러내는데 주인을 향한 개의 사랑과 충절이 무덤까지 이어진다고 믿었기 때문입니다. 고대 마야 문명에서도 사람이 죽으면 영혼의 동반자 역할로 키우던 개를 함께 매장하는 관습이 있었습니다. 이집트만큼은 아닐지라도 페르시아 역시 개를 양 떼를 지키는 파수꾼이자 인간의 보호자로 숭배했습니다. 또 중국의 전설 속에는 푸 도그foo dog : 사자를 닮은 개가 인간과 인간의 재산을 지키며 귀신을 몰아내는 수호신으로 등장합니다.

그리스 · 로마 시대 | 마음을 나누기 시작하다

Greek&Roman Civilization

기원전 1500년경, 그리스 · 로마 시대에는 개가 실용적인 목적으로 활용되면서 다양한 종류가 생겨나기 시작했습니다. 특히 아리스토텔레스는 자신의 책, 〈동물의 역사history of the animals〉에서 개의 종류를 원산지에 따라 구분, 열거해 두기도 했습니다. 온갖 여흥에 탐닉했던 로마인들은 전쟁을 위한 전투견, 사냥 목적의 수렵견, 집이나 궁정을 지키는 경비견, 왕과 부호들의 신변을 지키는 경호견뿐만 아니라 원형 경기장의 검투사 경기에 참가하는 투견으로도 개를 이용했습니다. 스파르타에서도 개를 이용한 사냥 훈련이 국가 정책으로 정해져 있었을 만큼 개와 함께하는 삶은 보편적인 것이었고 이 시대에 개는 어디에서나 볼 수 있을 정도로 번성했습니다.

고대 로마의 문인이자 정치가였던 키케로Marcus Tullius Cicero, BC 106-BC 43는 '개는 네 발을 지닌 인간의 친구이며, 오로지 인간의 즐거움과 번영

을 위해 탄생한 자연의 선물'
이라고 표현했습니다. 대제
국을 건설했던 알렉산드로스
대왕Alexandros the Great, BC 356-BC
323은 고대 시대의 가장 유명
한 애견가 중 하나인데, 무척
아끼던 마스티프 종, '페리타
스'가 죽자 격식을 갖춘 장례
의식을 치르고 직접 무덤까지
장례 행렬을 이끌었으며, 대
형 석조 기념물을 땅에 세우고
그 지역 거주자들에게 매년 축

'개 조심' 기원전 5세기경부터 번영했다가 79년 베수비오 화산
폭발로 사라져 버린 고대 도시. 폼페이 유적지에서 발견된
모자이크의 일부. 기원전 1세기경. 나폴리 국립 박물관 소장

제 때마다 페리타스를 기리는 의식을 행하라고 명하기도 했습니다.

　　이 시기의 문학 작품에는 연회장에 다녀올 때면 재롱을 부리며 자
신을 반기는 개를 위해 언제나 맛있는 음식을 챙겨다 주는 주인의 이야
기, 애정의 표시로 개의 머리에 키스를 하는 이야기, 잠잘 때 개를 주인
과 함께 재우라고 권하는 이야기, 부유한 주인을 만난 개들은 금이나 산
호로 만든 화려한 목걸이를 했다는 이야기, 충성스러운 개가 죽자 영예
로운 장례식을 치른 뒤 가족묘에 묻고 묘비를 세워 준 이야기 등이 자주
발견됩니다. 또, 호메로스Homeros, BC 800-BC 750의 〈오디세이〉에는 오랜 방
랑 끝에 20년 만에 고향으로 돌아온 오디세우스가 유일하게 자기를 알아
보는 애견 '아르고스'의 충성심에 눈물을 흘렸다는 이야기도 등장합니다.

　　그리스·로마 시대 사람들은 대부분 개를 사랑스럽고 감동을 주는

동물로 인식했던 것 같습니다. 물론 여전히 사냥을 돕거나 인간을 지키고 보호하는 것이 주된 역할이긴 했지만, 조금씩 일상생활 속에서 우정을 나누는 친구이자 가족으로 자리 잡아 가기 시작하면서 인간과 개 사이에 좀 더 깊이 있는 친밀감이 형성된 시기라고 볼 수 있습니다.

중세시대 | 악마 혹은 왕의 개, 극과 극의 시대에 살다

Middle Ages

이 시기의 개는 그야말로 암흑 속에 살았거나 특권층의 신분 상징물이었거나 둘 중 하나로, 극과 극의 삶을 살았다고 할 수 있습니다.

476년 게르만족에 의해 서로마 제국이 멸망한 후, 인간의 개에 대한 애정은 암흑세계로 추락해 버리고 맙니다. 수많은 도시의 몰락과 함께 버려지거나 사람을 따라 숲으로 숨어든 개들은 여기저기 떠돌이 생활을 하며 짐승의 시체나 썩은 고기를 뜯어먹었고 반 야생 상태로 유럽 전역을 배회하기 시작했습니다. 곧, 광견병 같은 무서운 전염병이 돌면서 개는 사람들에게 두려움의 대상이 되고 말았습니다. 게다가 다양한 형태의 신들이 존재했던 고대 문화권과는 달리 하나의 신만이 인정되는 가톨릭교 중심 사회에서는 개에 대한 사랑이 동물숭배처럼 여겨져 개들은 핍박당하기 시작했습니다. 이 시대의 개는 마녀와 마찬가지로 악의 상징이자 죄악과 공포의 대명사라는 부정적인 이미지로 자리 잡게 됩니다. 덕분에 이전까지는 쉽게 찾아볼 수 있었던 개를 위한 장례 문화도 사라져 버렸습니다 하지만, 그 와중에도 목숨을 걸고 사랑하는 개의 묘지를 마련하고 장례 의식을 치러 준 용감한 애견인들의 이야기도 전해집니다.

그러나 다행스럽게도 이미 오래전부터 사냥에서 빼놓을 수 없는 존재가 되어 있었던 사냥개들은 왕실 및 귀족들과 함께 명을 이어갈 수 있었습니다. 먹는 것은 생존과 직결된 문제였고 식량을 얻는 대표적인 수단이었던 사냥에서 개들은 중요한 존재일 수밖에 없었습니다. 개의 뛰어난 생물학적 초능력이 애견 문화를 영원한 어둠 속으로 빠지지 않게 하는 데 중요한 역할을 한 셈이었습니다. 한편으로는 바로 이런 점이 개의 소유 자체부터를 왕족을 비롯한 일부 귀족층만의 특권으로 제한시키는 부작용을 낳기도 했습니다. 점차 봉건 영주들의 권한이 강화되면서 사냥은 신분 상징의 중요한 요소가 되었고 그만큼 사냥개들의 몸값도 치솟아서 11세기 영국에서는 사냥개 한 마리의 값이 노예 한 명과 맞먹을 정도였다고 합니다.

모든 것이 신을 찬양하기 위한 도구였던 시대. 노아의 방주를 묘사한 독일의 그림. 개 한 마리가 갑판에 나와 인어를 바라보고 있습니다. 1483년. 개인 소장

영국에서 스칸디나비아 반도에 걸친 대제국을 건설했던 크누드 1세 Knud I, 995-1035는 잉글랜드 왕 재위 시절인 1016년 크누드 법령을 공포해 왕족의 사냥 지역 반경 15킬로미터 내에 사는 사람들이 소유한 개특히 그레이하운드는 모두 다리 인대 일부를 잘라 사냥을 하지 못하게 했습니다. 마찬가지 이유에서 영국의 윌리엄 1세William I, 1027-1087도 노르망디 공작 시절, 자신의 사냥개를 제외한 모든 개의 이빨을 세 개씩 뽑으라고 명했다고 합니다. 개의 소유를 귀족만의 특권으로 간주하려는 당시의 관습은 일부 국가에서는 18세기까지 이어졌습니다.

귀족과 교회가 지배권을 행사했던 중세 시대의 개는 남자들에겐 사냥의 조력자, 여성들에겐 장식품이자 품에 안고 노는 놀이친구였다는 점으로 미루어 볼 때 이 시대의 개들은 어디까지나 귀족의 신분 상징 및 자기표현 수단이었던 것 같습니다. 물론 그런 와중에도 많은 개가 타고난 충성심과 사랑스러움을 바탕으로 주인의 마음을 여는 데 성공했지만 말입니다.

르네상스 시대 │ 타고난 충성심, 그 진가를 인정받다
Renaissance Ages

중세 시대는 문학, 철학, 미술, 과학 등 모든 학문 및 예술이 오로지 신을 찬양하기 위한 도구로 쓰였던 시대였습니다. 그러자 14세기 후반 이탈리아를 중심으로 고대 그리스 · 로마 시대처럼 인간을 다시 주인공으로 세우자는 르네상스 운동이 일어나면서, '신에게 의지하지 않고도 인간이 스스로 진리를 인식할 능력이 있는가?' 라는 질문에 대한 해답이 너무나 절실한 시기가 되었습니다. 덕분에 합리주의니 경험주의니 하는 복잡한 철학 사상들이 등장해 사람들이 이 문제를 놓고 갑론을박을 벌이기도 했지요.

이제 인간은 각자 신 앞에서 스스로 책임지는 존재라는 사상이 퍼져 나가면서 자연과 동물에 대한 태도 역시 근본적으로 바뀌게 됩니다. 이전 가톨릭 시대에는 그나마 모든 생명체가 신의 창조물로서 동등한 지위를 가진 존재라 여겨졌지만 물론 현실상에선 인간이 절대 우위에 있었지만, 이때부터는 인간만이 이성을 지닌 유일한 존재이며 동물은 그저 육체만 있을 뿐 사고 능력이 전혀 없다는 인식이 자리 잡기 시작했습니다. 심지어 '나는 생각한다, 고로 나는 존재한다'는 말을 남긴 근대 철학의 아버지, 데카르트René Descartes, 1596-1650는 "짐승은 전혀 이성을 가지고 있지 않으며, 마치 톱니와 바늘로 구성된 괘종시계와 마찬가지로 신체 기관이라는 '장치'에 의해 작동하는 자연물에 불과하다."라고 주장하기도 했습니다. 그의 말대로라면 동물을 때렸을 때 그들이 지르는 비명소리는 피아노 건반을 눌렀을 때 소리가 나는 것과 마찬가지 이치였습니다.

그러나 다행스럽게도 이런 사상적 배경에도 불구하고 개에게는 그런 인식이 비교적 덜 적용되었던 것 같습니다. 처음에는 그저 사냥 목적, 재산 혹은 과시용으로 개를 거느렸던 고독한 군주들이 항상 주인 곁에 머물면서 충성심과 애정을 보여 주는 개에게 특별한 감정을 느끼기 시작했기 때문이었습니다. 온갖 아첨꾼과 배신자들이 들끓는 가운데 개의 타고난 충성심은 귀족들의 마음을 감동시키기에 충분했습니다. 그런 탓에 프로이센의 국왕, 프리드리히 2세Friedrich II, 1712-1786는 자신의 개를 부를 때 존칭을 쓸 정도였으며 어디든지 개들을 데리고 다녔습니다. 자신의 서재에도 각각의 개들을 위해 쿠션으로 만들어진 전용 의자를 마련해 두었고, 호화로운 침대에서 개를 재우고 잠시 떨어져 있다 만나게 되면 개를 돌보는 전담 하인들에게 그 개의 안부를 상세히 묻곤 했다 합니다. 목에는 황금사로 왕의 이름을 크게 수놓은 비단 목걸이를 착용시키고, 전용 묘지도 마련해 주었습니다. 이 시기 유럽의 왕족들 특히 프랑스 왕들은

프리드리히 2세가 애지중지했던 이탈리언 그레이 하운드.
목에 프리드리히라는 주인의 이름을 새긴 목걸이를 하고 있습니다.
18세기경. 스타트리치 쉬뢰세르 가르텐 소장

모두가 열렬한 사냥꾼인 동시에 애견가들이었습니다.

　　이렇게 왕실이나 귀족들의 각별한 애정을 받았던 개들은 예술가들의 활약으로 애견으로서도 큰 인기를 끌게 되었습니다. 너도나도 그려댔던 초상화 속 주인공 옆에 항상 애견이 등장하기 시작하면서 남성들 옆에는 큰 사냥개들이, 부인들 품속에는 작은 애완용 개들이 개를 키우는 것이 유행이 되었던 것이지요. 곧 각종 사교 모임이나 외출 시에도 항상 개를 데리고 다니기 시작하면서 이런 현상은 점차 다양한 사회 계층으로 퍼져 나갔습니다.

　　한편 '인식은 경험에 기인한다'는 말을 남긴 이마누엘 칸트Immanuel Kant, 1724-1804는 짐승에게도 감정 능력이 있으므로 학대하지 말아야 한다며 '말이나 개가 오랫동안 봉사를 하다가 늙으면 그들에게 가족처럼 감

사하는 마음을 갖는 것이 인간의 의무' 라고 주장하기도 했습니다. 개를 키우는 사람들이 늘어나고, 이런 사상적 배경들이 움트기 시작하면서 점차 사람들은 개를 개성을 가진 생명체로 인식하게 되었습니다. 게다가 1500년대부터 발달했던 인쇄술로 인해 개에 대한 전문 지식을 담고 있는 수의학 문헌들이 널리 보급되면서 개에 관한 지식 수준도 높아졌습니다. 16세기부터 왕실을 주측으로 다양한 애완용 품종의 개들이 만들어졌고, 18세기에는 사냥이 대중들에게도 일반화되면서 스패니얼, 세터, 포인터 같은 사냥 품종들이 더 다양하게 만들어지기도 했습니다. 특히 이 시기 영국은 하운드와 테리어 종의 개들을 기초로 많은 품종을 만들어 내기 시작하면서 오늘날 애견 종주국으로 불리게 됩니다.

근대 | 대중의 삶 속으로 들어오다

Modern Times

16~18세기 시민혁명을 거치면서 귀족 중심의 봉건사회가 시민사회로 바뀌고 산업혁명으로 자본주의가 발달하자 인간의 삶에도 큰 변화가 일어났습니다. 이 시대 화가들의 그림 주제는 귀족층의 초상뿐만 아니라 일반 서민들의 생활사에 이르기까지 매우 다양했는데, 그 그림들을 통해 그 당시 인간의 삶 속에는 늘 개가 함께했었다는 사실을 알 수 있습니다. 사실 이 무렵에야 개가 대중들의 생활 속으로도 본격적으로 들어온 것 같습니다. 개는 서민들의 생계 유지를 돕는 노동자로, 식탁과 침실에서의 놀이 상대로, 또 영혼을 달래 주는 절친한 친구로 맡은 바 임무를 충실히 해내면서 진정한 의미의 동반자로 자리매김하는 데 성공합니다.

나폴레옹 전쟁(1803-1815)에 참가했던 개가 상처를 입자 군인들이 치료를 해 주고 있습니다.
에밀 장 호라스 베르네트 작. 1819년. 런던 왈라스 콜렉션

사냥 파트너 및 귀부인들의 노리개 역할이 전부였던 개들은 이제 농장을 지키고, 가축을 몰고, 마차와 짐수레를 끌고, 빵 굽는 기계의 수레바퀴를 돌리고, 엄마가 일하는 동안 아이와 놀아 주는 등 서민들의 실생활에서 빼놓을 수 없는 존재가 되기 시작했습니다. 한편 방직업, 석탄, 철광 등 각 분야의 산업 발전으로 일부 지역에 사람들이 몰려들면서 도시가 발달하기 시작했는데, 환경이 매우 열악해 거리에 쥐가 들끓자 쥐 퇴치 목적으로 많은 소형 테리어 종이 탄생하게 됩니다. 또, 도시의 무료한 시간을 달래기 위해 투견을 즐기던 사람들이 만들어 낸 품종들도 이 시기에 탄생합니다. 한편 산업화로 사냥에 대한 필요가 줄면서 사람들은 개

의 사냥 능력보다는 외모와 사교성 같은 다른 능력에 눈을 돌리기 시작했고 곧 작은 크기의 개나 독특한 능력을 가진 개들이 새롭게 만들어지고 선호되기 시작합니다. 덕분에 개를 사냥개와 사냥개가 아닌 개, 두 개의 그룹으로만 나누던 이전과 달리 새로운 그룹들이 등장하면서 오늘에 이르게 됩니다.

점차 시간 여유가 많아진 도시 사람들에게 개 키우기가 취미 생활의 일종이 되면서 애견가 모임이 생겨나기 시작했고, 또 18세기에 이르러 급속도로 발전한 동물학을 비롯해 찰스 다윈Charles Robert Darwin, 1809-1882의 진화론이 큰 반향을 일으키면서 개에 대한 이해 수준도 더 높아졌습니다. 1851년에는 유명한 애견가이기도 했던 영국의 빅토리아 여왕Queen Victoria, 1819-1901이 오늘날 박람회의 효시라 할 수 있는 만국박람회를 개최하면서 "이곳에서 영국의 모든 개 품종을 소개하라."라는 별도의 지시를 내렸는데 이것이 최초의 애견전람회라 할 수 있습니다. 이를 본따 1859년 본격적인 애견전람회가 시작되자 상당한 인기를 누렸고 단기간 내에 세계 몇 개국으로 퍼져 나갔습니다. 1891년 영국에서는 오늘날 세계에서 가장 유명한 애견전람회인 크러프트도그쇼Cruft's Dog Show가 열렸고, 개 애호가들은 이국적인 품종을 해외에서 수입해 오기도 하고 새로운 품종을 직접 개발하기도 했습니다. 영국에서는 다양한 애견 품종의 유지 및 사람과 개의 관계 발전을 도모하기 위해 영국켄넬클럽The Kennel Club, 1873년 창립이 생겨났고, 곧이어 미국켄넬클럽American Kennel Club, 1884년 창립도 생겼습니다.

개 키우기가 대중화되기 시작하면서 문제점들도 생겼습니다. 무서운 맹견을 데리고 다니며 위세를 떨치려 하거나, 희귀하고 비싼 품종의 개를 사들인 후 돌보지 않고 학대하는 경우가 비일비재해진 것이지요. 그러자 동물보호법이 만들어지고 동물보호단체가 생겼으며 많은 철학자가 '동물의 권리'에 대해 토론을 벌이기 시작했습니다. 특히 독일의 철학자, 쇼펜하우어Arthur Schopenhauer, 1788-1860 는 "성서에 '의로운 자는 자신의 가축을 불쌍히 여긴다'는 내용이 있다. 하지만 지금 인간은 어떠한가? 짐승은 주인을 먹여 살리지만 그 대가는 기껏해야 먹이 한 줌에 불과하다."라며 말 못하는 짐승에게 행해지는 잔혹한 행위들을 지적하곤 했습니다. 빅토리아 여왕은 동물에 대한 인도적 윤리 방침을 설립하는 데 매우 적극적이었는데, 오늘날 동물복지법의 모태가 된 것도 그녀의 재임 시절인 1822년에 영국의회를 통과한 '가축학대방지법'이며 이 법은 1911년에 동물보호법으로 재탄생되면서 유럽 여러 국가에 영향을 미쳤습니다.

이 시기에는 개에 대한 본격적인 연구과 함께 동물보호법, 켄넬클럽이 탄생했고, 개들이 얼마나 사랑받는 존재였는지 증명이라도 하듯 세계 곳곳에 수많은 애완동물 묘지가 생겨나기도 했습니다. 인간이 더 이상 개 위에 군림하지 않고 그들과 함께 더불어 사는 삶을 택했음을 알 수 있습니다.

현대 | 반려동물로 등극하다

Present Times

현대 사회는 그 어느 때보다 단기간 내에 급작스러운 변화를 치르며 움직이고 있습니다. 먼저 두 번의 세계대전과 베트남 전쟁 속에서 개

또한 인간을 위해 많은 희생을 치러야 했습니다 전쟁이 일어나자 각국은 사람들이 키우던 개를 징용해 갔습니다. 전쟁에서 개가 맡았던 역할은 정찰, 공격, 탐색 등이었습니다. 인간을 대신해 총알받이가 되기도 하고 폭탄을 맨 채 적진에 들어가 자폭하는 가미가제식 무기로 희생되기도 했습니다. 제1차 세계대전 당시 독일은 약 3만 마리의 개를 빗발치는 총알 속을 뚫고 메시지나 의약품

애견전람회에서 심사 순서를 기다리고 있는 바셋 하운드들. 발목에 잡혀 있는 주름이 인상적입니다

을 전달하는 전령군이나 구급견으로 활용했고, 나중에는 아예 군견 전문 훈련 기관을 설립해 10년간 무려 20만 마리의 군견을 배출, 일본에도 2만 5천 마리의 군견을 지원했다고 합니다. 그 무렵 영국도 전쟁에 개들을 활용하기 시작했는데, '잭' 이란 이름의 테리어 종 이야기가 아주 유명합니다. 잭은 메시지를 전달하는 전령견이었는데, 턱뼈가 부러지고 다리 한쪽이 폭탄을 맞아 엉망이 된 상태에서도 불길을 뚫고 본부에 도착했습니다. 잭은 자신의 목줄 안에 있던 전갈이 아군에게 무사히 전해지는 것을 보고는 숨을 거뒀다고 합니다.

지뢰나 폭탄에 희생될 위험을 덜기 위해 개를 앞장세워 적진에 잠

입하기 시작하면서 폭발물 혹은 지뢰탐지견들이 생겨났고, 전쟁이 끝난 후 병사들이 마약을 소지하고 돌아오게 되자 이를 막기 위해 마약탐지견이 생겨나기도 했습니다. 개는 전쟁터의 군인에게는 충직한 친구이자 생명의 은인이 되어 주었고, 집에서 남편 혹은 아들이 무사히 돌아오기만을 손꼽아 기다리던 외롭고 불안한 부인들에게도 큰 의미가 되었을 것입니다.

전쟁이 끝난 후 전쟁터에서 펼친 개들의 활약에 놀란 사람들은 개를 전문적으로 훈련시키는 방법에 대해 연구하기 시작했습니다. 전문 훈련을 받은 개들은 점차 맹인안내견, 심리치료견, 청각보조견, 인명구조견 등 다양한 역할을 하면서 인간의 삶을 더 풍요롭게 해 주기 시작했고 같은 인명구조견이라 해도 지역이 산악이냐 수중이냐 설상이냐에 따라 세분화될 만큼 전문화되어 가고 있습니다.

심지어 암세포탐지견과 발작경고견도 있습니다. 간질 환자들에겐 발작이 일어나는 장소가 어디냐에 따라 생명이 위험할 수도 있고 또 대형 사고로 번질 수도 있습니다 예를 들자면 고속도로 운전 중. 발작경고견은 주인과 24시간 생활하면서 발작이 일어나기 직전에 짖거나 발로 몸을 쳐서 신호해 주는 역할을 합니다. 몸속에서 일어나는 미세한 변화를 냄새로 알아챌 수 있기 때문입니다. 잠깐 한 다큐멘터리에서 본 것을 이야기해 볼까 합니다. 한가롭게 친구들과 농구를 하던 간질 환자에게 개가 신호를 보내자 그는 그 즉시 인적 없는 건물 뒤로 가서 무릎을 끌어안고 앉습니다. 발작에 대비하는 것이지요. 그 외롭고 두려운 시간을 함께해 주는 것은 가족도 친구도 아닌 개. 발작이 시작되고 끝나는 순간까지, 개는 한시도 자리를 뜨지 않고 주변을 경계하며 주인을 지킵니다. 발작이 끝나자 주인을 핥으며 기뻐하는 개와 그런 개를 끌어안고 뽀뽀해 주는 주인의 모습을 보며 한참 가슴이 찡했던 기억이 납니다.

　　개는 최근 국내에도 소개된 동물매개치료법_{Animal Assisted Therapy : AAT}에서도 단연 두각을 나타냅니다. 심리치료견은 정신적, 신체적 질병이나 장애가 있는 사람들의 정신 치료에 큰 도움을 줍니다. 특히 감정적으로 상처를 입은 사람들로 하여금 닫혔던 마음의 문을 열게 하는 데 큰 효과가 있습니다. 셰익스피어가 마음을 기쁘게 해 주면 백해_{百害}를 막고 수명을 연장할 수 있다고 했듯, 학자들은 동물을 가까이하게 되면 불안감이나 짜증스러움 대신 마음이 편안해지고 기력이 높아지기 때문에 심리치료에 큰 효과가 있는 것이라 합니다. 정신적, 심리적 효능뿐만 아닙니다. 심장질환 환자들을 대상으로 한 연구에서는 반려동물을 키우거나 가까이 접했을 경우 환자의 상태가 현저히 호전되었다는 결과가 보고되었는데, 환자의 몸속에서 분비되는 엔도르핀의 양이 최고치에 달했기 때문이었습니다.

　　이제 개는 필요한 순간에만 예뻐해 주고 쓰다듬어 주는 애완동물_{pet animals}에서 가족의 일원이자 인생의 반려자, 즉 반려동물_{companion animal}이라는 위치로 한 단계 더 올라왔습니다. 개가 이토록 사랑받는 이유는 무엇일까요? 무엇보다도 그들이 주인에게 보여 주는 충성심, 순수한 사랑 및 애정 때문일 것입니다. 천진난만한 아기가 가족에게 웃음꽃을 안겨 주듯 온갖 재롱을 떨며 가족 사이를 뛰어다니는 개의 행동 역시 사랑받기에 충분합니다. 그 덕분에 가족 간에 공감대가 형성되고 대화가 지속되기도 합니다. 개들의 타고난 붙임성은 서로가 서로로부터 고립되어 가고 있는 현대인들의 일상에 활기를 불어넣어 주고 있습니다.

　　이렇듯 인간과 개의 관계는 우리가 막연히 생각하는 것처럼 근래에 들어와 유행처럼 번진 취미 생활의 일종이 아니라 1만 2천 년 전부터 시작된 필연적인 관계였던 것 같습니다. 어떤 시대에 어디에 어떻게 활용되었건 간에 개는 길들여진 그 순간부터 기나긴 시간을 인간과 함께 해왔고 늘 진실한 친구였습니다. 시대에 따라 인간이 바라는 대로의 능력과 모습을 갖춘 존재로 끊임없이 변화, 발전했지만 그 기본 의미는 언제나 동일했습니다. 수많은 사람이 개와 특별한 유대감을 느낍니다. 어쩌면 1만 2천 년이라는 길고 긴 시간 동안의 사랑이 오늘날 서로의 유전인자 속에 각인되어 있기 때문은 아닐까요?

주요 참고 문헌

반려동물 교양지 페티앙의 과월호들 (제1-41호)
위키피디아 http://en.wikipedia.org/wiki/Main_Page

니콜라스 J. 손더스, 강미경 옮김, Animal Spirits, 도서출판 창해, 2002
매트 매들리, 김한영 옮김, 본성과 양육, 김영사, 2004
미쉘 퀴젱, 이병훈 옮김, 동물행동학, 1994
스탠리 코렌, 선우미정 옮김, 개는 왜 우리를 사랑할까, 들녘, 2003
스티븐 부디안스키, 이상원 옮김, 개에 대하여, 사이언스북스, 2000
엘렌 쇼엔, 이충호 옮김, 닮은꼴 영혼, 에피소드, 2002
유리 드미트리에프, 신원철 옮김, 인간과 동물, 한길사, 1994
찰스 다윈, 최원재 옮김, 인간과 동물의 감정 표현에 대하여, 서해문집, 1998
콘라트 로렌츠, 이동준 옮김, 인간은 어떻게 개와 친구가 되었는가, 간디서원, 2003
헬무트 브라케르트 코라 판 클레펜스, 최상안 · 김정희 옮김, 개와 인간의 문화사, 백의 출판사, 2002
American Kennel Club, The complete Dogbook, Ballantine books, 2006
Bonnie Wilcox, Chris Walkowicz, The atlas of dog breeds of the world, T.F.H. Publication, 1995
Bruce Fogle, Caring for your dog, Dorling Kindersley, 2002
Bruce Fogle the encyclopedia of the Dog, DK, 2007
Carl Carner, Pet at the white House, Sam Savitt, 1959
Chris walkowicz, Choosing a dog for dummies, Hungry Minds, 2001
Daniel F. Tortora, The right dog for you, Simon & Schuster, 1983
D. Caroline. Encyclopedia of dog breeds, Barron's Educational Series, 1998
Desmond Morris, Dogwatching, Three Rivers Press. New York, 1986
Drickamer, Vessey, Jakob, Animal Behavior, 2002
Iain Zaczek, DOG, The Ivy Press Limited, 1999
Jeff Nichol, Is my dog ok?, Prenyice Hall Press, 2001
John Alcock, Animal Behavior, Sinauer, 2001
Joan Palmer, The illustrated encyclopedia of dog breeds, Wellfleet Press, 1994
kennel club, The kennel club's illustrated breed standards, Trafalgar Square, 1998
Liz Palika, The complete dog book, Howell Book House, 2007
Mark bekoff, Minding Animal, Oxford University Press, 2002
Patricia B. McConnell, the other end of the leash. A Ballatine Books, 2002
Patrica, ed. Sylvester, Reader's Digest Illustrated Book of dogs, Reader's Digest, 1989
Peter Larkin, Mike Stockman, Dogs, dog breeds& dog care, Southwater, 2002
Roy Rowan, Brooke Janis, American Presidents and Their Best Friends, Algonguin Bks of Chapel Hill, 1997
Stanley Coren, The intelligence of dogs, Bantam Books, 1995
Tetsu Yamazaki, Legacry of the Dog. Chronicle Books, San Francisco, 1995

INDEX 품종 찾아보기

애견품종 abc순서로 찾으실 수 있습니다

동물과 함께하는

페티앙북스

2001년부터 반려동물 전문지 '페티앙'을 출간해 오던 페티앙이 2010년 페티앙북스로 그 이름을 바꾸고 단행본 전문 출판사로 거듭났습니다. 우리 생활 속의 반려동물은 물론 지구별에 살고 있는 모든 동물을 따뜻한 시선으로 소개하겠습니다.
페티앙북스는 '동물'과 관련된 멋진 기획안과 원고를 기다리고 있습니다.

모든 개는 다르다

시간 속에 숨은 51가지 개 이야기

발행일
2010년 10월 13일 1판 1쇄
2013년 7월 15일 2판 1쇄

지은이 김소희
감수 신남식
발행인 김소희
발행처 페티앙북스
편집고문 박현종 홍성신
편집 강진영 김하영 윤연주
디자인고문 이영아
교정 교열 정재은
디자인 스튜디오 미인 www.studiomiin.co.kr
사진 이양규
마케팅 고사리 김재인 이필기 최석은

주소 서울시 서초구 서초 3동 현대 ESA-II 오피스텔 107호
전화 02-584-3598 팩스 02-584-3599
이메일 petianbooks@gmail.com
블로그 www.PetianBooks.com

등록번호 제 321-2010-000073호
ISBN 978-89-964766-0-3 03810